RÉCITS HISTORIQUES

et légendaires

DE LA FRANCE.

Chaque volume, orné d'un sujet gravé, est élégamment broché.

PRIX : 60 CENTIMES.

Extrait de la Revue des Bibliothèques paroissiales.

Nous remercions bien sincèrement l'intelligent et zélé éditeur qui a eu la bonne pensée de réunir ces volumes : nous l'en remercions de tout notre cœur pour le tact exquis qui a présidé au choix des matières qui les composent et pour l'excellent esprit avec lequel ils ont été rédigés. Après les avoir lus avec grande attention, et nous ajoutons avec ce plaisir spécial que réveillent toujours en nous les souvenirs de l'histoire locale, nous sommes resté convaincu qu'ils étaient de nature à offrir une lecture aussi attrayante qu'utile à toute sorte de lecteurs, mais plus particulièrement à ceux auxquels ils sont spécialement destinés, c'est-à-dire à la jeunesse de l'un et de l'autre sexe. Incontestablement les uns et les autres y trouveront un agréable passe-temps.

Si nous applaudissons de tout point à l'heureuse diversité des faits historiques qui forment le sujet de ces récits, nous n'applaudirons pas moins aux sages réflexions qui naissent tout naturellement sous la plume de l'écrivain et qui toutes tendent à une saine appréciation des événements passés et par conséquent concourent à former le jugement du lecteur.

L'éditeur a jusqu'ici parfaitement rempli, pour les volumes parus, son programme ainsi formulé : « Les faits d'autrefois et d'aujourd'hui, les curiosités de tout genre seront décrits aux jeunes lecteurs avec tout le charme du style et l'intérêt du drame, mais on ne s'écartera jamais du vrai. »

Nous faisons des vœux bien sincères pour que cette collection, qui compte déjà dix-sept ou dix-huit volumes publiés acquière tous les développements dont elle est susceptible et qu'elle ait tout le succès qu'elle mérite. Les bibliothèques de famille et les bibliothèques paroissiales trouveront dans ces volumes de précieuses ressources pour satisfaire aux besoins de leurs nombreux lecteurs.

Amis du Paon d'or; par J.-P. FABER.

Amis en vacances, excursions en Flandre; par J.-P. FABER.

Bords de la Somme; par J.-P. FABER.

Débuts de Justin; par BALECH-LAGARDE.

Ermite de Beausoleil; par BALECH-LAGARDE.

Excursions dans le département de Seine-et-Oise; par Mme DE GAULLE.

Journal d'un écolier de la Manche; par la baronne DE CHABANNES.

Mémoires d'un inconnu; par BALECH-LAGARDE.

Mystères de la tourelle de M. Beaugrand; par le Vicomte R. DE MARICOURT.

Sac aux armes de Bourges; par Aymé CÉCYL.

Solitaire de la Morinie; par J.-P. FABER.

Sylva Maria; par l'abbé MOULS.

Touristes du Puy-de-Dôme; par la baronne DE CHABANNES.

Un Anglais sur le chemin de fer du Nord; par le Vicomte R. DE MARICOURT.

Un Coin de la vieille Picardie; par le Vicomte R. DE MARICOURT.

Veillées artésiennes; par J.-P. FABER.

Veillées d'Eure-et-Loir; par Madame la Baronne DE CHABANNES.

Veillées picardes; par J.-P. FABER.

Ville des Neiges; par BALECH-LAGARDE.

Voyage en Flandre; par J.-P. FABER.

Cette intéressante collection s'enrichit constamment de nouveaux volumes.

Les Romans honnêtes.

—

NOUVELLES HISTORIQUES

DE L'ANCIENNE FLANDRE.

N° 23.

LES ROMANS HONNÊTES

Cette collection s'enrichit chaque mois de deux volumes nouveaux.

NOUVELLES

HISTORIQUES

DE L'ANCIENNE FLANDRE

TRADUITES DU NÉERLANDAIS

Par Émile de BORCHGRAVE.

Les Fiancés de Kerstenbourg.
Le Corrégidor. — Le Fou de Philippe-le-Bon.
Le Chevalier de Saint-Donat.

PARIS ✦ LEIPZIG
LIBRAIRIE DE P. LETHIELLEUX, L. A. KITTLER, COMMISSIONNAIRE,
Rue Bonaparte, 66. ✦ Querstrasse, 34.

H. CASTERMAN
TOURNAI.
1863

———

Un grand mouvement littéraire s'est produit dans la Belgique flamande depuis 1830 et a surtout pris de l'extension depuis une dizaine d'années. On est heureux d'y voir concourir des hommes qui, comme vous, sont fiers du passé de leur patrie et comprennent le rôle qu'elle est destinée à jouer dans l'avenir. La langue thioise, flamande ou néerlandaise, — peu importe le nom, — a été jusqu'à ce jour et doit rester le centre et à la fois le principe et le but de ce mouvement. Une foule d'écrivains ont paru et des milliers de livres flamands-néerlandais ont vu le jour. Ils sont déjà, chez nous, connus et appréciés autant qu'ils

le méritent. Ils ont, en outre, une place certaine à l'étranger, et n'attendent, pour y être goûtés comme des produits
indigènes, que de passer dans l'idiome qui vulgarise toutes
les littératures de l'Europe. C'est dans l'espoir, tout patrio-
tique, d'apporter ma petite pierre à l'édifice, que j'ai traduit quelques nouvelles d'auteurs estimés à juste titre et
que je publie ce livre. L'intérêt que vous portez au Mouvement Flamand et à la langue qui lui imprime l'impulsion,
suffit pour justifier la présence de votre nom en tête des
NOUVELLES HISTORIQUES. Il m'est doux d'ajouter que c'est
l'amitié, avant tout, qui a inspiré mon choix.

ÉMILE DE BORCHGRAVE.

15 avril 1863

LES FIANCÉS

DE KERSTENBOURG.

I

Au commencement du XIVe siècle, s'élevait, entre Denterghem et Marckeghem, au milieu d'une plaine d'une luxuriante beauté, située au cœur de la Flandre, un château seigneurial. Un bois, où croissaient des arbres touffus et de l'essence la plus variée, occupait les alentours que de larges sentiers sillonnaient tantôt en ligne droite, tantôt avec des sinuosités, et l'ombre de son épais et frais ombrage procurait, pendant l'été, une halte des plus agréables au promeneur. Une avenue imposante de hauts chênes et de platanes se dessinait devant le château et reliait les deux villages d'une manière toute pittoresque. A une grande distance, on apercevait les tourelles angulaires qui couronnaient la masse grise et carrée de l'antique bâtiment, et dominaient de toute leur hauteur les cîmes majestueuses des arbres ; enfin, de larges fossés et d'épaisses murailles, pourvues de meurtrières, entouraient le château, dont une herse, un pont-levis solide et une lourde porte protégeaient l'entrée.

Kerstenbourg, c'était son nom, était la résidence du chevalier Arnold de Kerstène, noble gentilhomme à la figure aimable, et dont la forte stature et les membres

robustes commandaient au premier coup d'œil le respect.
Courage et vaillance étaient deux vertus chevaleresques
qui lui avaient fait acquérir un brillant renom; aussi,
toujours au service de sa patrie, avait-il usé la moitié de sa
vie sous la cuirasse. Il était le digne représentant d'une
noble lignée qui avait su en tout temps se distinguer, et
s'était placée ainsi en grande considération auprès de ses
pairs.

Arnold de Kerstène avait été marié deux fois.

Sa première femme lui donna un beau garçon; mais cet
heureux événement lui coûta la vie.

Environ cinq ans plus tard, en 1282, l'année même où
le chevalier Arnold suivit le comte de Flandre, Gui de
Dampierre, pour apaiser les troubles intérieurs, cet enfant
demeura temporairement au château de son oncle, le
chevalier Gauthier de Straten.

Or, un jour, il disparut.

Ce malheur émut profondément Arnold. Depuis la mort
de sa femme, il avait reporté tout l'amour dont il l'avait
entourée sur cet enfant, le portrait vivant de sa mère, qu'il
chérissait comme son trésor le plus précieux, qu'il aimait
d'une affection sans bornes : ce coup porta donc une blessure cruelle à son cœur.

Gauthier de Straten, jeune homme dissipé, avait-il
trempé dans l'enlèvement de l'enfant, pour mieux pouvoir
s'emparer de la succession de sa sœur?

Arnold ne parvint point à le savoir. Toutefois, depuis
cette époque, l'amitié des deux beaux-frères diminua
de beaucoup.

Une autre cause qui contribuait à refroidir leur mutuelle
affection provenait de la différence de leurs caractères.
Arnold de Kerstène avait toute la noblesse d'un chevalier;
Gauthier de Straten subissait l'esclavage de ses passions,
et employait parfois, pour les satisfaire, les moyens les
plus illicites.

Cependant, un nouveau bonheur était devenu le partage d'Arnold de Kerstène ; d'autres liens venaient d'unir son sort à celui d'une belle et noble dame ; et bientôt deux charmants enfants, un petit garçon et une petite fille, sautillèrent à ses côtés.

Il ne lui fut cependant pas donné de vivre longtemps dans l'union de cette chère compagne : elle aussi prit son vol pour l'éternité.

Cet événement vint de rechef empoisonner le bonheur conjugal d'Arnold de Kerstène ; mais il en trouva bientôt 'a compensation dans l'amour de ses enfants, et grâce à :ux, il parvint à oublier presque entièrement les coups douloureux qui l'avaient atteint.

Guillaume était devenu un beau jeune homme. Il maniait le glaive avec adresse, était l'égal de son père pour la valeur et l'intrépidité, et devenait digne, à tous égards, d'hériter du nom et de la seigneurie des Kerstène.

Quant à Clara, dont la beauté éclipsait celle de mainte autre noble dame, son aménité lui gagnait tous les cœurs. Sa taille élancée et son port majestueux témoignaient suffisamment du noble sang qui filtrait dans ses veines ; et quoiqu'elle fût bien jeune encore, elle comptait à peine dix-neuf ans, bon nombre de chevaliers aspiraient à l'honneur d'obtenir sa main.

C'était en l'an de grâce de Notre-Seigneur 1305, le 23 janvier. La terre était gelée, et néanmoins, pour l'hiver, la journée était belle ; seulement un léger brouillard couvrait le sol. Un silence de mort régnait dans la nature, et à peine entendait-on de temps en temps le frémissement du vol d'un oiseau fendant l'air, ou le bruit du gibier fuyant à travers les broussailles.

Arnold de Kerstène et son fils Guillaume se trouvaient à l'armée flamande. Ils avaient pris part à la plupart des batailles qui s'étaient livrées, pendant ces dernières années, entre les Flamands et les Français, et combattaient encore dans les rangs de leurs compatriotes pour la liberté de la Flandre.

Clara était restée seule au château, avec quelques serviteurs.

Dans l'après-dînée, la noble damoiselle, retirée dans un des appartements, s'occupait à faire une superbe tapisserie. Derrière elle flambait un feu de bois dans la large cheminée près de laquelle un limier reposait en sommeillant. A ses côtés, sur le dossier d'une chaise, perchait son faucon, immobile et silencieux, et la tête cachée dans ses plumes. Un peu plus loin, dans l'appartement, était assise sa chambrière, occupée à coudre du linge.

Depuis quelque temps déjà, il avait régné dans la salle un silence suprême que le pétillement du feu dans l'âtre avait seul troublé. Clara tenait constamment son doux regard, quelque peu mélancolique, fixé sur la tapisserie. Ses belles boucles blondes ondulaient gracieusement, en caressant ses joues vermeilles, sur son cou d'albâtre, et jusque sur ses épaules. Elle paraissait absorbée dans de profondes pensées.

Tout à coup, elle releva la tête, laissa glisser ses doigts mignons sur le plumage du faucon, et lui dit, tandis qu'un soupir s'échappait de sa poitrine :

— Pauvre oiseau, que tu es triste ! Est-ce peut-être parce que depuis si longtemps tu n'as plus été à la chasse ? Ou craindrais-tu qu'un malheur ne soit arrivé à mon père, depuis si longtemps absent ? Console-toi, mon chéri, il sera bientôt de retour.

L'oiseau redressa la tête, secoua ses plumes, et prit une attitude moins triste. La jeune fille, malgré qu'elle eût adressé à l'animal des paroles consolantes, ne parvenait cependant pas à dissimuler sa propre tristesse. Un instant après, comme si elle eût cherché à se distraire, elle dit à sa chambrière :

— Mais, Marguerite, vous aussi me paraissez préoccupée. N'avez-vous plus rien à dire pour raccourir le temps?

— Comment pourrais-je être gaie quand je vois ma maîtresse si triste? répondit la suivante.

— En effet..., dit la damoiselle, mais n'ai-je pas de motifs, Marguerite?

— Je ne le pense pas, Clara. Ne venez-vous pas de dire vous-même que votre père sera bientôt revenu? D'ailleurs la guerre est éteinte et la paix conclue.

— Et voilà pourquoi j'avais compté sur son retour; pourtant, je demeure dans une anxieuse attente. Ah! je croyais si fermement, déjà depuis deux jours, que j'aurais pu me jeter dans les bras de mon père bien-aimé!...

— Damoiselle, vous le voyez, c'est l'impatience qui est cause de votre tristesse. Oubliez-vous qu'on ne peut pas toujours quitter l'armée tout d'un coup? A mon avis, un malheur est peu à craindre; car vous savez qu'au départ, on vous a formellement promis de vous donner connaissance des moindres événements. Non, il ne faut pas supposer qu'un accident soit survenu à l'un des vôtres; vous pouvez attendre leur retour en toute sécurité. Vous pouvez aussi espérer, Clara, que messire Guillaume, votre frère, et le chevalier Conrad de Stavèle, reviendront en même temps que votre père. Alors, de nouveau vous pourrez couler des jours heureux.

A ces paroles, un léger incarnat vint colorer les joues de la jeune fille, et un sourire effleura ses lèvres. A coup sûr, le discours de Marguerite avait touché son cœur et lui avait fait un bien sensible. Elle jeta un regard plein d'amitié sur la suivante, et lui répondit :

— Oh! Marguerite, près de vous je trouve toujours des paroles d'espoir et de consolation. Combien de chagrins ne m'avez-vous pas épargnés déjà?

Après un moment de silence, elle reprit :

— Ce n'est cependant pas l'attente seule des miens qui

m'inquiète et m'attriste ; mais, depuis quelque temps, je vois sans cesse errer devant mes yeux ce Gauthier de Straten.... Va-t-il encore commencer à me tourmenter ? Je tremble quand j'y pense.

— Il vous aime, mademoiselle Clara.

— M'aimer !... Oh ! en lui il n'y a plus d'amour. Son cœur est devenu du bois sec.... Pour moi, je le méprise.

— S'il avait jusqu'aujourd'hui conservé votre souvenir dans sa mémoire, damoiselle, vous auriez lieu d'avoir quelque arrière-pensée ; mais il y a plus de deux ans que nous ne l'avons plus vu, et le bruit des armes lui aura fait oublier sa passion : aussi bien, il atteint déjà un âge fort avancé.

— Les années, Marguerite, ne changent point un cœur corrompu. Mais qu'entends-je ? Le piétinement de chevaux !... Peut-être mon père, cria-t-elle tout à coup joyeusement.

Et une expression de bonheur illumina son visage, tandis que Marguerite ajouta à la hâte :

— A coup sûr le chevalier Arnold.

En ce moment, deux chevaliers s'arrêtèrent dans la cour du château. En un clin d'œil ils furent descendus de cheval, et l'un d'eux, qui paraissait commander, remit à l'autre la bride de son destrier.

C'était un homme d'environ cinquante ans. Les tresses épaisses de ses cheveux étaient quelques peu grisonnantes, ses longs sourcils qui se projetaient en avant, ombrageaient de petits yeux noirs, et son nez rouge et aquilin, ses grosses lèvres et ses joues bouffies donnaient à sa figure quelque chose de repoussant et rendaient son aspect sombre. Il se fit conduire dans une des salles du château, et Pierre, l'un des serviteurs, alla l'annoncer.

Parvenu à l'appartement de sa maitresse, il lui dit :

— Damoiselle, le chevalier Gauthier de Straten vous attend.

— Gauthier de Straten!... exclama Clara, en reculant avec effroi.

Puis, bannissant ses craintes autant que possible, elle dit au varlet :

— Je viens;... priez-le seulement d'attendre quelques minutes.

Et se tournant vers sa chambrière, elle lui dit, en proie à la plus vive terreur :

— Quel hasard peut encore l'amener ici?

— Prenez courage, chère Clara; ne tremblez pas devant lui.

— Dieu! soupira la damoiselle, lui, qui a servi dans l'armée française, est déjà de retour, et mon père se fait encore attendre! Lui serait-il arrivé un malheur?

— Oh! rassurez-vous, mon enfant; votre père ne peut manquer de le suivre de près. Maintenant, patience, le chevalier Gauthier devrait vous attendre trop longtemps.

Il régnait, comme on le voit, entre les deux femmes, une grande intimité, et même beaucoup d'amitié. Et il n'y avait rien là d'étonnant : dès les plus tendres années de la jeune fille, Marguerite avait été pour elle une compagne fidèle et attachée.

Aidée de la chambrière, Clara s'ajusta quelque peu, et alla rejoindre le chevalier. Celui-ci, en voyant la damoiselle, s'avança au-devant d'elle et lui dit avec passion :

— O Clara, que je suis heureux de te voir! Il y a si longtemps que j'ai dû me priver de ta présence!... A peine de retour de l'armée, je me suis empressé de venir te présenter mes hommages.

— Votre attention, chevalier, à mon égard, est trop grande.

— Oh non! ma bien-aimée, tu la mérites complétement : tu es si belle!... Je voyais sans cesse devant mes yeux planer ta douce image, et je soupirais tant de pouvoir te dire encore une fois combien je t'aime!

— Gauthier....

— Maintenant, au moins, je pourrai entendre de ta jolie bouche que tu m'aimes aussi.

Ce langage libre et adulateur du chevalier fit pâlir Clara, et en songeant quel homme le proférait, elle trembla de tous ses membres. Puis, après avoir soupiré d'un ton qui devait assez lui faire connaître toute la répulsion qu'il lui inspirait, elle lui dit :

— Chevalier, cessez ces discours, je vous prie.

— Belle damoiselle, reprit-il, voudrais-tu encore me renvoyer sans consolation? Voudrais-tu me placer après Conrad de Stavèle, lui qui a su éviter tous mes défis? Ah! Clara, c'est un lâche, indigne de toi. Dis seulement un mot, chérie, et ma personne et mes richesses, tout est à toi.

— Ne calomniez pas un absent, chevalier, et cessez de m'importuner. Vous pouvez d'ailleurs vous épargner ces peines : elles sont inutiles.

— Oh! ma bien-aimée, dit le chevalier, en saisissant la main de la jeune fille, dis un mot, je t'en prie, dis que tu m'aimes : ce seul mot me suffit.

La damoiselle voulut retirer sa main; mais Gauthier la tint serrée comme dans un étau. Clara le regarda d'un air déterminé, et lui dit, d'une voix pleine de courage :

— Allez-vous faire violence à une femme sans défense, chevalier?

— M'aimeras-tu, damoiselle?

— Non, jamais!

— Tu dois m'aimer, Clara.

— Non, vous dis-je.

— Et je dis que tu le dois, je veux que tu sois à moi... Tu sais assez que je sais faire respecter mes paroles.

— Laissez-moi, lâche!

— Je ne puis donc rien sur ton esprit?

— Non, chevalier déloyal; laissez-moi et allez-vous-en.

— Là, vociféra-t-il, en lui lâchant la main : Je te jure que tu m'appartiendras à moi seul.... Souviens-toi de mon serment quand tu seras en mon pouvoir.

Et il quitta la salle. Clara se laissa tomber épuisée dans un fauteuil et éclata en sanglots. Lorsqu'elle aperçut sa chambrière, qui était accourue au bruit, elle se jeta à son cou, en s'écriant d'une voix déchirante :

— O Marguerite, ma chère Marguerite! aidez-moi, sauvez-moi!... Il a fait les serments les plus affreux que je lui appartiendrai.

— Pauvre malheureuse! soupira la suivante effrayée, que vous êtes à plaindre!... Et elle joignit ses larmes à celles de sa maîtresse.

— Ah! si mon père était avec moi, dit la jeune fille d'une voix entrecoupée, en croisant ses mains sur sa poitrine. Mon Dieu! que vais-je devenir?

Elle se laissa retomber dans son fauteuil, et donna un libre cours à ses pleurs.

Puis, relevant la tête, et regardant de nouveau sa suivante, elle lui dit, les yeux voilés de larmes, en tendant les mains d'un air suppliant :

— Oh! dites, Marguerite, ne connaissez-vous aucun moyen d'échapper aux méchantes ruses du cruel Gauthier? Marguerite, sauvez-moi.

— Pauvre Clara, dit la suivante avec désespoir, ah! que peut une faible femme pour vous sauver?

— Mon Dieu! mon Dieu! que vais-je devenir!...

A ces mots, la jeune fille se tordit les mains avec angoisse, et porta vers le ciel un regard où se reflétait toute la douleur qui déchirait son ame. Enfin, cessant tout à coup de pleurer, et son désespoir se calmant un peu, elle dit avec résolution :

— Marguerite, je ne puis rester plus longtemps dans ce château : je veux aller attendre ailleurs le retour de mon père. Allez appeler Pierre, afin que je lui donne mes ordres pour les préparatifs du départ.

Marguerite, que son amitié pour sa maîtresse faisait réfléchir aux dangers de ce projet, hasarda quelques observations; mais Clara insista, et la suivante ne put qu'obéir : elle quitta lentement la salle.

Cependant les pas des chevaux de Gauthier de Straten, et de son écuyer firent trembler le pont-levis du château : aussitôt on le releva, et le chevalier et son écuyer disparurent au loin dans la forêt.

II

Une heure après, deux cavaliers quittèrent le *Saint-Bernard*, un cabaret des environs, et prirent, au galop le plus allongé de leurs chevaux, la route de Thielt. Le *Saint-Bernard* était, à cette époque, la seule auberge du voisinage où l'on pût se procurer du vin, et c'était à cause de sa proximité du château.

Il était facile de voir que les voyageurs en avaient bu en quantité : une couleur rouge-foncé empourprait leurs visages, et ils donnaient vigoureusement de l'éperon à leurs chevaux.

Un peu plus loin, une autre route, qu'on nomma dans la suite la *route de Gand*, traversait le chemin que suivaient les cavaliers. Ils prirent le chemin à gauche, et galopant toujours avec la même ardeur à travers champs, bois, taillis et plaines arides, ils s'approchèrent bientôt d'une cabane, bâtie en argile, qui se trouvait complétement isolée à l'écart de la route. Là, ils s'arrêtèrent et frappèrent à la porte.

— Qui est là? cria une voix de femme.

— Deux voyageurs qui désirent qu'on leur indique le chemin, fut la réponse.

La femme ouvrit imperceptiblement la porte.

— Où voulez-vous aller, seigneurs ? demanda-t-elle, un peu troublée à la vue des personnages qui se trouvaient devant elle.

— Nous nous dirigeons vers le *Champ des Poules*, bonne femme, dit l'un des cavaliers.

— Le *Champ des Poules*, seigneurs, le *Champ des Poules !...* s'écria la bonne femme effrayée. Ne savez-vous donc pas que c'est un endroit dangereux ?

— Peu importe, brave femme. Voulez-vous nous montrer le chemin, ou avez-vous quelqu'un qui puisse nous accompagner ?

— Je vais appeler mon mari, seigneurs, dit la femme en s'en allant.

— Cette imbécile croit que nous ne savons pas quel reptile s'y cache ! ricana l'un d'eux.

— On ne pourra jamais dire que j'ai cédé devant aucun danger, lorsqu'il s'agit de l'exécution de l'un de mes projets, répondit l'autre.

En ce moment revint la femme, accompagnée de son mari qui s'occupait à battre du blé.

— Oses-tu nous conduire jusqu'au *Champ des Poules ?* demanda le dernier interlocuteur à l'homme de la maison.

— Le *Champ des Poules*, seigneurs, n'est pas rassurant, répondit celui-ci. Je vous conseille de prendre un autre chemin.

— Un autre chemin ne peut pas nous mener où nous voulons arriver.

— Vous ne savez donc pas, reprit l'homme, de plus en plus effrayé, que le brigand Everard-le-Vautour avec sa bande, y tient sa résidence ? A coup sûr, seigneurs, vous y trouverez la mort, si vous vous y rendez.

— Que je vous plains, seigneurs ! soupira la femme.

— Vous êtes heureux, continua l'homme, d'avoir frappé ici : maintenant, avertis, vous pouvez vous arranger en conséquence.

— Mais, interrompit avec impatience l'un des voyageurs, nous voulons parler au brigand lui-même.

En entendant ces paroles, l'homme, ahuri, ouvrit démesurément la bouche, tandis que la femme ne pouvait revenir de sa terreur.

— Là, dit le principal cavalier, en glissant un peu d'or dans la main du paysan, es-tu maintenant à notre disposition?

— Oui, répondit celui-ci, sans faire d'autres objections; mais je ne réponds pas de votre vie. Pour moi, je n'ai pas tant à craindre de ces brigands; ils n'auraient que peu à gagner à ma mort.

Et il remit l'or à sa femme.

Les voyageurs ramenèrent leurs chevaux sur la route.

— A droite, seigneurs, suivez-moi, cria le paysan :

Et, par lui précédés, les cavaliers parcoururent un chemin qui, bordé d'épais taillis et de hauts arbres, semblait conduire encore plus avant dans la forêt.

Chacun avançait à pas lents, dans le plus profond silence, et livré à de sombres pensées.

Après avoir parcouru un long bout de chemin, les cavaliers arrivèrent au ruisseau, le *Krammendyk*, qui, tranquille et solitaire, roulant devant eux des flots argentés, s'enfuyait avec mille détours à travers le bois. Libres de toute défiance, ils dirigèrent leurs chevaux jusque sur le bord du ruisseau, en partie congelé, que l'on devait passer à gué. Mais à cet endroit, le cheval du principal cavalier s'arrêta tout à coup, comme si la glace l'eût effrayé, et refusa de faire un pas de plus. Irrité de cet obstacle imprévu, le cavalier éperonna cruellement le flanc de l'animal pour le faire obéir. Rendu ombrageux, le cheval prit son élan, franchit le ruisseau, mais broncha sur le bord opposé, et, quelques efforts qu'il fît, s'abattit, tandis que le cavalier, passant par-dessus crinière et tête, allait tomber plus loin sur la route.

Il s'en fallut de bien peu que cet accident ne lui coûtât cher : une branche n'eût-elle amorti sa chute, il se fût infailliblement écrasé la tête contre le tronc d'un arbre. Il en fut quitte pour quelques égratignures et saigna légèrement du nez.

Après s'être remis en selle aussi bien que possible, il remonta à cheval et les voyageurs poursuivirent leur route. Ils enfilèrent bientôt un chemin étroit et tortueux, qui menait à travers un taillis des plus épais et que l'herbe recouvrait en grande partie. Le guide, comme s'il eût été effrayé, ralentit son pas et marcha silencieusement à côté des chevaux.

— Vous autres, paysans, faites-vous parfois usage de cette route ? demanda l'un des voyageurs.

— Nous venons rarement jusqu'ici, répondit l'homme ; les voleurs seuls emploient ce chemin. Il y a trois ans, lorsqu'un voyageur voulait passer de ce côté, il se faisait accompagner de quelques paysans, et réussissait ainsi à traverser le champ ; mais, depuis la guerre avec la France, personne ne peut se risquer sur cette route, sans que sa vie ne soit en danger. Récemment encore, on trouva à cette même place le cadavre d'un voyageur, qui assurément ne connaissait pas le péril et qui fut assassiné. Son cheval fut retrouvé dans un champ de blé, non loin de ma chaumière.

Ce discours produisit une impression visiblement fâcheuse sur l'esprit des deux cavaliers ; un frisson parcourut leurs membres, et ils n'ajoutèrent plus une parole.

Au bout de peu de temps, ils débouchèrent sur une plaine sablonneuse, au milieu de la forêt, dont la mousse et des herbes de fougère formaient l'unique végétation. On n'avait aperçu encore aucune figure humaine ; mais à chaque fois qu'un animal sauvage fuyait à leur approche, à travers les arbustes, ils s'imaginaient, à ce bruit, être entourés de brigands, et un sentiment de terreur oppressait avant tout le cœur de leur guide timoré.

— Seigneur, dit bientôt celui-ci, vous voilà maintenant au milieu du champ; prenez à droite, ce sentier qui vous mènera jusqu'à la retraite du Vautour.

Le paysan tourna aussitôt les talons, convaincu de ne jamais revoir vivants les deux voyageurs, et déplorant, avec force soupirs, leur témérité; en même temps ceux-ci prirent la direction du sentier indiqué.

Ils se trouvèrent alors au milieu d'un sombre chemin, que la hache semblait avoir pratiqué à travers l'épais feuillage du taillis.

— Par le diable, dit l'un d'eux, cet endroit est d'un aspect effrayant.

— Il ressemble plutôt à une tanière de loups qu'à une demeure d'hommes, répondit l'autre.

Mais à peine ces paroles se furent-elles envolées de leurs lèvres, qu'un sifflement de sinistre augure se fit, à deux reprises, entendre dans le voisinage.

Vivement émus, les cavaliers s'arrêtèrent en jetant un rapide coup d'œil vers la place d'où le bruit avait résonné à leurs oreilles, et découvrirent en même temps trois affreuses figures d'hommes, dont les yeux sombres et méchants se fixaient avidement sur eux. Légers comme le vent, les brigands sautèrent du fourré sur le chemin, saisirent les brides des chevaux, et crièrent d'une voix terrible :

— La bourse ou la vie!

Et, pour joindre l'exécution à la menace, ils dirigèrent leurs poignards vers la poitrine des cavaliers. Mais l'un de ceux-ci prévint leurs coups en disant :

— Voici l'une des deux choses que vous demandez, et il leur jeta sa bourse. Vous pourrez nous enlever l'autre sitôt que l'envie vous en prendra. Cependant nous ne sommes pas venus ici pour nous défendre contre vous, moins encore pour que vous nous enleviez la vie. Je désire voir votre maître; veuillez, je vous prie, me conduire vers lui.

— Rendez vos armes, et mettez pied à terre, cria-t-on plus loin.

Au moment où les cavaliers exécutaient cet ordre, quatre autres brigands s'élancèrent sur la route, et se saisirent d'eux, tandis qu'ils se tournaient vers leurs chevaux.

— Que faites-vous? cria un brigand à ses compagnons. Ne voyez-vous pas qu'ils ont livré leurs armes sans vouloir se défendre? Ne voyez-vous pas qu'ils sont en notre pouvoir?

A ces mots, il se jeta entre les agresseurs et les cavaliers, et repoussa ses comparses. Puis, se tournant vers les prisonniers, il leur demanda :

— Qui, ou quelle sorte de gens êtes-vous?

— Je suis un chevalier, et voici mon écuyer, répondit l'un d'eux.

— Vous désirez voir notre capitaine, dites-vous ; pour quelle raison? reprit le guide.

— J'ai à lui parler de choses importantes.

— Y gagnerons-nous quelque chose?

— Votre récompense ne sera pas faible, si vous voulez me servir.

— S'il en est ainsi, repartit le brigand en souriant, vous pouvez nous suivre.

On prit les chevaux par le mors, et on longea ensemble un sentier tortueux à travers un fourré touffu de plantes et de broussailles. Cependant les cavaliers ne s'étaient pas remis sans effroi de leur rencontre avec les dangereux habitants de la forêt, et c'était avec un sentiment de terreur profonde, qu'ils considéraient les visages repoussants de ces malheureux parias, dans la société desquels ils se trouvaient en ce moment. Les regards de ces derniers trahissaient, outre une méchanceté inouïe, une froide cruauté.

La troupe s'arrêta bientôt, et l'un des brigands fit entendre un sifflement que les échos de la forêt renvoyèrent au loin. Après qu'un autre signal y eut répondu, le brigand dit aux cavaliers :

— Il vous faut attendre ici quelque temps : je vais sur-le-champ vous annoncer.

Et il disparut dans le buisson.

Lorsque, un instant après, il fut de retour, il souffla quelques mots à ses compagnons, et ajouta

— Le chevalier seul peut nous suivre.

Pendant que quatre brigands continuaient à garder l'écuyer et les chevaux, les autres s'en allèrent avec le chevalier, et arrivèrent bientôt au gîte du Vautour.

C'était une plaine vaste et ouverte, pratiquée dans l'endroit le plus retiré et le plus épais de la forêt, et aux extrémités de laquelle se trouvaient différentes huttes, disposées en forme de cercle, et construites de bois ou de mottes de terre. Au milieu de la plaine, marchait un brigand, entortillé dans un grand manteau, et arpentant le terrain en tous sens. Ses yeux noirs semblaient vouloir dévorer le chevalier qui s'approchait. Il laissa reposer l'une de ses mains sur la poignée d'une épée qui lui pendait au côté, tandis que de l'autre il saisit une hallebarde qui reposait sur son épaule.

Il y avait toujours ainsi un brigand en marche, qui non-seulement faisait la garde de la place, mais était chargé en même temps de transmettre les ordres du capitaine aux autres brigands; il devait répondre aussi au sifflet d'un éclaireur qui approchait du camp.

A l'un des côtés de la plaine s'élevait une hutte plus vaste, qui servait aux brigands de cuisine et de corps de garde. Devant l'entrée, se trouvaient placés des arcs, des hallebardes, et d'autres armes. Au milieu de la hutte, brûlait, sous une grande marmite qui contenait sans doute un succulent morceau de viande ou de gibier, un feu ardent. Plus loin, étaient assis quelques brigands qui s'amusaient à jouer aux dés, et proféraient quelquefois, au milieu de leurs cris sauvages, les plus épouvantables blasphèmes. D'autres s'occupaient à nettoyer et à polir leurs armes.

Le costume bigarré de ces hommes ne contribuait pas peu à leur donner un aspect dégoûtant; comme ils avaient. la coutume de lotir les vêtements devenus leur butin, et que le sort est capricieux en ses faveurs, il arrivait que certains d'entre eux avaient revêtu un superbe pourpoint, tandis que d'autres se pavanaient avec un collet de fine laine, qui contrastait singulièrement avec le reste de leurs guenilles. On en trouvait aussi qui étaient obligés de se parer des habits que leurs compagnons avaient rejetés avec dédain, et leurs figures répugnantes en inspiraient encore une plus vive répulsion.

Ces scélérats parurent pour la plupart à l'entrée de leur tente, pour voir passer le chevalier, qui fut conduit à une hutte, située de l'autre côté de la plaine, et dont les parois, tissées avec des branches, étaient enduites d'argile, et blanchies à la chaux.

Quoique dépourvue d'ornements, elle était à tous égards plus belle que les autres.

Lorsque le chevalier entra, un homme était assis dans un fauteuil, les jambes étendues, devant un feu flamboyant. Il pouvait à peine avoir atteint trente ans. Son visage était froid et quelque peu dur; il y perçait un grain de cruauté, mais non de cette cruauté sauvage et brutale qui se faisait remarquer chez les autres brigands. Ses cheveux retombaient en tresses bouclées sur ses épaules, et ses yeux noirs et vifs trahissaient une intrépidité étonnante. Au surplus, c'était un individu solidement bâti, qui avait je ne sais quel extérieur sévère et imposant. Cet homme n'était autre qu'Everard, le chef de toute la bande des brigands, surnommé dans les environs, à cause de ses nombreuses déprédations, *le Vautour*.

Dans l'appartement on voyait, en outre, une table de chêne, sur laquelle brillait un poignard. Des armes de toute espèce tapissaient les murs.

Après que les deux personnages se furent salués, on présenta un siége au nouveau venu. Lorsqu'il se fut assis, le Vautour lui parla en ces termes :

— On me dit que vous êtes chevalier; puis-je connaître votre nom?

— Gauthier de Straten, répondit le chevalier.

— Vous, le chevalier Gauthier, reprit le brigand avec joie; alors je vous connais... Mais quel motif a pu vous déterminer à venir me relancer ici? Avez-vous besoin de mes services, chevalier?

— Oui, Everard. Je n'ai pas hésité à diriger mes pas vers vous, dans l'espoir que vous m'assisteriez dans une affaire qui me tient au cœur. Il y a une bonne récompense à gagner.

Un léger sourire vint animer le visage impassible du brigand; on pouvait s'en apercevoir à la clarté douteuse que la flamme tremblottante du feu répandait dans la chambre. Il reprit avec un air de confidence :

— Noble chevalier, je suis disposé à vous prêter mon secours, si cela est en mon pouvoir. Vous autres, gentils-hommes, vous devriez souvent recourir à nous; de cette manière, vous assureriez l'exécution de vos plans, et rendriez notre existence moins difficile. Maintenant, quelle est la cause qui vous fait invoquer mon concours?

Le chevalier, un peu enhardi par la composition facile, et les paroles encourageantes du brigand, approcha sa chaise du feu, et répondit, tandis qu'un éclat extraordinaire brillait dans ses yeux :

— Connaissez-vous Clara, la fille du chevalier Arnold de Kerstène?

— Si je la connais!... A qui cette charmante enfant, cette fleur de nos contrées, serait-elle inconnue? C'est une perle capable, je le jure, de séduire les yeux de maint chevalier.

Le Vautour, par cette réponse, tâchait de saisir sur le visage du chevalier l'impression qu'y auraient produite ses paroles.

— Or, reprit Gauthier, elle a séduit et mes yeux et mon cœur. Je lui ai déclaré mon amour ; mais elle en aime un autre et m'a repoussé. Il faut pourtant qu'elle m'appartienne.

— Que voulez-vous donc, chevalier ?

— Que vous l'enleviez.

— L'enlever ? Sur mon ame, ce n'est pas chose facile.

— Je croyais que vous n'aviez jamais reculé devant aucun obstacle.

— Non ; et vous ne direz pas, noble seigneur, que votre demande m'a fait céder.

— Ainsi, vous me la livrerez ?

— C'est-à-dire, chevalier, si nous tombons d'accord sur les conditions.

— Sans doute ; je n'y pensais pas. Votre peine doit être richement payée. Vous suffit-il de mille livres parisis, Everard ?

— Messire Gauthier, songez que je devrai mettre tous mes hommes sur pied ; aussi conviendrait-il qu'une certaine somme soit payée à l'avance, en guise d'arrhes.

— Si la jeune fille m'est livrée saine et sauve, je ne m'arrêterai pas à cette somme : vous serez satisfait. Du reste, comme vos hommes sont en possession de ma bourse, je n'ai plus d'argent sur moi. Cependant, comme j'avais prévu le cas, et pour ne pas me trouver entièrement à dépourvu, j'ai, en toute éventualité, caché sous ma selle une somme d'argent considérable que je vous remettrai.

— Soit ; si la damoiselle ne vous est pas livrée dans trois jours, que mon nom ne soit plus Everard le Vautour.

A ces mots, il fit retentir dans la hutte le son d'un sifflet. Aussitôt entra un brigand, qui, après avoir reçu les ordres du capitaine, alluma une lampe, chercha du vin, remplit deux gobelets de la noble liqueur, et sortit.

— Ainsi donc, dit le Vautour, à la santé de la damoiselle !...

2

— Et au bon succès de votre entreprise, ajouta Gauthier, qui ne rougit pas de trinquer avec le brigand.

Il ne devait pas, il est vrai, s'en effrayer beaucoup : entre ces deux hommes, la distance n'était pas grande, et le cœur du chevalier était pour le moins aussi corrompu que celui du Vautour.

Plusieurs fois encore, ils vidèrent les gobelets, tandis qu'ils s'entretenaient de l'exécution de l'infâme entreprise. Enfin, le Vautour se leva et s'approcha du chevalier, qui n'osa se refuser à presser la main du chef des brigands.

Un instant après, Gauthier de Straten avait quitté la hutte, et s'en allait, accompagné d'un brigand armé, rejoindre les chevaux.

Lorsque le chevalier eut tiré de dessous la selle de son coursier un petit paquet, et qu'il l'eut remis au satellite qui l'escortait, les armes lui furent rendues. Deux des habitants du bois précédèrent les cavaliers, et les escortèrent jusque sur la grande route. Sans tarder, ceux-ci s'élancèrent à cheval, et poursuivirent leur chemin au grand trot.

III

C'était le lendemain à huit heures.

Un épais brouillard couvrait la terre et dérobait aux regards la voûte azurée du firmament : les tiges des arbustes et les branches des arbres ployaient sous le poids de la rosée. La nature, parfois si pleine de vie et de splendeur, semblait enveloppée d'un linceul, et plongée dans le calme et le silence de la mort. On n'entendait pas le plus léger zéphir frémir dans les cimes des arbres, et les troupes des oiseaux se tenaient à l'abri sous la feuillée des buissons, tandis que pas un quadrupède n'osait s'aventurer à quitter son gîte mystérieux. Une mélancolie profonde pesait sur la terre, et se communiquait instinctivement aux créatures.

En ce moment, Pierre, le domestique du château, quitta le *Saint-Bernard*, tandis qu'une servante du cabaret le suivit jusqu'à la porte, et lui dit :

— Ainsi donc, Pierre, damoiselle Clara quitte le château?

— Oui, Madeleine, répondit Pierre; dans une heure, nous passerons ici.

— Eh! reprit la fillette, tu dois l'accompagner?... Tu ne seras pas longtemps absent, Pierre?

— Je n'en sais rien; notre absence durera bien quelques jours, continua-t-il, en avançant de quelques pas.

— Ah! soupira la jeune fille, c'est bien dommage, vois-tu!... Mais enfin, Pierre, je te souhaite un bon voyage.

— Merci, Madelon, dit le jeune homme, en lui souriant tendrement; et il retourna bien vite au château, tandis que la servante rentrait tristement à l'auberge.

Mais, pendant que Pierre y était encore, un personnage inconnu y était entré. Un épais manteau couvrait son corps, et il avait enfoncé son chapeau bien avant sur son front, ce qui rendait ses traits presque totalement invisibles.

Après qu'on lui eut versé une pleine rasade, et qu'il en eut aspiré une bonne gorgée, il s'assit en silence devant l'âtre. Cependant, sans que l'on s'en fût aperçu, l'inconnu n'avait cessé de regarder Pierre avec une attention minutieuse, et d'écouter ses moindres paroles. Aussi, à peine ce dernier fut-il parti, qu'il quitta précipitamment le cabaret, et prit une direction entièrement opposée.

— Par le diable, murmura-t-il en lui-même, qui s'attendrait à une occasion si favorable?... Le jeu sera bien vite joué, et je ne devrai pas y employer la moitié de mes hommes.

Puis il doubla le pas.

Une heure après, la herse qui protégeait l'entrée du château fut relevée, et la porte ouverte dans toute sa largeur.

Bientôt le pont-levis retentit sous les pas des coursiers, et la noble damoiselle Clara abandonna le manoir paternel.

En tête, chevauchait un valet de pied, revêtu d'une livrée brillante. Clara, montée sur une légère haquenée, le suivait dans une attitude grave. Ses vêtements, quoiqu'ils ne fussent pas dépourvus de richesse, étaient néanmoins modestes. Un luxe excessif eut contrasté trop péniblement avec la tristesse de ses pensées intérieures. Un corsage de drap fin serrait sa taille, et une ample jupe d'amazone en descendait le long du cheval, et flottait jusque près de la terre. Une cape lui couvrait la tête, tandis qu'une écharpe qui abritait son cou contre les atteintes de l'air froid de l'hiver, ondoyait avec de larges plis sur ses épaules, et traînait jusque sur le dos de la haquenée.

Derrière elle, montés sur de courageux chevaux, venaient deux autres varlets, également bien équipés pour la circonstance, afin de pouvoir, au besoin, défendre la damoiselle contre toute agression.

A peine fut-on parvenu jusqu'à la route, que le cheval qui marchait en avant de la petite troupe dressa vivement la tête, souffla par les naseaux de larges bouffées de vapeur, et refusa tout à coup d'avancer. Aux efforts que fit son cavalier pour le calmer et l'encourager, il commença à se cabrer, et, se jetant violemment de côté, démonta le cavalier qui tomba à terre. La haquenée de la damoiselle, s'effrayant subitement, fit en même temps un écart, et peu s'en fallut qu'elle ne roulât avec son fardeau sur la glace du fossé extérieur du château, chute qui aurait eu pour la damoiselle les suites les plus déplorables.

Avec des cris d'angoisse, elle appela les varlets; mais Pierre, qui chevauchait derrière elle, s'était élancé sur la route, et avait saisi la haquenée à la bride.

— Calmez-vous, damoiselle, dit-il.

— Oh! mon Dieu! Pierre... soupira la jeune fille, au comble de la terreur.

— Tranquillisez-vous, de grâce; il n'y a plus de danger. Votre haquenée ne veut aucun mal : ce cheval ombrageux l'avait seulement effrayée.

— N'êtes-vous pas blessé? demanda Clara en se tournant vers le cavalier, qui s'était promptement relevé de sa chute.

— Non, damoiselle, reprit-il; tout va pour le mieux.

— Qu'est-ce qui a donc pu porter le cheval à se cabrer ainsi? Ce n'est pas dans ses habitudes.

— Apparemment, dit Pierre avec intention, l'air froid et piquant ne lui plaît pas. Il aimerait mieux retourner au château que de se mettre en route.

— Plaise à Dieu que ce soit là la seule cause, et que nous n'ayons pas autre chose à craindre! répondit douloureusement la jeune fille, comme si elle eût voulu faire connaître combien ce malheureux début remplissait son cœur de crainte.

— En effet, c'est un mauvais présage, fit remarquer un autre serviteur, quelque peu méfiant.

Mais Pierre, qui ne voulait point paraître aussi crédule que son compagnon, et augmenter les appréhensions de la damoiselle, s'empressa d'ajouter :

— Cela ne veut pas dire que nous ayons à attendre le moindre accident sur la route.

— Oh! j'ai si peur, murmura la jeune fille.

— Voulez-vous rebrousser chemin?

— Retourner? oh! non... Je ne sais, mais je n'ose rester au château.

— Reprenez donc courage, et poursuivons hardiment notre route.

— Soit, Pierre; mais marchez vous-même à notre tête.

La jeune fille avait à peine donné cet ordre que déjà tous les cavaliers étaient en selle. Pierre prit les devants, et, quoique peu craintif de son naturel, il se dit involontairement avec un soupir :

3*

— Un voyage qui commence sous des auspices si défavorables peut-il être heureux?

La petite caravane eut bientôt dépassé le *Saint-Bernard,* dont les habitants saluèrent la damoiselle avec la cordialité la plus vive. De son côté, Pierre, avec un léger signe de la main, et un sourire sur les lèvres, envoya un aimable salut à la servante, qui s'inclinait devant lui. Celle-ci resta sur la route jusqu'à ce que les voyageurs eussent disparu à ses regards; puis, elle rentra en soupirant à la maison.

Cependant, la troupe remontait rapidement la route de Thielt, qui fut bientôt des deux côtés couverte du feuillage épais des taillis, et la solitude aussi sombre qu'émouvante fit sentir son action sur tous les esprits. La tête baissée, plongés dans de silencieuses réflexions, les voyageurs étaient immobiles sur leurs coursiers et personne ne songeait à prendre la parole. Ils venaient d'entrer dans le bois qui s'étendait entre *Thielt* et *Denterghem,* et dont on trouve encore aujourd'hui des vestiges remarquables.

Un peu plus loin, à un endroit où la route décrivait une courbe, un cerf s'élança soudain à travers les arbustes, et s'enfuit avec la rapidité d'une flèche, aux yeux de la caravane. Ce bruit inattendu effraya fort Clara qui se croyait tombée dans quelque embuscade, et avant qu'elle eût eu l'explication du fait, un gémissement aigu s'échappa de sa poitrine.

— Mon Dieu! dit-elle d'un ton douloureux, que je me suis saisie!...

— Pourquoi vous troubler si vite, damoiselle?

— N'y a-t-il pas lieu, d'après vous? Si c'eût été un bandit?

— Oh! il ne faut pas vous créer des alarmes à loisir...

— Ne savez-vous donc pas que nous venons d'arriver dans les environs de la résidence du Vautour?

— Oui; mais les hommes de sa bande se garderaient bien d'attaquer l'escorte d'une noble dame.

— Quel respect peut inspirer une noble dame à des gens qui ont commis de si nombreux forfaits? Ces dangereux coquins sont, croyez-le bien, capables de tout.

— Non, non ; si l'on nous aperçoit, on n'osera pas nous attaquer ; armés comme nous le sommes, nous ferions pour le moins mordre la poussière à une demi-douzaine de ces drôles.

— Ne parlez pas si haut, afin qu'ils ne puissent nous entendre ; car ils pourraient bien vous demander raison de vos téméraires paroles. Et pour ne pas être attaqués, poursuivons notre route en silence et avec rapidité.

Sans répondre à l'observation de la damoiselle, on lâcha les rênes, et les chevaux portèrent avec plus de rapidité leurs cavaliers effrayés. On n'entendait pas le plus léger bruit, si ce n'est de temps à autre le vol d'un oiseau qui, saisi de crainte à l'approche de la caravane, fendait l'air avec un cri perçant, ou disparaissait plus loin dans les buissons.

Enfin, on arriva à l'endroit où le chemin, qui conduit aux champs, rejoint la route de Thielt.

Là, tout à coup, retentit à travers le bois un sifflement aigu, et en même temps le cheval que montait Pierre s'abattit lourdement sous lui : un dard avait percé le poitrail de l'animal.

En ce moment terrible, plusieurs brigands s'élancèrent au-devant de la troupe. Clara, en apercevant ces figures hideuses, étendit les bras en frissonnant, et un cri déchirant sortit de sa poitrine. Presque entièrement étourdie, elle implorait machinalement le ciel, et ses gémissements éclataient avec une douleur navrante ; puis, au comble de la terreur et de l'anxiété, elle se tourna vers Pierre, et le supplia de la sauver ; mais, malgré les efforts qu'il faisait pour se dégager, Pierre restait pris sous le cheval. La pauvre jeune fille était en proie à un désespoir qui la rendait presque folle.

Les deux autres cavaliers se mirent vaillamment sur la

F. DE

défensive, frappant et hachant ferme et dru au milieu des bandits. Mais bien qu'ils leur portassent de graves blessures, ils ne purent réussir à mettre leur troupe en fuite.

Pierre, à peine dégagé de dessous son cheval, vola au secours de ses compagnons, et se battit comme un insensé; mais le combat était trop inégal, et le nombre des brigands trop considérable, pour que les braves serviteurs de Clara pussent le soutenir avec avantage, et même pour qu'il pût durer plus longtemps. Cependant, un des cavaliers, voyant que les brigands formaient le projet de circonvenir sa troupe, et songeant avant tout à assurer la délivrance de la damoiselle, s'élança du côté de la haquenée, qui, comme si elle eût eu connaissance du danger qui menaçait son noble fardeau, contemplait, immobile, les chances diverses du combat. Mais, au moment où le varlet allait enlever de selle la jeune fille pour tenter de fuir avec elle, un furieux coup de hache le fit tomber pour ne plus se relever.

La vue de cette atroce cruauté frappa Clara au cœur; elle poussa un cri strident, se replia sur elle-même, et demeura inanimée sur la selle. Cependant le combat devenait pour les deux autres serviteurs d'un danger extrême : serré de près, celui qui se maintenait encore en selle, reçut un coup violent qui mit son bras droit hors de service, et le fit retomber inerte à son côté. Aussitôt un bandit sauta vers lui, brandit son épée, et le coup, en retombant, retentit à travers la forêt. Le sang jaillit tout autour avec abondance : le cavalier dont le crâne était fracassé, s'abattit, comme son compagnon, sans vie sur le sol.

A la vue du cadavre sanglant, les bandits poussèrent une exclamation de joie; cependant ils n'avaient pas remporté une victoire complète. Pierre tenait bon, et n'eût-il pas été accablé par le nombre, il eût sans doute continué à fournir rude besogne aux brigands. Adossé à un arbre, il parait chaque coup avec une obstination que le désespoir seul pouvait dicter.

— Ne s'est-il pas encore assez défendu? cria une rude voix ; compagnons, en avant, tuez-le.

Les brigands qui entouraient Pierre, s'élancèrent avec une nouvelle ardeur, et le blessèrent en plusieurs endroits. Mais il fit si violemment le moulinet avec sa rapière, qu'ils furent encore forcés de reculer.

Tout à coup bondit un autre brigand : Pierre s'affaissa, et sa rapière tomba à ses pieds. Une hallebarde lui avait traversé le corps, qui resta fiché à un arbre.

Les bandits triomphants donnèrent un libre cours à leur joie infernale par des rires sauvages et d'affreux blasphèmes. Les malheureux se réjouissaient à la vue du sang humain ! Mais le sang de leurs semblables ne pouvait plus leur inspirer aucune horreur : ils avaient fait du meurtre leur état, et pourvoyaient ainsi à leur misérable existence.

Cependant, deux brigands s'étaient approchés de la haquenée. Avec plus d'égards qu'on n'aurait pu en attendre de pareils scélérats, ils enlevèrent la damoiselle évanouie et la portèrent sur l'un des côtés de la route où on lui lia les mains pour l'empêcher, à son réveil, de se défendre.

Un vigoureux gaillard eut bientôt enfourché un des chevaux, demeurés sans cavaliers, et il plaça la jeune fille devant lui, puis, l'enlaçant de ses deux bras, il vola à toutes brides à travers la forêt, pendant que ses compagnons pillaient et dévalisaient hommes et chevaux.

Clara ! pauvre Clara ! que va-t-il advenir de toi !... Poussée par une destinée fatale, à qui tu sers de jouet, tu voulais fuir un danger, et tu courais au-devant d'un autre !... Te voilà maintenant, privée de connaissance, dans des bras indignes et souillés ; on t'arrache à tout ce qui t'est cher. Oh ! n'est-il personne qui puisse te sauver? Malheureuse jeune fille, puisses-tu ne jamais te relever de ta défaillance ; puisse ton sommeil être le sommeil de la mort ! Oui, tu es traînée sur une voie de longues et d'amères souffrances ;

et comment pourras-tu supporter ton infortune, lorsque la réalité apparaîtra à tes yeux dans toute son horreur?... Grand Dieu! aidez votre servante; elle ne peut se passer de votre secours....

Quelques instants plus tard, la route était redevenue tranquille et solitaire; mais, dans l'après-midi, on y put remarquer de nouveau quelque mouvement : des paysans, mornes et abattus, enlevaient à la dérobée les cadavres épars sur le sol.

IV

Au milieu d'une plaine magnifique, située au Nord-Est de Thourout, s'élevait, entouré de longues avenues, de riants jardins et de bosquets les plus agréables, le superbe manoir de Wynendale. Bâti vers 1085 par Robert le Frison, comte de Flandre; plus tard considérablement changé et agrandi par le comte Gui de Dampierre, qui en faisait sa résidence habituelle, ce château était une forteresse imposante, capable de résister aux attaques les plus opiniâtres.

Ce monument octogone se dressait majestueusement dans les airs, et du haut des tours qui le couronnaient, ainsi que de deux autres qui se trouvaient dans l'avant-cour, et s'élevaient également jusqu'aux cieux, on pouvait lancer des projectiles dans la campagne et dominer tous les environs. D'épaisses murailles percées de meurtrières nombreuses, et garnies de tourelles saillantes, destinées à servir de poste d'observation aux sentinelles, entouraient cette demeure comtale qui, avec ses fossés larges et profonds, ressemblait beaucoup à une machine flottante.

Toutefois, en ce moment, il n'en était pas ainsi : les eaux qui baignaient le pied des murs se cachaient sous une couche épaisse de glace, et le bâtiment paraissait reposer solidement sur ses bases.

Wynendale, le château renommé au loin, qui avait été témoin de tant de prospérités et de tant d'infortunes, où régnait parfois tant de bonheur, où s'agitait parfois tant d'inquiétude ; où la gloire et la grandeur des habitants leur procuraient un accueil digne toujours de leur position éminente ; Wynendale, le plus souvent si plein de vie, avait été, depuis un temps considérable, plongé dans le repos.

Mais ce calme forcé venait de cesser tout à coup, et au mouvement qui recommençait à y régner, il était facile de juger qu'un événement important allait s'y dérouler. Les serviteurs allaient et venaient avec précipitation, et sur l'une des hautes tours, le veilleur, son cor de chasse à la main, avait pris position devant l'une des meurtrières : l'œil constamment fixé dans le lointain, il se tenait immobile comme s'il eût eu en vue un objet, afin que son cor donnât le signal et résonnât par tout le château, dès qu'il paraîtrait, tandis que les sentinelles avaient pris possession de leurs tourelles, comme si un membre de la famille du comte eût été présent au château.

Au point du jour, un nombre considérable de cavaliers étaient arrivés au manoir : un bruit vague fit accroire qu'ils avaient apporté la nouvelle du retour de Philippe de Flandre, accompagné de ses principaux gentilshommes, et là-dessus, les paysans accouraient en foule de tous côtés pour voir le prince.

Ce Philippe, dit de Tyette, fils de Gui de Dampierre, avait longtemps séjourné en Italie, où il s'était marié. Mais comme la Flandre avait à lutter constamment pour secouer la domination étrangère, et que son père, ainsi que ses frères Robert de Béthune et Guillaume de Termonde étaient détenus prisonniers en France, Philippe n'avait pas hésité de venir, avec quelques troupes d'élite, au secours de sa patrie et de son jeune frère, et de se mettre à la tête de ses compatriotes.

Tout à coup un bruit éclatant résonne dans la tour et

F. DE K.

couvre la vallée; sur-le-champ quelques hommes accou-
rent à la porte, abaissent le pont-levis et lèvent la herse :
la foule qui se pressait devant l'entrée du château, allait
deçà delà plongée dans une curieuse attente.

Bientôt cette foule fit entendre avec une unanimité spon-
tanée mille cris de joie et se porta tumultueusement en
avant : elle venait d'apercevoir dans le lointain d'ondoyants
panaches et des casques brillants.

C'était Philippe, en effet, le brave général qui avait
amené la France à accepter les bases d'une paix honorable,
et qui s'approchait du manoir. Son attitude était digne et
fière, et ses yeux reflétaient la noblesse et le courage.

Les principaux gentilshommes de la Flandre et quelques
chevaliers italiens chevauchaient à ses côtés ou le suivaient
de près. Puis, venaient quelques nobles d'un rang infé-
rieur, et un grand nombre de chevaliers dont la grâce
et la désinvolture annonçaient qu'ils appartenaient à la
jeunesse. A leur approche, la foule compacte s'était portée
des deux côtés de la route, et ses accents de triomphe
remplissaient l'air, tandis que le général passait devant
elle ; mais les acclamations redoublèrent lorsque Philippe
eut franchi le pont-levis et que le brillant cortége des chevaliers se fut de plus en plus déployé aux regards.

C'était, certes, un superbe spectacle que de voir cette
nombreuse troupe de chevaliers montés sur de nobles
coursiers franchir le pont, et il se passa un temps assez
long avant que la suite entière de Philippe eût traversé
la porte. Le général ne voulut pas que les gentilshommes
flamands prissent congé sans avoir accepté quelques rafraîchissements : les vastes salles du château s'ouvrirent et se
remplirent bientôt des nobles guerriers.

Une heure après, on entendit encore parmi la foule,
restée constamment aux abords du château, s'élever des
cris d'allégresse, et la sentinelle qui veillait à la porte
donna le signal de l'ouvrir.

Six cavaliers, montés sur des coursiers fringants, parurent bientôt dans l'avant-cour, et avant qu'ils se fussent arrêtés avait déjà retenti le cri répété mainte fois : « Vive, vive Conrad de Stavèle ! le chevalier de Philippe de Flandre. »

Quand, lors de la bataille de Mons-en-Puelle, livrée entre Lille et Douai, les troupes flamandes eurent attaqué l'armée française dans ses retranchements et l'eurent contrainte à céder devant la fougue de ses soldats, l'armée française se rallia bientôt, et tandis que les Flamands s'amusaient au pillage, elle leur tomba à l'improviste sur le corps. Le tumulte fut grand, et l'on se battit de part et d'autre avec un acharnement incroyable; mais les Flamands à leur tour durent céder. Philippe fut tout à coup environné d'ennemis, et bien qu'il repoussât vaillamment l'attaque, il eût fini néanmoins par succomber sous leurs coups, si Conrad de Stavèle n'eût remarqué le danger que courait son général : aussitôt il vola à son secours, et joua si bien de la hache dans les rangs des Français, que quelques-uns d'entre eux tombèrent bientôt de cheval : les autres renoncèrent à la tâche et coururent chercher ailleurs une victoire plus facile. De là, le cri de triomphe qui accueillit Conrad à son passage.

A peine descendu de son coursier, le chevalier entra au château : Philippe de Flandre, en ce moment, se trouvait seul dans sa chambre, et lorsque le chevalier lui fut annoncé, il donna l'ordre de l'introduire immédiatement.

Lorsque Conrad de Stavèle parut devant Philippe, il s'inclina profondément et dit :

— Salut, noble prince.

Aussitôt Philippe quitta la table devant laquelle il était assis, marcha droit au chevalier, et sans presque paraître remarquer son salut, lui dit affectueusement :

— Déjà de retour de votre mission, messire Conrad? Assurément vous avez dû prendre peu de repos.

4

— Lorsque la patrie ose compter sur nos services, nous ne pouvons point nous reposer, répondit respectueusement le chevalier.

— Nous apportez-vous quelque nouvelle, messire?

— Oui, seigneur; d'abord une lettre que le Roi de France a daigné me remettre en réponse à ma mission.

— Vous avez donc vu le Roi?

— Je l'ai vu, seigneur, et lui ai parlé !

— Ah ! reprit Philippe, vous avez été l'objet d'une attention toute particulière, sire de Stavèle; c'est un hommage éclatant rendu à votre valeur.

— Je considère la manière d'agir du Roi à mon égard comme un honneur pour ma patrie, répondit Conrad.

Et remettant la dépêche dont il était porteur à Philippe de Flandre, il ajouta :

— Voici, seigneur, la lettre royale

Le prince prit le pli, le parcourut rapidement et le déposa sur la table.

— Dans quelles dispositions avez-vous trouvé Philippe-le-Bel? demanda-t-il.

— Il était fort prévenant envers moi, mais un peu dissimulé dans ses manières, et quoiqu'il s'efforçât de les cacher sous une apparence de bienveillance câline, il ne me parut pas jouir d'une parfaite tranquillité d'esprit. Cependant, j'ai tout lieu d'être satisfait de la réception.

— Ne fut-il pas lâché un mot au sujet des derniers événements?

— La conversation roula longtemps sur tout ce qui concernait les deux armées; mais le Roi évita soigneusement tout entretien sur les suites de la guerre, comme s'il en eût été inquiet. Il admira surtout la possibilité, pour un petit Etat comme le nôtre, de mettre sur pied de si nombreux corps d'armée.

— Sire, répondis-je, un simple appel a suffi.

— Mais, fit remarquer le Roi, d'où vient cette bravoure, et cette expérience dans le maniement des armes?

— Les Flamands, repris-je, sont tous guerriers quand il s'agit de leur liberté, ou lorsqu'ils croient que leurs intérêts sont en jeu. Si une circonstance particulière, concordant avec l'esprit de la nation, eût nécessité un second appel, aussitôt vous eussiez vu accourir un nombre considérable de nouvelles troupes.

— Comment, s'écria-t-il, voilà ce que je n'avais jamais entendu : *il paraît, en vérité, que la Flandre crache des soldats ou qu'il en pleut!*

— Ah! s'écria Philippe avec enthousiasme, voilà un mot précieux : que le Roi en reçoive tous mes remerciements. Oui, la Flandre retiendra toujours cette parole; toujours elle montrera qu'elle sait en quoi réside la grandeur d'un peuple. Oui, que le Roi de France le sache bien, les Flamands ne sont pas faits pour porter des chaines étrangères : l'indépendance ou la mort, voilà leur devise.

Le général se promenait à grands pas de long en large dans la chambre, pendant qu'il prononçait ces paroles généreuses. Puis, se tournant vers Conrad, il lui dit, en lui pressant la main :

— Merci, vaillant chevalier, de vos zélés services. Nous nous souviendrons de votre attachement. Allez rejoindre vos compagnons d'armes, et prenez de suite quelques rafraîchissements. Je vous reverrai tout à l'heure.

Conrad s'inclina devant son général et quitta la salle. Aussitôt que Philippe de Flandre se trouva seul, il prit la lettre du Roi qu'il avait mise sur la table, et, après en avoir un moment examiné le sceau, il le brisa avec des marques visibles d'impatience.

Bientôt le général laissa la missive s'échapper de sa main, et se remit à se promener en tous sens dans l'appartement.

— De nouveaux témoignages d'amitié, murmura-t-il enfin; des assurances réitérées de donner bientôt la liberté aux prisonniers flamands!... Oh! mon malheureux père, soupira-t-il, quelle amère souffrance votre noble cœur n'a-t-il pas à endurer ! Et vous, Robert, Guillaume et Gui, qui possédez un courage de fer, dont la valeur a fait des prodiges; de quoi vous servent ces belles qualités ?... Quatre murs vous séparent du reste du monde.... Et Philippine !...

Il sentait de plus en plus l'emportement le gagner, et sa fureur ne fut pas longtemps sans éclater :

— O superbe coq gaulois, s'écria-t-il, oui, lâche la proie que tu n'as que trop longtemps tenu abattue et étouffée sous tes pattes : ou songe que le lion flamand a des griffes, et que s'il voulait une bonne fois les plonger dans ton corps, tu y perdrais, je le jure, la plupart de tes plumes....

Après avoir prononcé ces paroles violentes, il ouvrit une porte et disparut.

Pendant quelques heures, les nobles guerriers firent gaiement honneur au régal, et la cordialité la plus franche ne cessa de régner parmi eux. Puis, à un signal donné, ils se rendirent tous dans la grande salle, et chacun ayant pris place, il se fit tout à coup un grand silence, indice d'une certaine attente. En effet, au bout de quelques instants, Philippe de Flandre parut au milieu d'eux et alla se placer au bout de la salle : la colère l'avait entièrement quitté ; il paraissait calme et son attitude était noble et pleine de dignité.

— Mes seigneurs, dit-il, il fut un temps où vous courûtes noblement aux armes pour repousser l'ennemi : le moment est venu de les déposer. La valeur avec laquelle vous avez combattu et la générosité que vous avez déployée, n'ont pas besoin de louanges : les faits parlent assez par eux-mêmes. Le fier étranger a éprouvé la puissance du lion flamand, et il se voit contraint d'accepter une paix avantageuse pour nous. Votre honneur de peuple avait été méconnu ; mais l'amour de la patrie, qui embrasa toujours les cœurs de nos héros, a trempé votre courage et donné des forces à vos bras. Vous avez opéré des prodiges, et l'ennemi, surpris autant qu'étonné, a dû reculer devant votre héroïsme. Votre gloire, seigneurs, passera à la postérité, et, dans de semblables circonstances, vos descendants, animés par votre glorieux exemple, sauront se montrer dignes de vous. Car, il ne faut point se le dissimuler, notre voisin du midi guettera avidement notre chère patrie, ainsi qu'un oiseau de proie épie la victime qu'il veut dévorer. Mais jamais le peuple flamand ne supportera l'esclavage : il sait ce que vaut la liberté, le bonheur de s'appartenir, et il sera libre ou mourra. Vous, nobles seigneurs, issus du plus beau sang de Flandre, vous avez entouré le nom flamand d'une auréole de gloire, et il brille aux yeux de tous les peuples d'un éclat indicible. La patrie vous est redevable de son salut et de sa liberté : vous avez acquis de justes titres à sa reconnaissance. Bientôt, vous serez de retour dans vos foyers : tâchez de faire le bonheur de vos gens. Je souhaite ardemment que la paix porte des fruits bienfaisants, et que notre peuple ressente à bon droit, pour ses loyaux services, les effets de notre paternelle sollicitude. Mais, si l'étranger venait à manquer à sa promesse vis-à-vis de nos amis qu'il retient toujours prisonniers, s'il venait un jour à oublier la leçon qu'il s'est attirée, vous n'hésiterez pas, seigneurs, j'en ai la conviction, de venir encore une fois vous ranger sous notre bannière avec le même courage et la même intrépidité ; de nouveau le lion flamand secouerait sa redoutable crinière, et le téméraire ennemi se verrait contraint encore une fois de retourner sur ses pas. Oui, Philippe-le-Bel qui s'est écrié ces jours-ci : « Il paraît que la Flandre crache des soldats ou qu'il en pleut ! » serait de nouveau forcé de répéter cette parole merveilleuse !...

Un tonnerre d'applaudissements salua le chaleureux discours de Philippe de Flandre : tous les assistants, au comble de l'émotion, s'agitèrent avec un frémissement d'enthousiasme. Bientôt une voix puissante se fit entendre, qui, dominant le bruit, répondit aux paroles du général :

— Oui, noble prince, la Flandre sait ce que vaut la grandeur, et elle saura toujours garder intacte cette gloire qu'elle vient d'acquérir au prix de tant de sacrifices. Elle a entendu vos généreuses paroles, et elle saura toujours les rendre vraies.

Les cris de l'approbation la plus vive, qui recommencèrent de plus belle, témoignèrent que l'orateur s'était inspiré des sentiments de l'assemblée entière, et qu'au besoin, les mêmes assistants aimeraient mieux immoler leur vie que de subir encore le joug de l'étranger.

Philippe se promena alors de droite et de gauche dans la salle et profita de la circonstance pour échanger quelques paroles avec les principaux membres de la noblesse. Il s'approcha enfin de Conrad de Stavèle, qui se trouvait en ce moment avec le chevalier Arnold de Kerstène et son fils Guillaume. Aussitôt une conversation familière s'engagea entre eux, et l'on vit Philippe saisir la main d'Arnold et de Conrad, et adresser aux deux chevaliers des paroles pleines de bienveillance.

Tout à coup il se retourna vers la foule des gentilshommes, et leur dit :

— Seigneurs, avant de nous séparer, je suis heureux de pouvoir vous annoncer l'union prochaine du noble chevalier Conrad de Stavèle avec la damoiselle Clara, la fille du chevalier Arnold de Kerstène. Tous vous avez été témoins de la bravoure, de l'héroïsme même du sire de Stavèle, qui, le premier, au combat de Mons-en-Puelle, mit en lambeaux la bannière royale de France, et, dans un moment de danger suprême, vola à mon secours et me sauva d'une mort certaine. De tels faits d'armes méritent une glorieuse récompense. Voilà qu'avant d'avoir été à même d'y pouvoir songer, une heureuse circonstance vient à propos servir mes projets. Qui de vous, seigneurs, n'a entendu vanter

la beauté et les qualités éminentes de Clara? Une perle
aussi précieuse ne peut être confiée qu'à de dignes mains.
Et si on nous avait demandé qui méritait le plus une telle
faveur, nous aurions dû nous écrier d'une voix unanime :
« Le vaillant Conrad de Stavèle! »

Un murmure de vive satisfaction accueillit les paroles du
prince, et l'on cria de tous les points de la salle : « Vive
le chevalier de Stavèle! Vivent Conrad et Clara! »

Quelques gentilshommes, qui paraissaient envier le
bonheur de Conrad, ne prirent point part à cette démons-
tration générale; mais cette impression fut de courte durée, et tous les assistants, à l'exemple de Philippe, vinrent
féliciter l'heureux chevalier.

Enfin, les nobles Flamands prirent, les uns après les
autres, congé du prince Philippe, et bientôt ils eurent
quitté Wynendale et s'éloignèrent dans des directions
opposées.

V

Le soir était venu. Deux chevaliers couraient à toute
bride le long d'une route large, mais solitaire; leurs coursiers soufflaient avec peine, fatigués qu'ils étaient de la
longue distance qu'ils avaient franchie, presque sans s'arrêter, et du poids de la lourde armure dont ils étaient
chargés.

L'équipement de ces chevaliers était riche et tout guerrier : un casque, surmonté d'un superbe panache leur
couvrait la tête, et brillait aux lueurs mourantes du crépuscule; un corselet de fer leur ceignait les reins, et dessous, ils portaient une cotte de mailles, dont les manches
seules étaient visibles; des gants de peau, garnis d'écailles,
des brassards et des cuissards d'acier protégeaient le reste
de leur corps; aux arçons de leur selle, pendait d'un côté

un glaive formidable, et de l'autre, une lance longue et aiguë; tandis qu'un bouclier, sur lequel étaient peintes les armes de leur maison, appendait à leur côté. On ne pouvait plus facilement distinguer les traits de leur visage; mais on reconnaissait aisément qu'ils n'étaient pas encore parvenus à l'âge mûr. Leur attitude était d'une fierté imposante, et ils portaient la tête courageusement relevée.

Longtemps ils avaient chevauché au milieu du plus grand silence. Les pas retentissants des coursiers et le murmure continuel des armes n'effrayaient pas peu les hôtes inquiets de la forêt, et plus d'une fois à l'approche des chevaliers, un oiseau prenait son essor dans l'espace, et un quadrupède sauvage quittait à la hâte son gite paisible pour s'enfoncer au plus vite dans l'épaisseur des bois.

Tout à coup, l'un des chevaliers modéra l'allure de son destrier et le mit au pas; puis, lorsqu'il se vit suivi et à peu près rejoint par son compagnon il lui dit :

— Que nous avançons peu! Et pourtant, depuis notre départ de Wynendale, nous n'avons fait que peu d'arrêt. Surtout depuis que nous avons pris les devants sur le sire de Kerstène, votre noble père, pour informer mademoiselle Clara de son retour, nos braves coursiers, comme s'ils eussent partagé notre ardeur, ont fait de leur mieux. Nous avons dû gagner une avance considérable sur le chevalier, et cependant nous ne pouvons pas espérer d'atteindre bientôt Kerstenbourg. Votre château fuit comme s'il était derrière nous, et je commence à croire que le bonheur d'en passer la porte nous sera refusé aujourd'hui.

— Messire de Stavèle, répondit l'autre chevalier, c'est le désir d'arriver qui nous rend impatients. Kerstenbourg se trouve loin de Wynendale; encore une demi-heure, et nous y serons.

— Sans doute, messire Guillaume, reprit le chevalier de Stavèle, le désir n'est pas sans influence sur nos esprits; je ne sais, mais j'aurais voulu me mettre en route un ou deux jours plus tôt. Trop longtemps Clara à dû attendre notre retour.

— En effet, poursuivit Guillaume, ma chère sœur méritait bien de nous voir revenir plus tôt. Mais, messire Conrad, vous le savez, notre vieux comte Gui, que l'arbitraire du Roi de France ne fait que trop longtemps gémir dans les fers, a toujours témoigné la plus grande estime pour mon père. Il convient donc de l'honorer dans la personne de son fils. Aussi bien, la sympathie pour nos proches ne nous permet pas de négliger nos devoirs de chevalier, et ces devoirs nous imposaient de ne pas quitter de sitôt Philippe de Flandre.

— Vous avez complétement raison, messire Guillaume : d'abord servir la patrie et puis songer à sa famille. Si nous n'en avions pas tenu compte, je n'aurais pas pu accepter la mission honorable dont a daigné me charger le Roi de France ; notre présence à Wynendale, quand tous les seigneurs flamands se séparèrent, était un vrai bonheur. Mais, je serais au comble du regret si mademoiselle Clara devait avoir souffert le moins du monde de notre long retard.

— Ami, vous portez à ma sœur une sincère affection : de là l'inquiétude qui semble vous préoccuper. Bien que je serais extrêmement sensible à ses moindres maux, j'incline cependant à croire que toute crainte est prématurée.

Un moment de silence suivit ces paroles ; puis le chevalier Conrad reprit la conversation, et dit :

— Lorsqu'on a été absent un temps considérable, on ne peut s'empêcher de regagner ses foyers avec avidité. Et pourtant, quelque forte que soit cette impression, je ne quitte pas l'armée sans un sentiment de regret. Pourquoi ? demanderez-vous. Parce que, dans la mêlée, je n'ai pu rencontrer mon ennemi personnel. Vous savez la trahison a laquelle Gauthier de Straten eut recours un jour pour m'atteindre, et la difficulté que j'eus d'échapper à sa perfidie. Depuis ce temps, j'ai recherché partout avec opiniâtreté ce lâche partisan de nos ennemis, qui ose porter les armes contre sa patrie; mais il sut toujours m'éviter. Si la guerre n'avait pas pris fin, je l'aurais au moins rencontré une fois, et alors, il eût eu à me rendre compte de son odieuse conduite.

— Assurément, Conrad, cette ruse de Gauthier de Straten est indigne d'un chevalier.

— Qui sait? Peut-être qu'un jour ses ignobles menées lui serviront... Mais quel est ce bruit?... Ecoutez... les plaintes d'une voix de femme.

A ces dernières paroles, ils arrêtèrent leurs chevaux pour écouter avec plus d'attention, et se dressant sur leurs étriers, ils entendirent plus distinctement les accents. Guillaume dit alors :

— Il n'y a pas à en douter, ce sont des cris d'angoisse d'une jeune fille. Que peut signifier tout cela?... Assurément, une pauvre enfant qu'on enlève... Venez, Conrad ; volons au secours de cette infortunée.

Déjà, il éperonnait son cheval, croyant le pousser en avant, lorsque Conrad le retint :

— Pas si vite, messire, dit-il, il me semble que le bruit s'approche : marchons lentement, et mettons-nous provisoirement sur la défensive. Une attaque précipitée pourrait leur donner l'éveil, et nous faire manquer ainsi notre but.

Plus les chevaliers approchaient, et plus les plaintes de la jeune fille devenaient distinctes; ils comprirent enfin, qu'au milieu de ses sanglots et de ses soupirs douloureux, elle invoquait sans cesse le nom de son père.

Ces cris avaient je ne sais quoi de si émouvant, de si amèrement triste, que les deux chevaliers en furent profondément troublés. Leur poitrine s'embrasait et battait avec violence, tandis que le sang bouillonnait plus vivement dans leurs veines.

Sans perdre de temps, ils se placent au milieu de la

route, abaissent la visière de leur casque, et saisissent leurs lances : le lugubre cortége approchait.

A quelques pas plus loin, ils virent, aux lueurs du crépuscule, une dizaine d'hommes bien armés s'avancer dans leur direction : au milieu d'eux chevauchait un cavalier qui serrait avec force dans ses bras une jeune fille gémissante. Elle se débattait et se tordait avec l'énergie du désespoir; mais en vain! un cercle de fer l'étreignait.

Quoique la troupe vît la route occupée par deux chevaliers qui semblaient vouloir lui disputer le passage, elle continua d'avancer, sans manifester la moindre crainte.

— Lâchez cette femme, dit l'un d'eux aux ravisseurs, ou apprêtez-vous à combattre.

— Rangez-vous de côté, téméraires, hurla une voix dure, ou votre audace vous coûtera cher.

— En avant, s'écrièrent les chevaliers.

Et, plus rapides que l'éclair, ils tombèrent au milieu de la bande.

Le choc fut terrible; deux hommes, percés d'outre en outre, mordirent la poussière. Mais ce n'était que le prélude du combat. Furieuse, la bande saisit ses armes, et se rua à son tour sur les deux chevaliers. Alors on se porta des coups affreux. Au milieu du cliquetis des armes, et des clameurs des combattants, qui se poussaient, se frappaient, se hachaient, se tailladaient, on ne pouvait prévoir encore de quel côté la victoire se prononcerait. Cependant les chevaliers, qui maintenant se servaient de leurs épées et frappaient de tous côtés avec rage, eurent bientôt remporté un avantage considérable : cinq de leurs ennemis se trouvaient déjà étendus sur le sol, foulés aux pieds des chevaux, tandis qu'eux-mêmes, bardés de fer, à l'abri derrière leurs boucliers, restaient à couvert des coups qu'on leur portait, ou en paraient savamment les atteintes.

Pendant ce temps, le cavalier qui retenait la femme, s'était éloigné de quelques pas. La jeune fille, vivement émue, à la vue d'un secours aussi inespéré et agitée tour à tour d'espoir et de crainte, regardait les combattants d'un œil égaré. Parfois, en proie à la plus vive angoisse, elle étendait les bras, et appelait les chevaliers avec les supplications les plus attendrissantes, tandis que sans cesse elle redoublait d'efforts pour se dégager de l'étreinte qui l'étouffait. Lorsqu'il vit la tournure que commençait à prendre le combat, le cavalier fit tourner bride à son cheval, et se disposa à fuir; mais l'un des chevaliers, devinant son projet, pressa le flanc de son destrier et s'élança à sa poursuite. Remettant aussitôt la lance au poing, il la poussa avec violence entre les côtes de l'animal, qui, profondément blessé, broncha et s'abattit. Cependant cette chute n'avait fait que peu de mal au ravisseur, qui, se relevant aussitôt, reprit sa course à gauche, tandis que ses bras serraient d'une étreinte plus vigoureuse son fardeau. Alors, la même lance qui avait tué le cheval, perça l'homme au défaut de l'épaule, et pénétra jusqu'aux entrailles. Il tomba inanimé, et son corps couvrit la jeune fille, tandis que son sang souillait ses vêtements. A peine le chevalier eut-il accompli ce fait d'armes, qu'il reçut au dos un coup violent sur la cuirasse : soudain la lance échappa à sa main, sa tête se pencha, et il chancela étourdi sur la selle. Mais, au même moment, le second chevalier bondit vers l'assaillant qui venait de porter le coup, et lui donna la récompense de son action. Comme une hache redoutable, le glaive du chevalier lui tomba sur la tête, et la sépara si bien jusqu'à la nuque, que les deux parties en retombèrent sur les épaules. Couverts de blessures et de contusions, les combattants haletaient de lassitude, et le sang coulait le long de leurs membres fatigués; mais, poussés par la fureur, ils semblaient ne point s'apercevoir de leur épuisement, et ils ne cessèrent pas un instant cette lutte meurtrière. La terre résonnait sous le piétinement des chevaux qui s'élançaient avec ardeur au gré de leurs maîtres, et hennissaient de douleur aux coups qu'ils recevaient.

Les combattants se trouvaient de nouveau en présence. La perte de la plupart de leurs compagnons avait soufflé au cœur des ravisseurs une sorte de rage. Comme des lions furieux, ils se ruèrent sur les chevaliers, et leur portèrent avec une agilité incroyable des coups si terribles, que leurs cuirasses et leurs boucliers furent déchirés et percés, et que plusieurs plaques de fer se détachèrent de leurs épaulières et de leurs genouillières. Mais les chevaliers ripostaient si vaillamment à leurs adversaires, que ceux-ci, au comble de la stupéfaction, furent forcés de céder. On aurait dû croire que cette lutte sauvage allait enfin cesser ; mais, tout à coup, un homme de la bande se jeta à l'improviste en avant, attaqua un chevalier en flanc, et allait peut-être le démonter, quand l'autre chevalier, s'apercevant à temps de son dessein, brandit sa rapière avec autant de force que de justesse, et atteignit à la nuque l'agresseur dont la tête vint rouler à ses pieds : des flots de sang jaillirent et retombèrent sur le cadavre, qui, machinalement, fit encore quelques pas en arrière et s'abattit lourdement. A cette vue, les autres combattants furent saisis de terreur, et prirent la fuite en proférant les plus effroyables malédictions contre les chevaliers restés maîtres du champ de bataille.

Sans perdre de temps, ils descendirent de leurs coursiers et les attachèrent à un arbre. Vivement émus, ils marchèrent au milieu des cadavres qui venaient de tomber sous leurs coups, et qu'ils n'eurent pas de peine à reconnaître pour des affiliés d'une bande de voleurs ; puis ils s'approchèrent de la femme qu'ils venaient de délivrer au prix de si généreux efforts.

La nuit, qui déjà commençait à tomber lors de la rencontre, n'était pas sombre ; et pendant le combat, qui n'avait pas été long, puisqu'on avait combattu sans relâche, la lune avait parcouru une partie de sa course, et venait de percer l'épais brouillard qui avait régné toute la journée : son disque argenté planait majestueusement au fond du pâle firmament, et éclairait cet affreux tableau de sa lueur douteuse.

La jeune fille n'avait pu résister à cette violente impression de terreur, et s'était évanouie. Mais à peine les chevaliers eurent-ils soulevé le cadavre du bandit, qu'un cri aigu s'échappa en même temps de leur poitrine : pâlissant subitement et tremblants d'émotion, ils sentirent leurs genoux fléchir sous eux, et s'écrièrent d'une voix lamentable :

— Clara, ô Clara! ma pauvre sœur, ma chère amie... Ah! dans quel état te revoyons-nous? O ciel! Qu'est-il donc arrivé?... Hélas! à quelle fatale destinée as-tu servi de jouet?...

Ils restèrent un moment à genoux, dans l'attitude de la prière, comme si la verge vengeresse se fût appesantie sur eux; puis, le péril dans lequel se trouvait la damoiselle, les réveilla de leur torpeur et leur rendit un nouveau courage. Ils soulevèrent doucement la malheureuse jeune fille, victime d'un lâche attentat, d'une implacable cruauté, la portèrent à quelques pas plus loin, à une place plus convenable, et la mirent, avec de délicates précautions, à l'abri du vent, contre un arbre; ensuite, ayant rassemblé à la hâte de la ramée et de l'herbe sèche, ils improvisèrent un lit sur lequel ils déposèrent Clara.

En même temps, ils battaient les environs pour tâcher de trouver un peu d'eau. Conrad eut bientôt découvert dans le voisinage une fontaine où il puisa de l'eau avec une écaille détachée de son épaule; puis il retourna auprès de la jeune fille dont il lava la tête et les mains, et reconnut, après avoir visité les taches de sang qui souillaient ses vêtements, qu'elle n'était pas blessée.

Cependant, on entendait dans le lointain comme un bruit vague de pas de chevaux, et bientôt on vit deux cavaliers suivre la route dans la direction où se trouvaient les chevaliers. Guillaume, qui crut aussitôt reconnaître son père

avec son écuyer, marcha à leur rencontre, et confia sa
sœur à la tendre sollicitude de Conrad.

Quelques instants après, le chevalier Arnold de Kerstène, instruit déjà par son fils de ce qui venait d'arriver,
passait, le cœur plein d'amertume, au milieu des brigands
égorgés, et, descendu aussitôt de cheval, s'approchait lentement, en proie à une vive douleur, de sa malheureuse
enfant. A peine l'eut-il aperçue qu'un frisson glacial parcourut ses membres, et qu'une pâleur mortelle couvrit son
visage. Un long et pénible soupir s'échappa de sa poitrine
oppressée : il voulut parler, mais l'émotion qui le dominait
semblait avoir roidi sa langue, et il ne put articuler une
seule parole. Il s'assit à côté de sa Clara, et prit sa blonde
tête entre ses mains, tandis que les larmes de l'affliction
coulaient le long de ses joues.

Son écuyer, qui avait des connaissances assez étendues
en médecine, s'était aussi placé aux côtés de la jeune fille,
et usait de tous les moyens qui lui paraissaient propres à la
rappeler à la vie : bientôt ses efforts furent couronnés de
succès, et au bout de quelques instants, la jeune fille ouvrit
les yeux; mais son regard était faible et incertain. Elle
resta quelque temps encore assise, comme si les forces lui
eussent complétement fait défaut. Enfin, rassemblant tous
ses efforts, elle se dressa sur son séant, jeta furtivement un
regard plein d'angoisse autour d'elle, et laissa, avec un
triste soupir, son front s'incliner sur sa main. Le chevalier
Arnold, ne pouvant plus se contenir, l'embrassa, et lui dit
d'une voix émue, tandis qu'il la pressait contre son cœur
avec toute la tendresse d'un père :

— Clara, ma pauvre enfant!...

Mais la jeune fille qui n'avait rien compris à ces paroles,
le repoussa avec violence et indignation, et lui cria :

— Arrière, scélérat.... Il ne vous a donc pas suffi de
m'enlever cruellement, vous osez encore m'insulter, lâche!... Oh! je le sais : une jeune fille sans défense ne vous

inspirera jamais du respect, et vous pousserez l'infamie jusqu'au bout. Mais tremblez, oui, tremblez : un temps viendra, assassin, où... Ciel! où est mon père ?

Pendant ces affreuses exclamations, on eût dit qu'à chaque parole une lame acérée perçât le cœur des assistants ; des larmes amères jaillissaient de leurs yeux ; tandis que leur sein oppressé cherchait à se soulager par de profonds soupirs. Arnold, fou de désespoir, se laissa tomber aux genoux de sa fille, et lui dit d'un ton suppliant :

— O mon enfant! ma bien-aimée Clara, ne me reconnais-tu pas? Ah! que tu as dû souffrir!... Mais regarde-moi donc : je suis Arnold de Kerstène, ton père, à genoux devant toi.

La jeune fille leva ses yeux vers lui ; soudain, elle se dresse, et se jette en pleurant dans ses bras :

— Mon père, mon père!... s'écrie-t-elle, tandis que le chevalier Arnold pressait sur sa poitrine, dans un long embrassement, ce précieux trésor . . . .

. . . .

Une heure plus tard, quatre cavaliers entraient dans le manoir de *Kerstenbourg*. L'un d'eux soutenait une femme, et la pressait doucement dans ses bras. A peine eurent-ils dépassé la porte, que les lourds battants grincèrent sur leurs gonds, que la herse s'abattit, et que le pont-levis se hissa lentement dans l'espace.

VI

L'aurore commençait à poindre, douce et brillante, au milieu de l'horizon azuré, et les rayons dorés fondaient peu à peu le givre qui raidissait les branches, et amollissaient légèrement la terre congelée. Un souffle de vie semblait animer le calme de la nature. Assez souvent on voyait de

nombreux volatiles sillonner les airs ; et parfois une biche,
un lièvre, ou quelque autre quadrupède s'échappait de sa
retraite sauvage, et s'enfuyait à toute vitesse à travers
champs.

C'était une magnifique journée d'hiver. Cependant, bien
que le chevalier Arnold de Kerstène fût de retour au château, *Kerstenbourg* offrait un aspect mélancolique ; on y
remarquait peu de mouvement ; ni joie ni contentement ne
semblaient régner parmi les habitants.

Dans une vaste salle, tendue de superbes tapis, et entièrement ornée avec richesse, le chevalier Arnold était assis
près du foyer, dans l'âtre duquel pétillaient des fagots. Son
attitude était triste : le coude appuyé sur la table, il laissait
reposer sa tête grise dans sa main, et son regard, où se
lisait un profond abattement, ne se détachait pas du
parquet.

Devant lui, à trois pas de distance, un autre gentilhomme était étendu dans un fauteuil. C'était un beau jeune
homme, à la fleur de l'âge, à la taille élancée et bien prise,
aux traits mâles et sérieux. Son visage, plein d'amabilité
et de franchise, trahissait une noble fierté, et bien qu'il eût
séjourné de longues années à l'armée flamande, l'âpreté des
combats n'avait rien changé à la douceur de son naturel ;
bien au contraire, les fatigues avaient donné plus de force
à ses nerfs, plus d'élan à sa bravoure. Ses belles boucles
blondes entouraient son col avec un gracieux ondoiement,
et son large front révélait une tête puissante, capable d'en-
fanter les plus grandes pensées. Dans ses yeux pleins de
feu, ombragés d'épais sourcils, se reflétait une ame sensible
et généreuse ; et de tout cet ensemble il résultait, à l'évi-
dence, que le jeune homme était comblé des plus riches
dons de la nature, et que, parmi ses égaux, il devait être
compté au premier rang.

Si l'on sait que le jeune chevalier ne portait pas sur son
écusson les mêmes armes qu'Arnold de Kerstène, il devient

presque superflu de le faire connaître : chacun aura reconnu le noble Conrad de Stavèle.

Le plus souvent les bras croisés sur la poitrine, il regardait fixement devant lui ; mais parfois aussi, il passait et repassait la main sur son front, comme pour en chasser une image par trop importune. On voyait sans peine à l'expression de sa figure que des pensées accablantes déchiraient son cœur ; et on devinait aussi aisément, aux soupirs pénibles qui s'échappaient du sein des chevaliers, que tous les deux ils devaient être froissés dans leurs plus tendres sentiments, et qu'une souffrance douloureuse les avait brisés. Quelque chose de triste semblait les préoccuper : car, à maintes reprises, ils tournèrent involontairement leurs regards anxieux vers l'entrée de la salle. Enfin, le chevalier Arnold leva la tête, en laissant errer ses yeux autour de lui d'une manière vague, ou en les arrêtant un moment avec indifférence sur différents objets ; puis il dit avec un soupir :

— Ah ! messire Conrad, les événements d'hier impressionnent péniblement mon cœur... Ciel !... Que serait-il advenu de Clara, si vous n'aviez pu la sauver ?...

— Oh ! répondit le jeune chevalier, moi-même je ne suis pas encore revenu de ma consternation. Quel a pu être le mobile de cette tentative ? Énigme insoluble ! Mais je suis persuadé qu'une noire conspiration se cache sous ces menées...

— C'est également mon avis ; mais peut-être ne nous sera-t-il pas possible d'en découvrir jamais le fil. Puisse Clara nous en apprendre quelque chose ! mais elle-même, à coup sûr, est dans l'ignorance à cet égard. S'il en eût été autrement, elle eût déjà pu nous donner quelques éclaircissements.

— Après tous ces événements d'hier, la jeune fille était si agitée, qu'elle n'en a pas trouvé la force. Depuis lors, Dieu merci ! elle a goûté un repos réparateur, qui lui aura fait le plus grand bien. Qui sait si rien ne transpirera qui vienne confirmer ses prévisions ? Et Marguerite ?... Serait-il bien sûr qu'elle ne sait rien de tout cela ? Alors qu'à notre arrivée, elle prenait Clara dans ses bras, et s'écriait, profondément émue, les larmes aux yeux : « Malheureuse damoiselle, si vous aviez voulu écouter votre chambrière ! je vous ai toujours conseillé de ne pas quitter le château. » Depuis lors, elle garde un silence mystérieux, et me regarde parfois d'un air singulier, comme si elle redoutait un aveu important.

En ce moment, un bruit de pas se fit entendre.

— Ah ! s'écria le chevalier Arnold, voilà Guillaume ; peut-être nous apporte-t-il quelque nouvelle.

A peine eut-il prononcé ces paroles, que messire Guillaume parut dans la salle ; pâle, tremblant, il serrait convulsivement les poings, et se mordait les lèvres jusqu'au sang.

— Voulez-vous connaitre, dit-il avec colère, l'auteur de nos maux ?

— Qui, qui donc ? parle ! répondirent-ils à la fois.

Et, par un mouvement spontané, Arnold et Conrad s'étaient levés en sursaut, et contemplaient Guillaume avec anxiété.

— Gauthier de Straten, répondit lentement ce dernier.

— Gauthier de Straten !... Oh ! en es-tu bien sûr, Guillaume ?...

— Oui, Clara et Marguerite viennent de m'en faire l'aveu à l'instant.

Un sourd murmure accueillit ces paroles ; le murmure du lion qui précède le rugissement de sa colère, et dans lequel l'indignation la plus violente se fait jour.

— Oh ! le misérable ! s'écria Conrad, bondissant de rage, il recevra bientôt le châtiment de sa félonie.

Et il saisit ses armes avec fureur.

— Conrad, je vous suis, dit Guillaume, et, avant que le

chevalier Arnold eût songé à modérer leur impétuosité, ils étaient hors de la salle.

— Où courez-vous donc? leur cria-t-il enfin.

Eux, sans paraître se soucier de ses paroles, poursuivirent leur course.

Mais ils s'arrêtèrent sur le seuil, à la vue d'un vénérable vieillard, revêtu du costume des moines. La vue de ce prêtre pacifique et charitable, dans un moment de fureur et de vengeance, fit une impression visible sur leur esprit, et le doux regard qu'il attachait si humblement sur eux, calma soudain leur fougue et amollit leur ame.

— Père, adieu... s'écrièrent ensemble les jeunes gens.

— Bon jour, mes enfants, dit le prêtre, leur prenant la main avec bonté; je me suis empressé, en apprenant, dans ma tournée, votre retour et les événements d'hier, de venir vous voir.

— Merci de tout cœur, bon père, répondit Guillaume; vous trouverez ici des personnes qui réclament impérieusement le secours de vos consolations.

— Mais, poursuivit le moine, votre apparition soudaine m'a effrayé. Quel objet vous poussait si vivement? N'êtes-vous pas encore entièrement remis de votre trouble?

— Venez, mon père, entrez, dit Conrad; ce ne sera point pour vous un secret.

Arnold de Kerstène, que la résolution soudaine des deux jeunes gens avait comme étourdi pour un moment, accourait à la hâte de leur côté. En apercevant le moine, et en remarquant en même temps que Conrad et son fils s'étaient ravisés, il fut agréablement surpris, et une expression de joie se refléta sur ses traits.

— Père Adrien, s'écria-t-il, quel bonheur de vous voir aujourd'hui! Vous êtes comme un messager du ciel qui vient rendre le calme à une famille éplorée. Soyez le bien venu, cher ami, et vous, mon Dieu, soyez béni de lui avoir inspiré cette pensée.

Pendant qu'il parlait, le chevalier s'était saisi, avec une respectueuse familiarité, de la main du prêtre, et ainsi ils rentrèrent au château.

Lorsque tous furent assis dans la salle, le moine abaissa sur ses épaules le capuchon de sa robe, et dès lors ils purent contempler à leur aise son noble visage. C'était une de ces figures où rayonnent la sérénité de l'esprit et la bonté du cœur, sanctifiées par la religion, et vers lesquelles on se sent porté, dès le premier abord, par un attrait irrésistible. Son imposante stature, et son regard profond, que l'âge n'avait nullement affaibli, révélaient une dignité que l'on trouve rarement ailleurs que dans les véritables enfants de Dieu ; une couronne de cheveux plus blancs que la neige, qu'on eût dit tressée autour de sa tête brillante, était comme un signe de sa supériorité parmi les hommes, et inspirait à tous ceux qui pouvaient l'approcher un auguste respect ; enfin, l'éclatante blancheur de sa barbe, qui descendait onduleusement de son menton, contribuait non moins à rehausser le prestige de son extérieur.

Le chevalier Arnold le mit immédiatement au courant des principaux événements de la journée précédente, et lui fit en même temps connaître le mobile qui avait tout à l'heure enflammé d'une ardeur si vive les jeunes chevaliers ; puis, il ajouta :

— Oui, il est visible que votre arrivée à cette heure est une faveur de la Providence. Elle vous a envoyé pour les détourner de leur témérité, et pour nous éclairer de vos sages conseils.

— La sagesse, mes amis, répondit gravement le prêtre, appartient à Dieu seul ; sans son inspiration que pouvons-nous ? Lui seul est grand, lui seul est puissant, et rien sur la terre ne se fait sans sa sainte volonté. Prions Dieu, et dans le malheur comme dans la prospérité, ne cessons de le glorifier. Il visite souvent, pour les éprouver, ses enfants les plus chers. Ainsi, quand nous rencontrerons des difficultés, acceptons-les sans murmures; nous venger du mal que l'on nous fait, c'est agir à l'encontre de la volonté de Dieu.

— Devons-nous dévorer ce sanglant outrage avec tant de mansuétude, interrompit Conrad avec violence, et laisser cette lâche action impunie?

— Mon fils, continua le moine avec calme, il réside là-haut Celui qui s'est chargé de punir les forfaits : chacun un jour recevra ce qui lui est dû, les bons, la récompense, les méchants, la punition. Ne vous rendez pas coupable devant le Seigneur d'avoir prévenu ses desseins. S'il vous a choisi pour accomplir un châtiment, acceptez-en la mission, mais n'oubliez jamais, lorsque vous combattrez votre ennemi, que l'honneur doit présider au combat : il ne serait pas raisonnable de votre part de provoquer la rencontre; soyez plus magnanime.

— Et mes devoirs de chevalier?

— Votre premier devoir est de ne pas souiller votre ame. Quant au reste, vous ne devez jamais vous laisser emporter par la passion, car il n'arrive que trop souvent que ce que l'on nomme devoir n'est qu'une présomption déréglée. L'honneur consiste moins à appeler le félon au combat que de le laisser, couvert du mépris public, dévorer en silence le remords de son crime.

— C'est un lâche, celui qui n'ose pas regarder son adversaire en face.

— Le juste peut toujours porter haut la tête; mais ce n'est pas à dire qu'il faille rechercher son ennemi et lui lancer un défi; ce serait commettre une faute pour punir un forfait, et malheureusement on envisage trop souvent le point d'honneur d'une manière tout opposée. Sitôt que quelqu'un se croit offensé, la fureur l'enflamme, et il veut l'éteindre dans des flots de sang. Insensés ceux qui agissent ainsi!... Est-ce bien là l'amour du prochain? Je vous le demande, la générosité consiste-t-elle à ne pas vouloir se dominer, à chercher son réfuge dans la vengeance, ou bien, à supporter le malheur avec douceur et résignation?... Non, quelqu'un ne peut être accusé de lâcheté, quand, surmontant toutes les répugnances, il ne rend point à son ennemi le mal pour le mal, mais qu'il le laisse en paix, et lui pardonne ses torts.

— Mais le malheur est trop grand, trop cruel, et l'injure trop criante pour que l'on puisse pardonner...

— Sans doute, l'injure n'est pas petite, et celui qui vous l'a faite a dû se rendre gravement coupable devant Dieu. Aussi, devra-t-il expier son forfait. Mais, quant à vous, si vous pouvez le supporter avec résignation, vos mérites en seront d'autant plus grands.

Un moment de silence suivit ces paroles. Mille pensées différentes se croisaient tumultueusement dans l'esprit de Conrad, et il semblait en proie à une lutte intérieure avec lui-même. Les autres assistants baissaient les yeux sous le poids de leur préoccupation.

Cependant le moine, après une courte pause, obéissant sans doute à une idée subite, demanda avec une sollicitude visible :

— Et damoiselle Clara, que la faveur du ciel a miraculeusement sauvée d'un péril imminent, dans quel état se trouve-t-elle?

— Elle a passé une bonne nuit, mon père, et goûté un long et bienfaisant repos, s'empressa de répondre Guillaume.

— Pauvre enfant! qu'elle a dû souffrir!...

— Cher ami, dit à son tour le chevalier Arnold, que ces paroles émouvaient profondément, ce qu'elle a souffert, nous ne pourrons jamais le concevoir. Mon Dieu! dans quel état l'avons-nous retrouvée!... A cette seule pensée, mon cœur se brise.

Il porta la main à son visage pour arrêter une larme prête à s'échapper de sa paupière et à rouler sur sa joue.

F. DE K.

— Rien d'étonnant, mon ami, dit le vieillard; une telle rencontre doit être affreuse. Oh! plaise au ciel d'épargner à tous les hommes la connaissance des douleurs qui ont atteint Clara!... Mais ne perdons pas ici un temps précieux dont nous avons besoin, j'en suis sûr, pour verser quelques consolations à la jeune fille. Pourra-t-elle déjà nous recevoir? Où la trouverai-je?

A ces paroles, le prêtre se disposa à sortir.

— Elle vient, il y a peu d'instants, répondit Guillaume, de se lever, et se trouve probablement à cette heure dans son oratoire... O mon père, elle était si agitée encore lorsqu'elle quitta sa chambre!

— Oui, mon père, ajouta le chevalier Arnold, tandis que tous ils se groupaient autour du moine, secourez et consolez-la. Apportez-lui vos bénédictions, et fasse le ciel qu'elles la préservent de tous autres dangers.

Précédé de Guillaume, le moine quitta la salle pour rejoindre Clara.

Une heure après, tous se pressaient autour de la table du dîner. Arnold de Kerstène était assis entre ses enfants bien-aimés, Guillaume et Clara; vis-à-vis d'eux était placé le moine Adrien, et entre ce dernier et Clara se trouvait Conrad de Stavèle.

Clara était d'une pâleur extrême : ses lèvres bleuâtres, ses joues gonflées et ses yeux rouges étaient des indices irrécusables des souffrances qu'elle avait endurées. Mais, malgré sa tristesse, son extérieur n'était pas sans charme; sans doute, la visite du prêtre avait contribué à opérer en elle un heureux changement. De temps en temps elle levait les yeux, et son regard doux et mélancolique souriait au jeune chevalier assis à son côté; et, à chaque fois que leurs yeux se rencontraient, on voyait qu'un sentiment autre que celui d'une simple amitié les unissait. Les deux fiancés, dont des pensées douloureuses agitaient l'âme, parlaient peu; mais Conrad avait les plus délicates prévenances pour la jeune fille qui en paraissait vivement reconnaissante.

Le chevalier Arnold et le moine discouraient de la guerre et de la conclusion de la paix ; puis l'entretien roula sur les armées de France et de Flandre, entre lesquelles le chevalier établit les comparaisons les plus saisissantes, et n'omit pas de vanter la supériorité de ses compatriotes. Il raconta plusieurs épisodes mémorables qui avaient eu lieu pendant la guerre, avec une vivacité qui empêcha la conversation de languir. Cependant, on pouvait remarquer que, plus d'une fois, des pensées différentes détournaient les esprits de ce sujet, mais qu'on évitait avec soin de les exprimer, pour ne pas affliger Clara.

Le repas achevé, le moine, Arnold et son fils Guillaume, s'approchèrent du feu et parlèrent entre eux de différentes choses. Conrad et Clara restèrent à l'autre bout de la salle et engagèrent, de leur côté, une conversation à voix basse.

— Chère Clara, disait le jeune homme, quel bonheur suprême pour moi de me retrouver à tes côtés !

— Ah ! Conrad, soupira la jeune fille, j'ai désiré si ardemment ton retour ! Que n'es-tu arrivé quelques jours plus tôt !

— Ton malheur, Clara, m'a si vivement frappé, que mon cœur en a douloureusement saigné et que maint soupir s'échappe encore de mon sein. Oh ! si nous avions été ici, il ne te serait arrivé aucun mal ; mais, qui eût pu croire jamais un homme capable d'une si noire agression, d'une si lâche violence ?... Pourtant, à la fin, je me préoccupais tant de toi ! Il y avait en moi une voix qui me commandait l'inquiétude, et cependant il convenait d'aller à Wynendale avant de revenir au château.

— Si tu avais pu apprendre quelque chose, Conrad, tu serais accouru aussitôt pour me porter secours, n'est-ce pas ?

— Clara, tu m'affliges ; doutes-tu de mon amour ?

— Oh ! non, cher ami, jamais je n'en ai douté, et si mes paroles ont pu t'affliger, je le regrette vivement.

— Pardonne-moi, ma bien-aimée, cette question ; mes lèvres l'ont proférée à la légère. Ton cœur demandait une

6

nouvelle protestation ; eh bien ! chère Clara, je puis te la donner en toute confiance, avec une entière loyauté. Pourrait-il en être autrement ?... n'es-tu pas mon bien le plus précieux sur la terre ?

— Oh ! merci, mon ami ; que j'aime d'entendre ces paroles dans ta bouche !

Après un moment de silence, la jeune fille poursuivit :

— Tu ne me quitteras plus, n'est-ce pas, Conrad ?

— Non, Clara, désormais nous restons avec toi.

— Alors, je pourrai oublier mes malheurs passés : ta présence me fait tant de bien ! Puissé-je encore, mon Conrad, être heureuse comme aux jours fortunés où tu me conduisais à la promenade et à la chasse.

— Ces heureux jours, mon ange, tu pourras encore les goûter ; car nous allons, dans peu de temps, pouvoir reprendre et nos chasses et nos promenades.

Légèrement embarrassé, il poursuivit :

— Oh ! notre bonheur sera plus intime encore !... Maintenant, il n'en est plus de doute, notre amour fidèle va recevoir sa récompense. La bénédiction du Très-Haut, va bientôt descendre sur nous, et les liens de l'hymen nous uniront... Qu'en dis-tu, Clara ? ces paroles ne sont-elles pas conformes à tes vœux ?

— Oui, Conrad, oui, répondit la jeune fille troublée : c'est mon unique désir ; je l'ai sans cesse demandé au ciel comme une faveur.

Un léger incarnat colora les joues pâles de la jeune fille, tandis qu'elle prononçait ces paroles, et elle baissa les yeux.

Conrad reprit :

— Assez longtemps nous avons échangé nos promesses d'union, et nous voyons enfin le moment heureux s'approcher. Alors, Clara, nous serons joints l'un à l'autre pour l'éternité sans que rien puisse venir nous séparer.

— Combien de temps s'écoulera-t-il encore avant que ce moment soit venu ?

— Quelques jours à peine, ma chérie; ton père m'a déjà donné son consentement.

— Ah! cher ami,... soupira la jeune fille; mais elle n'osa en dire davantage.

Les deux amants restèrent un moment silencieux : trop de sensations diverses agitaient leur esprit. A la respiration pénible qui soulevait leur poitrine, on devinait sans peine quelle émotion suprême les dominait; l'amour le plus ardent rayonnait sur leurs visages.

Clara, la première, rompit le silence, et dit :

— Mon ami, nous serons unis pour toujours, dis-tu : mais si la patrie se trouvait encore en danger, et réclamait le secours de ton épée?

— Si le bonheur de la patrie l'exigeait, je n'hésiterais pas de partir. On n'est jamais si étroitement lié, qu'on soit inséparable. Je remplirais mon devoir, quelque douleur que j'éprouverais de te quitter.

— Tu sais, Conrad, que ton départ m'affligerait outre mesure, que ce coup, peut-être, dépasserait mes forces, et pourtant je ne voudrais pas non plus que tu restes à la maison. Nos pères, dans une guerre juste, se sont toujours mis au service de la patrie : leurs enfants doivent se montrer dignes d'eux.

— Oui, Clara, tu dis vrai : travailler à la prospérité du pays est à coup sûr le premier devoir d'un chevalier. Maintenant, cet orage qui a sévi si longtemps, s'est dissipé, et il faut espérer que nous pourrons jouir d'une paix heureuse et durable.

— Puissent tes prévisions se réaliser, Conrad. Puisses-tu ne jamais m'être arraché!...

— Ton amour, ma Clara, le mérite pleinement, et plaise au ciel d'exaucer tes vœux!...

— Oh! je l'en supplierai tous les jours, et peut-être m'écoutera-t-il : s'il en doit être autrement, qu'il m'accorde la résignation !

— Que de trésors, chère amie, sont déposés dans ton cœur! Non, il ne t'arrivera plus d'adversité : Dieu se laissera toucher par tant de vertus.

— Si je n'avais plus à craindre Gauthier de Straten.... soupira la jeune fille.

— Comment! tu trembles encore à ce nom, tandis que nous sommes ici pour veiller sur toi! s'empressa de répondre Conrad. Pas n'est besoin, Clara, de le redouter. Il ne cherchera plus à te nuire. Il sait, aussi bien, que la boule qui parcourt une voie boueuse, s'arrête bientôt, et que celui qui choque contre un mur s'y brise la tête.

— Sans doute; mais lorsqu'une bande de loups pénètre dans une bergerie, les agneaux sont bien vite égorgés.

— Je te comprends; mais si les loups, à la place des brebis, trouvent des lions?... Que l'on ose encore tenter de pareils crimes!... O le lâche et déloyal chevalier qui s'abaisse jusqu'à conspirer avec le dernier des malfaiteurs pour donner libre cours à ses hideuses passions!... Mais ne touchons pas cette corde : ce sujet t'afflige trop, et il rendrait plus vive la blessure encore saignante de mon cœur.

Il y eut encore un moment de silence : bientôt un douloureux soupir souleva le sein de la jeune fille.

— Qu'est-ce qui t'agite, Clara? demanda le chevalier avec angoisse, pour te faire soupirer si péniblement?

— Ce n'est rien, répondit la jeune fille avec amour; j'étais sous l'impression de pensées tristes qui se sont évanouies avec mon soupir. D'ailleurs, il ne m'est pas possible, mon Conrad, ajouta-t-elle avec un sourire où se reflétait son ame tout entière, d'être longtemps triste en ta présence.

— Deux cœurs qui s'aiment véritablement, reprit le jeune homme, ému par les accents de la jeune fille, trouvent la satisfaction la plus douce, le plus ineffable plaisir dans leur présence réciproque. Ils se sentent comme dégagés de la terre, et transportés dans un séjour plus heu-

reux... Oh! ma Clara bien-aimée, si déjà maintenant nous
éprouvons un tel bonheur, que sera-ce quand le prêtre
aura prié sur nous!... Alors nous ne serons plus deux,
nous ne serons qu'un seul être, un cœur, et une ame que
l'amour aura fondus ensemble.... Clara, quelle vie!... toujours unis!... toujours prêts à saisir nos mutuelles sensations, à partager nos joies, à nous assister chacun de nos
conseils!... L'hiver, au coin de l'âtre pétillant, nous délas-
sant dans un entretien amical; l'été, aux brillants rayons
du soleil, nous promenant à l'ombre du frais feuillage,
et peut-être, poursuivit-il, en adoucissant la voix, nous ré-
jouissant des ébats d'une jeune lignée.... Mais quoi, Clara,
tu soupires encore?

— Conrad, répondit la jeune fille, tandis qu'elle portait
les mains à son cœur, le tableau que tu traces de notre
futur bonheur m'émeut trop : cesse, mon ami, je t'en prie :
mon esprit est trop faible en ce moment. Si tu devais poursuivre plus longtemps, je n'y pourrais plus tenir : la joie
ferait faiblir mon cœur.

— Chère Clara, continua le jeune homme, comment
pourrais-je cesser? Un vase trop plein déborde de lui-
même, et l'on ne saurait empêcher une fontaine de laisser
jaillir son onde; de même, mon ange, je ne puis résister au
bouillonnement de mon cœur... Laissons-nous continuer
un entretien qui nous procurera le plus vif bonheur : ces
heures nous dédommageront du temps infini qui nous a
séparés.

Le chevalier, à ces dernières paroles, laissa tomber son
regard sur la jeune fille bien-aimée, et parut, au comble de
l'émotion, attendre une réponse. Clara restait immobile;
on l'eût dite rivée aux paroles du jeune homme, et elle
écoutait encore, qu'il avait déjà cessé de parler. Cependant,
elle leva tout à coup les yeux, et, lui souriant tendrement,
lui dit :

— Oh, oui! Conrad, poursuis : tes paroles, je le sens

maintenant, loin de me faire du mal, sont pour mon cœur un baume bienfaisant.

Le jeune homme continua d'esquisser la perspective d'un riant avenir, et animait en même temps son discours de la plus ineffable tendresse.

Longtemps encore, ils eussent épanché leurs cœurs l'un dans l'autre, par ce langage brûlant, et savouré d'avance le bonheur de leur vie prochaine, si le moine ne se fût avisé de vouloir quitter un moment le château. Aussitôt l'assemblée se leva, et entoura le vieux prêtre, tandis que celui-ci lui adressait ses dernières paroles. Mais soudain un bruit extraordinaire vint troubler l'entretien, et avant qu'on eût pu tendre l'oreille pour s'en rendre compte, la porte s'ouvrit avec un sourd grincement.

— Vite, vite, au secours! au secours!... s'écria un homme à la voix frémissante. Votre écuyer, sire de Kerstène, est étendu à terre, grièvement blessé. Il avait remarqué un individu qui espionnait le château; nous sommes allés l'attaquer; mais c'était un gaillard bien armé et aguerri : je me suis sauvé de ses mains au moment où son poignard allait me percer.... Oh! seigneurs chevaliers, hâtez-vous....

A ces mots, l'homme terrifié s'enfuit.

En un clin d'œil, les chevaliers eurent saisi leurs armes et s'élancèrent hors du château, tandis que le prêtre demeurait avec la damoiselle, abattue, pour l'encourager.

Lorsque les chevaliers furent sortis du manoir, ils virent l'espion fuir à toutes jambes; mais quelque agilité que missent à le poursuivre Conrad et Guillaume, ils furent forcés d'abandonner la partie; et bientôt il disparut dans le bois. Les chevaliers trouvèrent l'écuyer sans connaissance, baigné dans une mare de sang. Aussi vite que possible, ils le firent enlever et porter au château, où les soins les plus pressants lui furent immédiatement prodigués.

Le moine, retardé par cet incident, ne songea plus pour

le moment à quitter le manoir, où sa présence était un bonheur pour le blessé que ses bons offices soulagèrent beaucoup.

Quelques heures plus tard, les chevaliers et le père Adrien se trouvaient réunis à l'avant-cour; quoique revenus un peu de leur saisissement, ils causaient avec animation de l'apparition de l'espion, lorsque Arnold de Kerstène dit au moine :

— Oui, mon père, je dois le reconnaître, la visite de cet espion et la résistance acharnée qu'il a opposée à mes fidèles serviteurs m'ont fait concevoir de fâcheux soupçons : je crains pour l'avenir.

— Sire chevalier, répondit le moine, de quelque côté que l'on envisage la chose, il est impossible de nier que votre crainte soit sans fondement. A coup sûr, tout cela se rapporte à des embûches que l'on veut tendre de rechef à la malheureuse damoiselle.

— On peut s'attendre aux plus grands excès, poursuivit le chevalier, de la part de la redoutable horde de brigands qui nous a déjà causé tant de calamités. Personne ne peut révoquer en doute que cet espion ne soit un envoyé de la bande. Qui sait quel danger nous menace?...

— Que pourraient-ils contre ce château? fit observer l'un des jeunes chevaliers.

— Ces scélérats ne sont-ils pas capables de tout? reprit Arnold.

— Oui, dit le prêtre, on a tout à redouter de ces êtres qui ont fait du crime leur profession, et qui n'ont d'autre but que de faire des victimes. Il me semble qu'il y a à pourvoir à deux choses : veiller au salut de Clara, et tâcher d'extirper, sans retard, la bande des brigands. Jusqu'à son entière extinction, vous ne pourrez point vivre en paix.

— Ah! c'est affreux, mais ce n'est que trop vrai, soupira Arnold, tandis que Conrad, avec d'amers murmures, serrait convulsivement les lèvres et portait involontairement la main au pommeau de son épée.

— Oui, dit-il avec passion, assez longtemps cette horde a jeté la terreur dans nos contrées, il faut l'anéantir. Avec des voisins si incommodes la position n'est plus tenable. Au surplus, il est indispensable de prendre immédiatement des précautions; car ils éprouvent, probablement, le besoin de se venger de leur défaite d'hier. En outre, les souffrances que Clara a endurées ne sont pas faibles; nous devons veiller à ce qu'elle soit à l'abri de tout péril ultérieur.

— Tout cela, reprit Arnold inquiet, n'est pas si facile à exécuter. Par où commencer pour chasser cette bande de brigands? Où pourra-t-on sur-le-champ transférer Clara, pour la mettre hors de danger? Voilà la grande difficulté. Que conseillez-vous, père Adrien, pour sortir de ce cruel embarras?

— Si le Seigneur, répondit le moine après un instant de réflexion, daignait m'éclairer, je vous apporterais avec plaisir le secours de mes avis. Mais je ne suis qu'un faible mortel, et rien de plus. Cependant, mes chers amis, puisque vous désirez connaître mon sentiment à cet égard, je puis vous dire ce qui me paraît le plus efficace pour la réussite du projet. Notre couvent de Gand vous offre un asile sûr: conduisez-y la jeune damoiselle. Messire Conrad, vous l'accompagnerez avec une bonne escorte. Je me joindrai à vous pour aider à veiller sur elle. En même temps, sire de Kerstène, vous vous rendrez à la cour de Philippe de Flandre pour obtenir quelques hommes déterminés, à l'effet de combattre la troupe des bandits; il ne vous refusera pas, j'en suis sûr, et, dans l'entretemps, Guillaume restera pour garder le château.

D'unanimes acclamations saluèrent ces paroles, et le projet du moine fut adopté sans objection. On convint que le départ s'effectuerait le lendemain, que le prêtre demeurerait jusque-là au château pour ne plus quitter la damoiselle, et, qu'avant l'arrivée de la nuit, on y rassemblerait tous les vassaux pour aider, au besoin, à le défendre.

Lorsque le soir fut venu, un certain nombre d'hommes vigoureux entrèrent au manoir. Puis on ferma solidement portes et fenêtres, et ordre fut donné à deux gardes de circuler sans relâche dans l'avant-cour du château.

Les hôtes de Kerstenbourg, que ces précautions avaient tranquillisés, allèrent prendre leur repos pleins de confiance et de sécurité, et le roi trompeur de la nuit, le sommeil, étendit bientôt ses douces ailes sur eux tous.

VII

Une caverne, privée de toute lumière, est assurément une chose effrayante : telle est aussi parfois une nuit d'hiver.

La lune venait de descendre des cîmes de l'occident, et avec elle toute clarté avait disparu. La nuit était profonde, horriblement noire, et il régnait je ne sais quel silence que rien ne troublait.

Cependant, si un œil perçant eût regardé aux alentours du château du chevalier Arnold de Kerstène, nul doute qu'il n'eût remarqué un nombre considérable de formes humaines qui, semblables à des fantômes, se pressaient à travers les arbres. C'était un va-et-vient continuel. Mais ce remuement fantastique avait quelque chose de si effrayant, que tout spectateur en eût reculé avec un mouvement d'horreur ; car, tandis que quelques hommes accouraient chargés de lourds fagots de bois et de bottes de paille, d'autres portaient des armes de toute espèce, qui, dans l'obscurité, flamboyaient comme des rayons de feu.

Quelle peut être la raison qui, à cette heure, amène ces hommes dans ce lieu ? A quoi tendent les précautions qu'ils prennent si minutieusement ? Que signifie ce profond si-

lence, qu'ils paraissent s'être imposé avec une intention
marquée? Préparent-ils peut-être un affreux attentat?

Un homme s'adosse à un arbre; son attitude révèle le
commandement et ses yeux lancent des jets de feu. Il porte
un regard furtif autour de lui, et, voyant que tous ses gens
se sont groupés à ses côtés, il dit d'une voix sourde, mais
qui pénètre jusque dans la moelle des os :

— Amis, l'heure a sonné de faire honneur à votre serment, l'heure est venue d'assouvir votre vengeance. Plusieurs jours se sont écoulés depuis que vous avez juré de
livrer la damoiselle, et quel résultat avez-vous obtenu?
Vous l'avez enlevée, il est vrai, mais elle vous a été arrachée. On vous a donné un soufflet sur la face : ne l'efface-
rez-vous pas? Seriez-vous assez lâches pour dévorer cet
affront? On a tué vos compagnons : les laisserez-vous sans
vengeance? Non, mille fois non : aussi vrai que je m'appelle Everard le Vautour, cela ne sera pas... Le sang
appelle le sang, et nous en tirerons une vengeance, oh! une
vengeance épouvantable. L'outrage dont on nous a couverts est trop sanglant pour être oublié, et jamais on ne
pourra dire que quelqu'un ait osé nous résister.

— Non, on ne le dira pas... Vengeance, vengeance!...
rugirent avec un cri féroce plusieurs voix de la bande.

— Ainsi, reprit le chef avec fureur, détruisons ce château par le glaive et par le feu : passez au fil de l'épée tout
ce qui osera se montrer devant vous et n'épargnez que la
damoiselle dont vous répondez sur votre tête. Malheur à
celui qui osera porter la main sur elle, pour lui nuire en
quoi que ce soit!... Combattez sans regarder autour de
vous. Celui qui recule est un lâche : qu'il meure !

— Oui, qu'il meure ! s'écrièrent-ils tous.

— Et maintenant, poursuivit le Vautour, sans tarder
mettons-nous à l'œuvre : elle doit nous procurer un riche
butin. Faute de béliers, nous brûlerons la porte : le feu
servira à éclairer notre attaque.

Des acclamations joyeuses couvrirent ces paroles du chef, et plus d'un brigand serrait ses armes avec une muette impatience et un désir infernal de se venger. Tandis que tous ils s'apprêtaient à porter la main à l'œuvre, le Vautour traversa le groupe des brigands, et dit à un gaillard qui faisait l'essai de ses traits contre l'écorce d'un arbre :

— Rosse-Sis, tu es préposé avec tes hommes à surveiller l'extérieur du château : aie soin que personne ne s'échappe.

— Capitaine, répondit-il, celui qui ose le tenter est la proie de la mort. Mes dards sont aigus et portent juste.

— Et vous Pokke-Steven et Tone-Zonder-Genâ, poursuivit le chef, en se tournant vers deux autres des principaux bandits, partout où je me trouverai, tenez-vous à mes côtés.

Et sans laisser à personne le temps d'ajouter un mot, il prit une botte de paille, et dit à la bande :

— Amis, suivez-moi ; mais que le moindre bruit ne trahisse point vos pas.

Il marcha à la hâte à travers le feuillage, et, suivi de toute la troupe, se dirigea vers l'entrée du château. Le fossé extérieur, fortement pris par la glace, ne pouvait l'arrêter un moment ; il le traversa et déposa contre la porte la première botte de paille.

Au bruit causé par la marche de la bande des brigands et par le transport de la paille et du bois, les chiens s'étaient mis à japper, et presque aussitôt une fenêtre supérieure s'ouvrit non loin d'eux, et un homme avança la tête pour voir et entendre ce qui se passait.

— Attendez, dit à ses compagnons Rosse-Sis, qui avait remarqué cet homme, je vais le récompenser de sa curiosité.

A ces mots, il appuya son arbalète contre sa joue, pressa le ressort, et la flèche siffla dans l'espace : soudain un cri perçant retentit dans le château, et l'on entendit la chute d'un corps : le veilleur avait disparu de la fenêtre.

F. DE K.

Les deux hommes qui avaient tenu la garde dans l'avant-cour, tandis que leurs compagnons s'étaient jetés tout habillés sur un lit de paille pour goûter quelques heures de repos, alarmés par le bruit, étaient montés à la hâte à une des deux tours qui s'élevaient de chaque côté de la porte, et examinaient un instant à travers les meurtrières ce qui se passait.

Tout à coup des jets de flammes s'élancent confusément, et une épaisse fumée se répand dans les airs. Saisis d'effroi, les sentinelles descendent précipitamment de la tour, et courent de toute la vitesse de leurs jambes au château où elles crient partout :

— Au meurtre !... A l'incendie !... Aux armes, aux armes !...

Ce cri terrifiant eut bientôt réveillé tous les hommes d'armes qui, sur-le-champ, s'arrachèrent à leur repos. A ce premier mouvement d'angoisse et de terreur vinrent s'ajouter une profonde consternation et une confusion extrême. En un moment, on courut, on revint sur ses pas, sans chercher, ce qui importait le plus, des moyens de salut ou de défense. Clara se jeta, en sanglotant, dans les bras de son père qu'elle couvrit de ses larmes, tandis que, tremblante de frayeur, elle le suppliait de la sauver.

Cependant l'incendie de la porte faisait des progrès rapides et éclairait les alentours d'une lueur sinistre. Les mâtins, furieux, continuaient d'aboyer avec une violence croissante. Le même cri retentit encore :

— Aux armes sans retard ! Le Vautour avec sa bande se trouve devant la porte déjà enflammée.

Le péril était imminent : il ne restait plus un moment à perdre. Le chevalier Arnold confia sa fille désespérée aux soins paternels du moine Adrien et à la tendresse de la servante Marguerite, s'élança dans l'avant-cour, rassembla autour de lui ses varlets et vassaux dispersés, et leur parla avec transport. Soudain, poussés par la fureur, ils saisissent leurs armes, et, le chevalier, leur suzerain, à leur tête, bondissent en avant pour repousser les assaillants.

Guillaume et Conrad, à la tête des plus intrépides, s'étaient, aussitôt leur réveil, élancés aux tourelles de la porte, d'où leurs traits avaient atteint plusieurs brigands. Mais l'incendie s'était propagé jusqu'aux tours mêmes : la herse s'abattit avec fracas, déjà la flamme avait dévoré une partie de la porte. Les courageux combattants furent forcés d'abandonner ce poste, pour se soustraire au feu ou pour éviter d'être entourés par les brigands.

Les jeunes chevaliers allèrent rejoindre Arnold de Kerstène qui s'était mis sur la défensive derrière l'entrée du château et firent preuve d'une bravoure étonnante. C'était un spectacle affreux que de voir avec quelle agilité les traits se succédaient, et, comment, assiégants et assiégés, se les échangeaient à travers les flammes de la porte.

Soudain la porte entière tomba en pièces, et à peine, quelques parties de la herse continuèrent d'entraver le passage. Les chevaliers, devinant le projet de l'ennemi, et prévoyant l'impossibilité d'en empêcher l'entrée, reculèrent immédiatement jusque dans le château, et, presque au même moment, la horde se rua sur eux en poussant d'effroyables clameurs. Avec une violence sauvage, les bandits assaillirent la porte principale du manoir qui retentit bientôt de leurs coups répétés : un horrible tumulte régnait dans l'avant-cour, le choc était continu, et les agresseurs poussaient sans interruption des vociférations terribles, que dominait pourtant la voix tonnante du Vautour, qui s'efforçait d'exciter ses hommes à redoubler d'efforts.

Les chevaliers Arnold et Conrad, aidés de serviteurs et de vassaux, combattaient semblables à des lions en rage, et comme un grand nombre de brigands ne portaient pas de cuirasse, les flèches pénétraient souvent sans obstacle dans leur chair, et faisaient parmi eux un vide sensible. Guillaume, qui s'était porté à une fenêtre, donnant au-dessus

7

des brigands, leur lançait sans relâche, assisté de quelques hommes, d'énormes blocs de bois et de pierre, et parvenait à éviter les flèches qu'ils lui envoyaient en échange; puis, tout à coup, il renversa de la fenêtre un lourd quartier de rocher, qui tomba au milieu des bandits avec un craquement affreux; Pokke-Steven resta écrasé aux pieds du Vautour.

— Damnation! rugit celui-ci avec rage. Rien ne peut nous arrêter. Amis, en avant! Vengeance!...

Un choc horrible fit voler en éclat la porte qui jusque-là avait opposé résistance, et, comme un torrent impétueux et longtemps contenu, la foule bondit dans le château, vociférant, haletant et renversant tout ce qui se trouvait sur son passage. Le Vautour se fraya un chemin vers le haut pour rechercher sans retard le meurtrier de Pokke-Steven. Guillaume était sur le point de verser une quantité de chaux vive sur les assaillants, quand soudain le Vautour accourut. Se trouvant sans armes, il prit à la hâte une pierre et la lança au brigand qui eut d'abord affaire à quelques hommes qui cherchaient à défendre Guillaume. Mais rien ne résistait à la violence du Vautour, et celui-ci se trouva en présence du noble jeune homme dont il avait su éviter le coup. Guillaume s'élança aussitôt sur lui, le saisit aux reins, et crut pouvoir le renverser; mais le brigand ne lui en laissa pas le temps. Il prit Guillaume à la gorge, l'étreignit de son bras de fer, et la serra avec tant de force, que le pauvre jeune homme sentit ses forces l'abandonner: il demeura inanimé dans les bras du Vautour qui lui plongea jusqu'à la garde sa dague dans le cœur, puis il tomba.... Guillaume n'était plus.

Tandis que les bandits faisaient irruption dans le château, Conrad de Stavèle s'apprêtait à les recevoir avec le glaive.

— Conrad, lui cria tout à coup Arnold de Kerstène, Conrad, songez à Clara, ma malheureuse enfant.

Ces paroles évoquèrent d'affreuses pensées dans l'esprit du chevalier, et il eut un moment de combat avec lui-même. Il ne voulait point quitter Arnold, qu'il cherchait à protéger de son corps, et l'on venait invoquer son appui pour celle qui était si étroitement liée à son cœur!... Au même moment, il entendit la jeune fille l'appeler si tristement par son nom!..

Conrad disparut.

La bande enfonça toutes les portes qu'elle trouva fermées et se répandit avec des rugissements sauvages par tout le château. En différents endroits, on se battit à outrance; mais partout aussi les assiégés durent céder devant le nombre, et bientôt leurs cadavres jonchèrent le sol de tous côtés. Une seule porte, malgré la furie de l'attaque, résistait encore. On avait tâché de l'enfoncer violemment; mais il était manifeste qu'elle était barricadée au dedans; puis on voulut l'arracher de ses gonds; mais toutes les armes furent vainement employées. Enfin Tone-Zonder-Genâ, qui remarqua cette circonstance, s'avança, et, d'un coup de hache bien allongé, la brisa en deux.

Dans la salle dont la porte venait de voler en éclats, s'était réfugié Arnold de Kerstène, entouré de quelques-uns de ses serviteurs et de ses vassaux. En voyant leur air de résolution déterminée, les bandits s'arrêtèrent soudain. Etait-ce respect pour le noble chevalier, ou l'effroi les avait-il saisis? La dernière hypothèse paraît la plus probable, bien que ces scélérats n'eussent jamais manifesté la moindre peur. Mais ce moment offrait beaucoup d'analogie avec l'instant solennel où deux bêtes féroces sont lancées dans l'arène, et, avant de s'entr'égorger, s'observent avec des grincements sauvages. Tout à coup, comme s'il eût eu honte de sa propre hésitation, Tone-Zonder-Genâ se jeta en avant, et sa hache coupa le bras d'un des défenseurs du château; mais en même temps, un coup si furieux lui fut porté à la tête qu'il recula étourdi.

Alors commença un combat comme il ne s'en était point encore livré, et dont nous renonçons à décrire toute l'horreur. Les murs furent bientôt teints de sang, le parquet couvert de mourants. Cependant, les bandits renforcés sans cesse par leurs compagnons qui accouraient au bruit de la lutte, remportèrent l'avantage. Un seul homme, le chevalier Arnold, se tenait encore debout, et son épée voltigeait autour de lui avec tant de fureur, que tous ceux qui osaient l'approcher, payaient leur audace de la mort.

En ce moment, on entendit, non loin de cette scène de carnage, le corps d'un homme s'affaisser lourdement : un rire infernal accompagna la chute. C'était le vénérable vieillard, le moine Adrien, qui tombait frappé !... Pendant que l'on se battait avec acharnement dans l'avant-cour, il s'était rendu, avec Clara et Marguerite, dans l'oratoire, et, lorsque les brigands assaillirent le château, les deux femmes, effrayées et gémissantes, s'étaient sauvées précipitamment. Le prêtre seul continua de prier. Là, courbé devant un crucifix, il fut découvert par les misérables, et, faut-il le dire? cruellement arraché de son prie-dieu et traîné dehors. Il était étendu immobile, grièvement blessé et presque privé de connaissance. Hélas! un sort plus cruel encore l'attendait.

Les scélérats, le Vautour à leur tête, s'élancèrent aussitôt vers le moine. Au milieu de leurs hurlements sauvages et des vociférations les plus ignobles et les plus repoussantes, ils le traînèrent quelque temps par les pieds au-dessus des cadavres, et lorsqu'enfin ils eurent assouvi suffisamment leur cruelle soif de vengeance, ils lui abattirent la tête avec une hache.

Cependant, le chevalier Arnold, assailli par des hallebardes et des piques, fut bientôt serré de près, après avoir reçu déjà quelques légères blessures. Néanmoins, avec une force infatigable et une merveilleuse dextérité, il repoussait les coups prêts à l'atteindre et forçait les brigands de se tenir à distance. Tone-Zonder-Genâ, que la honte et la colère de se voir arrêter par un seul homme faisaient grincer des dents, lui lança sa hache avec fureur et le blessa aux mains. Animé par ce succés, il saisit à la hâte une lance, bondit vers le chevalier et allait l'atteindre au cœur lorsqu'au même moment Arnold brandit sa rapière : la tête du téméraire bandit roula sur le parquet...

Le Vautour, informé de ce qui venait de se passer, arriva à temps pour assister au trépas du meilleur homme de sa troupe. Blême de fureur, il s'élança sur le chevalier ; mais l'épée d'Arnold était levée et un coup mortel attendait le bandit ; celui-ci, calculant le danger, se baissa. L'épée tournoya, mais manqua son but, et telle était la violence du coup, que l'arme fît une profonde entaille au mur. Alors le Vautour se redressa et sa dague, encore souillée du sang de Guillaume, frappa le chevalier au cœur. Le malheureux Arnold s'affaissa sur lui-même, et, un instant après, il n'était plus qu'un cadavre.

Ce spectable sanglant était éclairé par les horribles lueurs de l'incendie, qui, activé par un vent assez violent, s'était rejeté sur les deux ailes du château, et continuait de plus en plus ses dévastations.

Les meurtriers parcouraient en tous sens le château pour découvrir la damoiselle ; depuis le grenier jusqu'aux caveaux, jusqu'aux retraites les plus cachées, ils furetèrent partout, la torche à la main. Le Vautour ressemblait à un possédé : au comble de la rage, il mugissait comme un taureau furieux.

Conrad de Stavèle qui, à la demande d'Arnold, s'était retiré du combat pour pourvoir au salut de la damoiselle, l'avait trouvée, sanglotant de désespoir, dans les bras de sa chambrière.

— Clara, ma Clara chérie ! s'écria-t-il ; et il baissa la tête pour lui cacher une larme qui, malgré lui, jaillissait de sa paupière.

Aux accents de cette voix connue, la jeune fille se retourne, quitte aussitôt Marguerite et accourt vers le chevalier en lui tendant les bras :

— Conrad, mon Conrad, soupire-t-elle, accablée de douleur et pleurant amèrement.

Puis elle tombe sur le sein du jeune homme sans pouvoir proférer une parole de plus.

Les tortures auxquelles Conrad se trouvait en proie à ce moment, étaient poignantes : il avait vu, sans avoir pu l'empêcher, la prise du château ; il avait vu cette belle résidence livrée au meurtre et à la dévastation, et il aurait voulu, au prix de son sang, tout tenter pour la sauver. Mais l'infortunée Clara, si injustement persécutée, ne pouvait se passer de son secours. Oh ! certes, ces pensées affligeantes le tourmentaient cruellement, et il sentait les furies de l'enfer déchirer sa grande ame.

— Chère Clara, dit-il à la hâte, reprends courage : il n'y a pas un instant à perdre : sauve-toi par la fuite.

— Ah ! Conrad ! s'écria la jeune fille au comble de l'anxiété, laisse-moi mourir à tes côtés.

— Ton précieux sang, reprit le chevalier, serait versé en vain. Non, Clara, tu ne peux demeurer ici... Viens par ce chemin dérobé ; je t'accompagnerai jusqu'à ce que tu sois en sûreté.

La damoiselle ne fit plus d'objection. Conrad ouvrit une porte secrète, prit la jeune fille par la main et ils s'enfoncèrent tous deux dans l'allée.

Marguerite, qui, aussi longtemps que la jeune fille avait réclamé ses soins, avait conservé toute sa présence d'esprit, avait, sitôt débarrassée de cette charge, senti son courage faiblir et paraissait être, en quelque sorte, privée de ses moyens intellectuels : elle courait çà et là comme une folle, sans écouter le chevalier, qui la pressait instamment, et à diverses reprises, de le suivre dans la fuite.

A la vue de ce délire, Conrad sentit presque le désespoir

s'emparer de lui, et pour donner plus de poids à ses paroles, il frappa à plusieurs fois de la main contre la paroi. Mais en vain! La pauvre suivante ne voulait ou ne pouvait le comprendre, et elle s'enfuit de la chambre sans savoir où diriger ses pas. Cependant, il n'y avait guère à s'arrêter, et Conrad, entendant le bruit s'approcher de moment en moment, referma solidement la porte. Il était temps : à peine avait-il disparu avec son précieux trésor, que les bandits firent irruption dans la chambre que le noble couple venait de quitter. Clara, frissonnante d'effroi, s'attachait aux habits du chevalier et lui communiquait ses mortelles angoisses. Conrad s'efforçait autant qu'il était en lui de calmer et d'encourager la malheureuse enfant, et, la soutenant de son bras, il parvint avec elle à traverser sans accident le sombre chemin.

Bientôt, ils se trouvèrent en plein air, ouvrirent à la hâte la porte de secours, traversèrent la glace et arrivèrent sains et saufs hors du manoir. Bien que profondément abattus à la pensée de l'affreux malheur qui venait de les atteindre, et dont ils ne connaissaient pas encore toute l'étendue, ils respirèrent cependant un peu plus librement, lorsqu'ils eurent quelque espoir de conserver la vie.

Mais soudain l'incendie qui dévorait le château éclata sur un autre point avec un redoublement de furie, et une lumière éclatante s'éleva dans les airs. Une anxiété nouvelle serra le cœur de nos deux fugitifs. Les jets d'une flamme brillante illuminaient la place où ils venaient d'arriver, et rendait plus facile la découverte de leur fuite. Ils pressèrent le pas pour gagner le bosquet qui se trouvait devant eux ; mais au moment où ils allaient disparaître derrière le taillis, Conrad tomba, percé d'une flèche.

Clara parut foudroyée : un cri strident, déchirant s'exhala de son sein, et un tremblement fébrile agita tous ses membres. Dans ce moment de suprême désespoir, elle étendit les bras et les laissa retomber avec tant de violence

E. DE K.

sur la poitrine, que son faible corps en fut meurtri. Son regard prit une expression si fixe, si égarée, qu'il eût inspiré de l'effroi ou de la pitié au spectateur le plus insensible. Tout à coup, hors d'elle-même, elle s'affaissa dans les bras de son fiancé et remplit l'air d'un gémissement si plaintif, si navrant, que le cœur le plus dur en eût été touché et ému. Pauvre Clara! quelle était la douleur qui consumait ton ame!...

Aussitôt les bandits les entourèrent et Rosse-Sis porta la main sur la jeune fille; mais comme si une veine se fût rompue à ce contact, elle se leva en sursaut, et, puisant dans la fureur de sa folie une force surhumaine, elle repoussa les brigands et se prit à fuir.

Bientôt, cependant, la pauvre enfant fut atteinte et saisie avec tant d'énergie, que toute résistance lui devint impossible.

Sans tarder, Rosse-Sis dépêcha un de ses hommes au château pour donner connaissance au Vautour de ce qui venait d'arriver. Ce fut au moment même où nous l'avons quitté que le bourreau reçut cette nouvelle, qui releva trop tôt son courage un instant abattu, et lui fit accueillir avec une joie infernale le récit de la malheureuse issue de la fuite de Clara.

— Va, dit-il, au messager, va à la recherche d'un chariot, et mets-le en état de pouvoir transporter la damoiselle. Dans quelques moments, nous serons avec toi : va vite.

Alors commença le pillage qui dura plus d'une heure. Cependant l'incendie avait enveloppé toutes les parties de l'édifice, et sévissait d'une manière effrayante ; de temps en temps des toits entiers et de larges pans de murailles s'affaissaient avec un bruit horrible, tandis que les flammes trouvant le passage libre, tourbillonnaient jusqu'aux cieux. Bientôt le superbe manoir fut converti en un brasier ardent.

Enfin, la horde des bandits, chargée d'un riche butin, quitta le château où elle avait exercé le pillage, et commis la dévastation tant que les flammes n'y avaient point mis obstacle.

Quand le Vautour rejoignit la damoiselle, il la trouva assise sur un chariot : son œil était sec, la source de ses pleurs avait tari. Des coups trop nombreux et trop violents à la fois avaient exténué les forces et brisé le cœur de la jeune fille. Ses souffrances n'en étaient pas moins intolérables.

— Damoiselle, dit le Vautour de sa voix la plus douce, n'ayez pas peur : vous n'avez à redouter de nous aucun mal.

A ces paroles, Clara laissa son regard errer avec indifférence sur l'interlocuteur; mais lorsqu'elle eut remarqué que le Vautour lui-même se trouvait devant elle, son indignation éclata tout à coup avec violence.

— Quoi! scélérat, exclama-t-elle, que veux-tu de moi?... Comment! tu oses me dire que je n'ai à redouter de toi aucun mal, tandis que tu me fais souffrir d'inexprimables tortures!... Misérable, qu'est-ce qui t'empêche de me donner aussi le coup de mort?... Oh! laisse-moi mourir, rien ne m'attache plus à la vie : tout ce qui m'était cher ici-bas, tu me l'as enlevé!... Mais tu ne voudras pas m'ôter la vie, n'est-ce pas? Tu ne laisseras pas tes plans infernaux inachevés... Hélas! mes souffrances, bien loin d'être à leur terme, sont à peine commencées... On m'épuisera dans les tortures, et l'on m'y fera succomber. Oh! scélérat, se peut-il que le ciel ne t'écrase pas!... Combien de sang répandu par ta main n'a pas jailli jusqu'à ton front!... Brigand, là-haut règne un Dieu juste : il ne tardera pas longtemps à te donner la récompense de tes crimes; car ils crient vengeance... Oh! ton châtiment sera terrible!... Tremble, bourreau, tremble!...

Haletante, elle laissa tomber sa tête dans ses mains, et,

privée de forces, et en apparence de sentiment, comme si toutes les puissances de son ame l'eussent abandonnée, elle resta assise sans proférer une parole.

Le Vautour était muet et atterré. Les imprécations et les reproches énergiques de Clara, que le désespoir excitait, l'avaient profondément troublé, et, au lieu de le transporter de rage, produisirent un effet tout opposé. Le regard fixé à terre, il demeurait immobile; et déjà la jeune fille avait cessé de parler, que ses menaçantes paroles lui bourdonnaient encore à l'oreille comme une sinistre prédiction. Peut-être pour la première fois de sa vie, fit-il un retour sur lui-même, et éprouva-t-il un sentiment de remords. On eût dit que du fond de son ame s'élevait une voix qui lui inspirait de la pitié et de l'intérêt pour la jeune fille. Il ne pouvait lui-même se rendre compte de cette impression; mais la voix de Clara avait si fortement agi sur son esprit, qu'il resta quelque temps sans oser la regarder.

Toutefois, ce moment de repentir fut de courte durée. Il se retourna tout d'un coup et donna l'ordre du départ.

Déjà, de toutes parts accouraient les villageois pour éteindre l'incendie; mais il était trop tard : le château n'offrait plus que le spectacle d'une ruine complète. Plusieurs paysans virent la troupe des brigands s'en aller avec des cris de joie; mais aucun d'eux n'eût osé se hasarder à les inquiéter le moins du monde. Un moment retentit la voix tonnante du Vautour, et ils entendirent distinctement ces paroles :

— Non, on ne pourra jamais rien contre nous.

Ainsi, pour la seconde fois, on enleva cruellement la malheureuse jeune fille, afin de la faire servir de jouet aux plus viles passions, et pour pouvoir les satisfaire, on ne recula pas devant les plus noirs forfaits !...

Qu'il est déplorable le sort des victimes livrées sans défense à la conjuration des méchants !... Mais aussi combien ne sont-ils pas coupables devant le Tout-Puissant, ceux qui provoquent ces indignes attentats, et ceux qui les accomplissent !...

Un peu plus tard, les paysans trouvèrent Conrad de Stavèle étendu sans connaissance au milieu d'une mare de sang; mais ils reconnurent avec joie que la vie n'était pas entièrement éteinte en lui, et, le relevant avec précaution, ils le transportèrent au *Saint-Bernard*. Cependant l'état du chevalier était fort alarmant : la flèche avait pénétré dans le flanc droit jusque dans les côtes, et lui avait causé une blessure d'une gravité extrême. Aussi resta-t-il fort tard après-midi plongé dans son évanouissement; et lorsqu'il eut enfin repris ses sens, il demeura longtemps encore étranger à tout ce qui se passait autour de lui.

Le château brûla deux jours plein. D'immenses monceaux de briques, recouverts d'une cendre noire, furent les seuls débris du magnifique manoir de Kerstenbourg... La consternation était sans bornes.

VIII

Vers l'heure de midi, Everard le Vautour se trouvait seul dans sa tente. Un vent froid mugissait âprement, et fouettait par intervalles les huttes des brigands avec tant de violence, qu'elles craquaient et tremblaient sur leurs assises, au milieu de la forêt.

Des objets de toute sorte, enlevés le matin même au château, remplissaient la tente. Sur une table, à côté de laquelle était assis le brigand, reposaient de précieux bijoux, et une cassette de fer d'un grand poids, placée également sur la table, et qui semblait avoir été ouverte avec effort, contenait, outre diverses choses de prix, un grand nombre de parchemins.

Longtemps le Vautour s'était complu à examiner attentivement les bijoux, et chaque fois que leur richesse l'éblouissait, une expression de contentement animait son visage.

En ce moment, il venait de tirer quelques parchemins du coffret, et, les ayant dépliés, il paraissait s'enquérir avec avidité de leur contenu, non moins que de la superbe empreinte des cachets rouges et jaunes attachés aux écrits.

Pendant qu'il se plongeait dans cet examen, on eût dit que sa curiosité était excitée de plus en plus. Avec une attention croissante, il prit un écrit que sa forme et sa dimension distinguaient des autres, et qui relatait les principaux événements de la vie du chevalier Arnold de Kerstène.

Après avoir feuilleté quelque temps le livre, il se leva avec impétuosité, comme poussé par un choc électrique. Son regard roulait effaré dans sa paupière; une sueur froide couvrait son visage, et il tremblait de tous ses membres : l'écrit s'échappa de sa main.

Comment cet esprit endurci pouvait-il tout d'un coup être ébranlé si fortement? Lui, qui avait paru insensible au milieu des plus graves événements, comment pouvait-il ainsi s'émouvoir?

Il resta un moment frappé de prostration. Sa bouche était entre ouverte comme s'il eût voulu parler; mais pas un son ne s'enfuit de ses lèvres tremblantes. Enfin, il fit quelques pas irrésolus, et de sa main frissonnante pressa son front brûlant; puis, s'arrêtant tout à coup, il leva vers le ciel un regard timide, joignit les mains, et, le cœur palpitant, soupira d'une voix entrecoupée :

— Oh! non, plus de doute possible!... Hélas! malheur à moi... le plus misérable des hommes.

Il reprit avec crainte la pièce de conviction, comme si toute incertitude ne l'eût pas encore entièrement quitté, et demeura un moment silencieux pendant qu'il la parcourait; ensuite, il parut vouloir convaincre de la vérité ses oreilles

mêmes, et d'une voix profondément troublée, lut lentement
ce qui suit :

. « 1282. Fête de Saint-Barthélemy. — Un malheur cruel
m'a frappé aujourd'hui : mon unique enfant, mon Everard
bien-aimé vient de m'être enlevé!... Ce fils, mon plus cher
trésor ici-bas, sur qui j'avais bâti tout un avenir, que j'aimais
plus que moi-même, était un charmant enfant aux
joues roses et rondelettes, aux yeux noirs et brillants. En
lui sa sainte mère m'était rendue tout entière, et voilà pourquoi
je l'aimais doublement!

» Avant l'époque où je dus séjourner près des troupes du
comte de Flandre, j'avais confié mon enfant à mon beau-frère,
le chevalier Gauthier de Straten. Je croyais que
nulle part il ne serait mieux placé que chez le frère de sa
mère : funeste pensée qui dut contribuer pour beaucoup à
l'enlèvement de mon fils!...

» Gauthier! Gauthier! Qu'est-il advenu de mon fils Everard?...
Oh! démontre-moi du moins que tu n'as pris aucune
part à la disparition de l'enfant!... »

De nouveau, le Vautour laissa le parchemin s'échapper
de ses doigts, se couvrit le visage de ses mains, et parut
sous l'empire d'une préoccupation profonde; puis, il s'écria
tout à coup :

— Oui, c'est bien moi... Je me rappelle si bien comment
pendant la nuit je fus emporté du château et livré au brigand
Frankegans!...

Il se promena d'un pas agité dans la chambre, et la douleur
de son désespoir éclata bientôt en ces plaintes amères :

— Hélas! j'ai tué mon propre père, et mon frère est
tombé sous mes coups!... J'ai livré le château à la dévastation,
et ma sœur Clara... Ah! voilà la voix qui parlait à
mon cœur lorsque je me trouvais en sa présence!... Et
j'ai enlevé cette enfant! j'ai accompli ces horreurs pour
servir Gauthier de Straten : ce scélérat, qui un jour enleva
à son père un fils, et plongea ce fils dans le mal-

heur!... O Gauthier!... Tes projets ne te réussiront plus
si bien ; je vais tout de suite régler mon compte avec toi.

Il s'élança à la muraille, prit ses armes, et continua :

— Si Clara n'était pas encore livrée!... Mais qu'importe?... Je forcerai bien ce lâche à la rendre. Oui, je la
délivrerai, je le jure ; quelque opposition qu'il puisse faire,
je la délivrerai : la liberté de Clara ou la mort....

Alors, il bondit hors de la hutte, et, sans se faire accompagner de personne, prit sa course à travers les arbres.

Oh! à combien de vicissitudes l'homme, et surtout le
méchant, n'est-il pas exposé! De quelles contradictions
inopinées n'est-il pas le jouet, ballotté sans cesse entre
deux extrêmes!... Le Vautour accomplit les plus horribles
forfaits pour avoir Clara en sa puissance ; et puis, il jure
de la délivrer des piéges où lui-même il l'a plongée. Gauthier de Straten, pour satisfaire ses passions, vient invoquer l'appui du Vautour, et voilà la cause de la découverte
de ses propres crimes. Pour se procurer quelques jouis-
sances passagères, il livre aux bandits un enfant de cinq
ans ; cet enfant devient la terreur des environs, et le voilà
qui court demander compte de ses actions à celui qui jadis
le ravit si cruellement à son père!

Que de pénibles conséquences issues d'une première
faute!...

Certes, la main de la Providence est là : dès le principe,
elle a marqué du doigt la mesure de la perversité et dit :
« Homme, jusques-là tu peux aller, mais point au delà. »

Il était trois heures après-midi lorsque le Vautour fut en
vue du château de Gauthier de Straten, vers lequel il avait
dépêché quelques hommes pour lui livrer la damoiselle.
Bien qu'il eût redoublé de vitesse pour les rejoindre, et
prévenir ainsi la remise qu'ils devaient faire de Clara, son
projet ne put réussir ; car, lorsqu'il eut atteint le manoir,
la troupe déjà le quittait

Pénétré de remords, il s'élança en avant, sans presque adresser la parole à ses hommes et leur fournir la moindre explication, ce qui leur parut fort étrange, puis il traversa le pont à la course.

Le portier, qui s'apprêtait à baisser le pont, voulut l'arrêter ; mais le Vautour, dans son impétueuse ardeur, s'esquiva et atteignit à la hâte le préau. Cependant, lorsqu'il fut parvenu à la porte, le portier le retint tout à coup et lui dit avec colère :

— Téméraire ! qui t'a donné le droit de passer ici sans autorisation ?

— Moi-même, répondit le Vautour ; sache que je n'ai pas besoin d'autorisation : le chevalier, d'ailleurs, ne peut me la refuser.

— Attends ici, reprit le portier, que je t'aie fait annoncer.

— Tes offres de service, continua le Vautour, sont superflues : il est inutile de m'annoncer. Va-t'en.

— Je ne m'en irai pas plus que tu n'avanceras.

— Laisse-moi ou tu t'en repentiras.

Le portier se jeta aussitôt devant le Vautour, et voulut, tant par ses gestes que par ses paroles, l'empêcher de pénétrer dans le château ; mais le bandit lui porta au même instant un coup si terrible, que le malheureux recula de quelques pas, et s'en fut tomber contre le mur. Le Vautour entra rapidement, tandis que le portier, étonné et consterné, le laissait faire.

Il fut un moment sans savoir où diriger ses pas, lorsque tout à coup il crut entendre les gémissements plaintifs d'une jeune fille qui partaient du haut du château. En un clin d'œil, il eut atteint et franchi l'escalier, et traversé une longue allée. Mais là, il s'arrêta soudain devant le chevalier Gauthier de Straten, qui, au même moment, mettait la clef sur la serrure de la porte d'une chambre dans le dessein de l'ouvrir.

Gauthier, étonné de cette apparition inattendue, porta sur le Vautour un regard interrogateur et quelque peu mécontent, sans, du reste, proférer une parole ou faire un mouvement. Le Vautour parla le premier.

— Ah! chevalier Gauthier, fit-il, vous étiez sans doute sur le point d'aller rendre visite à la damoiselle.

— Vous devinez juste, répondit Gauthier, visiblement embarrassé... Mais, Everard, quel motif vous amène si à l'improviste?... Vos hommes viennent à peine de quitter le château, et personne d'entre eux ne connaissait votre arrivée. Vous m'étonnez.

— Ah! fit le Vautour, vous ne pensez pas sans doute au compte que nous devons régler ensemble?

— Certes, reprit le chevalier; mais je ne pensais guère que vous seriez venu à cette heure et dans ce but.

— Et pourquoi pas? Les affaires que nous avons à traiter sont pressantes et ne souffrent aucun retard. Il y faut aujourd'hui même une fin.

— C'est bien, dit le chevalier, de plus en plus étonné de l'étrange visite du Vautour, et de l'accent hautain de ses paroles; je suis prêt; mais rien n'exigeait une telle précipitation.

— Comment, chevalier? Je veux cependant employer la précipitation la plus grande.

— Soit, puisque vous le voulez, dit Gauthier, croyant par cette concession en finir plus vite avec son importun visiteur. Venez, Everard, je vous ai dit que vous seriez content de moi; je vais remplir ma promesse, et vous récompenser richement de vos services.

— Je ne suis pas venu ici, chevalier, pour recevoir de vous quelque monnaie.

— Que voulez-vous donc, Everard?

— Je veux avant tout ravoir la jeune fille.

— Clara? oh non!... vous me l'avez livrée : elle m'appartient.

— Vous vous trompez, chevalier ; elle sera libre avant que je sorte d'ici.

— Fallait-il donc commettre ces épouvantables assassinats, ces affreuses dévastations ? Fallait-il presque faire mourir de désespoir la jeune fille, pour venir de noûveau me l'arracher ?

Cette sortie amère de Gauthier de Straten fit grincer des dents le Vautour : il apostropha avec fureur le chevalier :

— Lâche, est-ce bien toi qui oses parler ainsi ? Quand c'est pour toi que cet attentat est commis, pour toi dont la vie est souillée de tant d'autres forfaits ?... Ou crois-tu encore tes crimes ignorés ?... Qu'est-il advenu de cet enfant qui disparut en 1282 ?

Si tout autre que le Vautour eût dû tenir un tel langage, le chevalier, certes, ne l'eût pas toléré : le sang lui bouillonnait dans les veines. Cependant il se contint, d'autant plus que la dernière question avait glacé son cœur et effrayé son esprit outre mesure. Il répondit en balbutiant :

— On n'a jamais rien appris touchant le sort de cet enfant.

— On n'a jamais rien appris ?... traître !... Oh ! ne le dis pas si haut ; tes paroles pourraient être entendues de personnes qui ne le savent que trop... Cet enfant ne fut-il pas livré à des bandits ?...

— Mais tout cela ne vient pas à propos, interrompit le chevalier, en apparence irrité, tandis qu'il sentait son cœur se serrer davantage ; je n'y ai, d'ailleurs, pris aucune part.

— Oh ! non, hypocrite, répondit le Vautour en ricanant. N'était-ce pas toi-même qui conspiras avec le bandit Frankegans, et fis disparaître l'enfant pendant la nuit ? Ne te fâche pas, chevalier ; cela te servirait peu ; celui qui parle, sait fort bien ce qu'il dit : il assista à l'événement. Oui, misérable, cet enfant que tu précipitas dans le malheur, est ici devant toi !...

La foudre eût frappé le chevalier, qu'il n'eût pas été plus atterré qu'au moment où le Vautour, de sa voix menaçante, lui lança ces dernières paroles. Une pâleur mortelle couvrit son visage, et il frissonna de tous ses membres. Au comble de l'anxiété, il se hasarda cependant encore à dire :

— Impossible : le bandit dont vous parlez n'est jamais venu en Flandre.

— Il suffit, n'accumulez pas la ruse et le mensonge... Que l'épée décide entre nous. Assurément, je suis envoyé sur ta route pour te punir. Chevalier, je t'appelle au combat. Tu ne peux répondre à mon cartel d'une manière plus raisonnable, car tu ne dois pas oublier que je suis de sang noble, et qu'Arnold de Kerstène, que j'immolai par ta faute, était mon père.

Pour donner plus de poids à sa provocation, le Vautour, pendant qu'il parlait, avait jeté son gant au chevalier. Celui-ci le ramassa d'une main tremblante, et accepta le combat, répondant ainsi à la provocation du Vautour.

Sans tarder, ils se rendirent dans l'avant-cour et engagèrent le combat. Bien que le chevalier fût profondément abattu, il ne s'en défendit pas moins avec le courage du désespoir. Le Vautour s'était flatté d'une victoire facile ; mais détrompé aussitôt en voyant que tous ses coups étaient vaillamment repoussés, il sentit croître sa rage.

Déjà les combattants avaient longtemps lutté, ils haletaient de fatigue et aucun d'eux n'avait remporté un avantage considérable ; leurs yeux lançaient des éclairs, et ils semblaient vouloir se dévorer l'un l'autre du regard.

Tout à coup le Vautour sauta de deux pas en arrière, sa main étreignit son épée avec une force fébrile, et il se rua sur son adversaire. Un coup strident fit retentir le château ; mais le chevalier n'était pas atteint : les fers seuls s'étaient croisés.

Gauthier, encouragé par le succès de la résistance qu'il

avait opposée jusqu'ici avec tant de bonheur, résolut de
porter à son ennemi un coup décisif. Il brandit son épée
avec agilité et atteignit le Vautour à l'épaule. Mais ce mouvement le découvrit et le Vautour profita de sa mala-
dresse : il s'élança sur lui, aussi rapide que le vent, et d'un
bras vigoureux planta jusqu'à la garde son épée dans le
sein du chevalier.

Des flots de sang rougirent le sol, et Gauthier de Straten s'abattit lourdement. Quelques moments après, son
ame perverse le quittait, et le monde était purgé d'un
monstre qui avait causé tant de calamités et inspiré tant
de crimes.

Clara était délivrée.

Le Vautour, après cette action, disparut, et depuis lors
on n'en entendit plus parler.

Quelques jours plus tard, à la nouvelle des affreux mas-
sacres et de la destruction de Kerstenbourg, Philippe de
Flandre envoya de nombreux soldats pour extirper les brigands. Mais la mesure était inutile : privée de son chef,
et de ses principaux moteurs, la bande se dispersa d'elle-
même.

IX

Plusieurs années après les événements que nous venons
de raconter, la contrée qui avait été le théâtre de toutes
ces horreurs, avait revêtu un nouvel aspect : le calme et
le bien-être y régnaient.

Les deux causes principales qui avaient concouru à
obtenir cette transformation, étaient : la paix constante
dont les Flamands jouissaient, et la disparition de la terrible horde de bandits qui, presque à chaque jour, se rendaient coupables des plus noirs forfaits, et bannissaient par
là toute sécurité des environs.

Les ruines du château du chevalier Arnold de Kersténe restaient abandonnées et causaient même quelque effroi à certains paysans. Il arriva qu'à la lueur blafarde de la lune on aperçut l'ombre d'un homme errer çà et là au-dessus des ruines, et, s'affaissant à genoux, rester dans l'attitude de la prière. Sa barbe grise lui tombait presque sur la poitrine, et ce fantôme portait une longue robe. Cette apparition devait donner ample matière à la crédulité populaire, et l'on se tint pour assurer que feu le chevalier Arnold revenait d'au milieu des morts.

La forêt que les figures sinistres, si longtemps réfugiées dans son sein, avaient rendue tristement célèbre, avait repris son calme solitaire et ne renfermait plus rien de dangereux. Bien au contraire, à la place même qu'occupaient naguère les huttes des brigands, se trouvait une humble cellule, isolée et cachée au milieu du taillis, où un ermite coulait ses jours dans la pratique de la pénitence. On ne parvint jamais à savoir quel était cet ermite ni d'où il y était venu. Sa vie, du reste, était si retirée, que bien peu de personnes pouvaient se vanter d'avoir vu le saint, ainsi qu'elles l'appelaient.

C'était une fraîche journée de printemps. La nature brillait d'une verdure riante; des milliers de fleurs, aux couleurs riches et diaprées, se balançaient sur leurs tiges flexibles, et un tiède zéphyr soupirait doucement à travers le feuillage. Les superbes produits de la terre souriaient agréablement à l'agriculteur laborieux, qui, content du lot qui lui était échu en partage et réjoui de la fertilité du sol fécondé par son pénible travail, oubliait en chantant les gouttes de sueur qui lui découlaient du front, tandis que sa voix se mariait au concert de la troupe joyeuse et frétillante des oiseaux, comme pour louer à l'unisson le Créateur de toutes choses; et le soleil, comme s'il eût eu connaissance de son excellence parmi les créatures, rayonnant dé cette majesté dont il plut à Dieu de le douer si généreusement, semblait, du milieu de sa voie azurée, considérer d'un regard aimable ce magnifique spectacle, et versait les flots bienfaisants de sa douce et pénétrante lumière sur les collines et les vallées, les campagnes et les prairies.

A une lieue et demie environ de Gand, au milieu des paysages les plus riants, s'élevait un superbe château que de larges fossés et des murs épais environnaient de toutes parts. Son faîte grisâtre s'apercevait de loin, et, à moitié caché sous des arbres verdoyants, le manoir offrait à ses hôtes la plus agréable résidence.

Sous l'ombrage d'une allée de châtaigniers se promenaient lentement deux époux engagés dans une conversation intime. Le mari avait l'aspect d'un vaillant chevalier; son maintien avait de la désinvolture, et son regard sérieux exprimait je ne sais quelle grandeur d'ame alliée à une noble douceur. Sa compagne pouvait à bon droit être appelée la perle de son sexe : ses joues vermeilles n'avaient rien perdu encore de leur virginal incarnat; sur ses traits, nullement dépourvus de dignité, brillait l'amabilité la plus tendre, et autour de sa bouche se jouait un perpétuel sourire révélant à la fois l'amour le plus pur, la joie la plus cordiale et le bonheur le plus vrai.

Devant eux folâtraient, avec mille bonds joyeux, deux charmants petits garçons, aux boucles flottantes, âgés environ de dix et de huit ans, et non loin de là se trouvait une servante occupée à arranger des jouets de toute sorte, destinés à amuser une ravissante petite fille.

En ce moment, dans le lointain, un homme s'avançait à pas lents vers le château. Profondément courbé, il s'appuyait sur un long bâton de voyage qu'il serrait convulsivement dans sa main amaigrie. Ses jambes flageolaient à chacun de ses pas, et souvent même il était forcé de s'arrêter pour prendre quelque repos. Ses vêtements étaient misérables ; à peine une longue robe usée, qu'une corde grossière lui serrait autour de la taille, couvrait ses membres ; il marchait pieds nus, et rien ne protégeait sa tête contre les rayons ardents du soleil ; cependant d'abondantes tresses de cheveux couvraient son col, et sa barbe grisonnante flottait presque sur sa poitrine. Longtemps il avait dû vivre solitaire, car il portait les traces d'une rude expiation. De larges rides avaient sillonné son front, ses joues étaient décharnées, et ses yeux profondément creusés dans leurs orbites, tandis qu'une pâleur cadavéreuse couvrait ses traits. S'il se montrait encore une fois dans le monde, des motifs graves assurément devaient lui avoir inspiré cette résolution.

Malgré la douleur que lui causaient ces efforts suprêmes, pas un soupir ne s'échappait de son sein. Visiblement préoccupé de pensées secrètes, il ne paraissait soucieux que d'atteindre le château ; à chaque fois qu'il s'arrêtait, il plongeait du regard devant lui, comme pour mesurer la distance qui le séparait du manoir et recommençait à se traîner sur la route.

Quelques instants plus tard, il parvint au pont qui par hasard se trouvait abaissé. Il le traversa d'un pas languissant et, faisant un dernier effort, il porta la main au marteau pour le soulever ; mais alors qu'il ne lui fallait plus qu'un moment pour atteindre le but de son voyage, ses forces l'abandonnèrent et il tomba privé de connaissance. Heureusement, la porte s'ouvrit bientôt et un varlet parut avec l'intention manifeste de quitter le château. Cependant, lorsqu'il vit le pauvre ermite, étendu immobile et affaissé sur lui-même, il s'arrêta et se hâta de lui porter secours ; mais il ne fut pas peu effrayé de le voir à l'agonie. Il rentra aussitôt au manoir.

Au bout de peu d'instants, plusieurs hommes entourèrent le mourant, le soulevèrent avec précaution, le placèrent dans un fauteuil, et le portèrent au château, où les soins nécessaires lui furent immédiatement rendus.

Réconforté par un bon cordial, le malade retrouva quelques forces et revint peu à peu à lui-même. Sa première pensée, quand il eut recouvré la parole, fut de demander :

— Suis-je ici au château du noble chevalier Conrad de Stavèle ?

Sur une réponse affirmative, l'ermite poursuivit d'une voix faible :

— Oh ! alors le ciel a exaucé ma prière.

Puis, après un soupir, il ajouta :

— Je désire être mené devant le chevalier et sa compagne. Voudriez-vous, mes amis, leur faire connaître ma demande ?

Le mourant avait mis dans ses paroles un tel accent de conviction, ses yeux suppliaient avec tant d'éloquence, qu'on n'osa tarder d'aller immédiatement avertir le chevalier.

Le noble couple, toujours prêt à écouter ses semblables, et si la chose était possible, à soulager toutes les douleurs, n'hésita pas, lorsque les paroles du solitaire lui furent rapportées, de déférer à son vœu, et s'empressa d'aller le voir.

Un trouble intérieur s'empara du pénitent à la vue des époux, et deux grosses larmes vinrent mouiller ses joues creuses. D'une voix faible et tremblante d'émotion, il fit connaître qu'il avait à parler de choses importantes, et sollicita du chevalier un entretien particulier.

— Noble chevalier et vénérée dame, permettez-vous à un mourant de vous dévoiler un secret, avant de descendre dans la tombe ? Et si je parlais trop longuement, pourriez-vous m'écouter jusqu'au bout ?

— Oui, parlez librement, parlez sans crainte, fut la réponse des époux.

— Et, si dans mon récit il se trouve des choses affreuses, auriez-vous le courage de les entendre ?

— Sans doute ; on ne peut jamais abandonner un homme qui se trouve sur le bord de la tombe.

F. DE X.

— Et si, enfin, vous reconnaissiez que le pauvre pénitent a péché contre vous, lui accorderiez-vous son pardon?

— Oh! oui; le chrétien doit pardonner s'il veut être pardonné à son tour, et une ame ne peut paraitre la conscience
chargée devant son juge.

L'ermite, encouragé, rassembla toutes ses forces, et dit,
non sans haleter de fatigue :

— Eh bien! madame, ce que j'ai à vous dire vous touche
de près; soyez forte et écoutez-moi.

« Votre noble père, Arnold de Kerstène, avait épousé la
sœur de Gauthier de Straten. Bientôt la mère donna le
jour à un fils; mais sa délivrance avait été pénible, et elle
resta longtemps inanimée sur sa couche. Enfin, comme
une flamme qui semble se ranimer lorsqu'elle jette ses derniers rayons, elle se souleva, prit la pauvre créature dans
ses bras, et l'embrassa tendrement. Hélas! il ne lui fut pas
donné de l'embrasser une seconde fois. Sa tête retomba sur
l'oreiller, et elle exhala son dernier soupir.

» Cette mort prématurée fut fatale à l'enfant. Bientôt
Arnold de Kerstène dut suivre le comte de Flandre. Afin
que son fils, nommé Everard, dont le bonheur lui tenait si
étroitement au cœur, lui fut sûrement conservé, il crut devoir le confier à son beau-frère, et le petit Everard fut
amené au château de Gauthier de Straten.

» Cependant la confiance du chevalier Arnold de Kerstène fut cruellement trompée.

» Quelques semaines à peine s'étaient écoulées que l'enfant disparut, et quelques recherches que l'on pût faire, on
ne put jamais le retrouver.

» L'enfant n'était pas mort : livré au brigand Frankegans, il fut élevé au milieu des malfaiteurs, et, grand nombre d'années après, il se trouva à la tête d'une horde de
brigands des plus redoutables, sous le nom d'Everard le
Vautour. »

Ces paroles frappèrent comme la foudre le cœur de la

noble dame : elle devint pâle comme la mort et tressaillit de terreur.

— Oh! non, non, s'écria-t-elle hors d'elle-même, cela est faux, cela est impossible... O mon Dieu!...

— Madame, reprit le solitaire, songez que je n'ai plus que peu d'instants à vivre, et que l'on ne ment plus lorsque déjà on a un pied dans le sépulcre. D'ailleurs, ne vous alarmez pas trop, et, selon votre promesse, écoutez-moi jusqu'à la fin. Il me reste beaucoup à dire.

La vie du solitaire était presque éteinte : il porta la main à son front pour essuyer la sueur froide qui le couvrait, et le chevalier lui demanda aussitôt avec agitation :

— Ainsi, Everard avait tué son propre père?

— Oui, sire chevalier, répondit le mourant dont la voix s'affaiblissait par degrés. Chose épouvantable, j'en conviens; mais il ne savait pas ce qu'il faisait. Il faut dire aussi que la méchanceté seule ne le poussait pas à faire le mal : il fut jeté malgré lui dans cette voie de perdition.

La dame s'était laissée tomber sur une chaise, et cachait sa tête dans ses mains. Conrad se tenait debout à côté d'elle, les yeux baissés et pâle d'émotion. L'ermite poursuivit :

— Je ne dois pas rappeler de quels crimes Everard se rendit coupable : ses forfaits ne sont que trop connus ! Mais lorsqu'il conspira avec Gauthier de Straten, et livra le château de son père à la dévastation, pour remplir ses engagements, les preuves de sa naissance lui tombèrent sous la main. Aussitôt il vola au château de Gauthier, l'appela en combat singulier, et celui qui avait été la cause de tant de malheurs reçut bientôt sa récompense.

« Depuis lors, Everard fut invisible.

» Il alla d'abord à Rome, et delà partit en pèlerinage pour la Terre-Sainte. Quelques années après, il habita comme ermite ce même bois qui précédemment lui avait servi de refuge comme bandit, et travailla à effacer par la pénitence les innombrables méfaits de sa vie passée.

» Et maintenant que sa fin est proche, il vient à genoux se jeter à vos pieds et implorer votre pardon. Oui, Clara, je suis Everard, votre indigne frère !... En voulez-vous la preuve ? La voici : lisez. »

A ces mots, rassemblant ses dernières forces, il se laissa tomber aux pieds du noble couple, et présenta un parchemin qu'il avait soigneusement conservé sur sa poitrine. Le chevalier prit l'écrit, et, après s'être assuré qu'il émanait d'Arnold de Kerstène, il lut :

« 1277. — Fête de Saint-Lambert. Le fils qui vient de me naître est entré aujourd'hui, par le baptême, dans le giron de la sainte Eglise. Il a reçu le nom d'Everard. Pour célébrer cet événement, et pour témoigner au Ciel d'une manière spéciale ma gratitude pour une naissance où la protection du Tout-Puissant a été si manifeste, le signe de la rédemption lui sera imprimé sur la poitrine. Ainsi il portera également sur le cœur ce signe que moi, outre les antiques armes de ma famille, je porte dans mon écusson, en souvenir des glorieux exploits de mes ancêtres aux croisades. »

En même temps, l'ermite avait ouvert sa robe de bure, et la croix se montra clairement à leurs yeux. Clara se leva en sursaut, poussa un cri perçant, et se jeta en sanglotant dans les bras de son époux.

— Pardon !... suppliait sans cesse l'ermite : pardon, Clara, et le Ciel aussi me fera grâce.

Mais elle, reculant d'un pas, fixait sur cet homme qui se traînait à ses pieds un regard courroucé et sauvage.

— Pitié pour un frère ! pardon pour un mourant, reprit l'ermite d'une voix rauque et tremblante.

— Songe, Clara, dit le chevalier, que l'éternité bientôt va s'ouvrir pour lui.

La nature reprit le dessus : la noble dame s'approcha résolùment de l'ermite, lui saisit la main et lui dit :

— Mon frère, tout vous est pardonné.

Des larmes jaillissaient de tous les yeux : larmes d'attendrissement chez les époux, larmes de bonheur chez le mourant.

En même temps le chevalier lui prit l'autre main, le releva avec tendresse, et lui dit d'une voix troublée :

— Relevez-vous, vous êtes pour nous un frère retrouvé.

L'ermite porta un regard limpide et reconnaissant sur le noble couple qui se trouvait devant lui, et d'une voix qui tout à coup semblait par enchantement devenir claire et forte, il dit :

— Soyez bénis de votre commisération pour moi... Vivez longtemps unis et heureux sur la terre, et souvenez-vous parfois dans vos prières de...

Mais sa voix faiblit tout à coup : il leva les yeux vers le ciel, et sa tête s'inclina doucement. Le chevalier le reçut dans ses bras. C'en était fait : l'ame de l'ermite était retournée à son Créateur.

Telle fut la fin d'Everard le Vautour.

X

Aujourd'hui encore, on trouve en Flandre des personnes chez qui la tradition a perpétué le souvenir du Vautour. L'emplacement, dans la forêt, où il planta les huttes des bandits, porte encore la dénomination de *Bois des Meurtriers*, et celui où se trouvait sa cellule, et où, en expiation de ses crimes, il pratiqua de longues austérités, a conservé, en souvenir de ses pleurs, le nom de *Repentir*.

Il ne reste plus le moindre vestige du château du chevalier Arnold, le Kerstenbourg, jadis si renommé : il y a quelques années, on déblaya les fondements, et l'on combla les fossés.

Maintenant le laboureur diligent rase tous les ans, de sa

faux tranchante, l'herbe molle et tendre des prés de Kerstène, et jamais peut-être ne songe-t-il aux événements qui
s'y déroulèrent autrefois.

J. B. D. Dévenyn.

LE CORRÉGIDOR

Quelque esprit fort que l'on soit, quelque mûre, quelque
solide que paraisse notre raison, la vue d'un cadavre nous
inspire toujours une frayeur irrésistible et à laquelle nous
ne pouvons nous soustraire entièrement, à moins que notre
état ne nous ait familiarisés avec ces tristes spectacles qui
nous représentent tout le néant des choses d'ici-bas.

En effet, envisagée comme le passage d'un monde connu
à un monde inconnu, dont les secrets demeurent impénétrables à la nature humaine, la mort a quelque chose
d'effrayant, d'anxieux, qui nous remue profondément et
qui, bon gré mal gré, tient notre pauvre intelligence en
suspens. Quelques pleupades sauvages, on le sait, célèbrent
avec de bruyants cris de joie, le trépas de leurs parents,
de leurs proches et de leurs amis : mais reste à savoir si
des démonstrations d'allégresse si contraires à la nature,
sont produites en eux par la pensée de la mort. Nous ne le
croyons pas. Bien au contraire, nous osons assurer que,
dans les circonstances dont nous venons de parler, leurs
coutumes religieuses sont pour ces peuples une sorte de
masque joyeux, à l'aide duquel ils s'efforcent de cacher ce
sentiment de terreur qui nous surprend habituellement à
l'aspect d'un cadavre.

Si une mort naturelle nous cause une émotion si vive,

alors même que la volonté de Dieu seule tranche le fil de
la destinée, quel trouble ne sentons-nous pas s'élever en
nous lorsque nos regards tombent sur un corps mutilé,
ensanglanté, que la main d'un meurtrier vient de frapper
et que nous obtenons en même temps, par cet affreux
tableau, un nouveau témoignage de la fragilité de notre
périssable nature et de la perversité des hommes?

Mon cher neveu, ces considérations philosophiques te
paraîtront bien sombres; mais elles me sont suggérées par
le souvenir d'un triste événement qui arriva dans ma tendre
jeunesse : cet événement, je veux aujourd'hui te le raconter dans tous ses détails, principalement pour te démontrer
que si une promenade solitaire, faite de grand matin, sous
la voûte verdoyante des arbres, quand l'esprit est plongé
dans de douces rêveries, offre un attrait enchanteur pour
un jeune amoureux, elle n'est pas toujours sans danger
pour sa sécurité.

Tu sais, ou tu ne sais pas, et alors tu l'apprendras bientôt, que lorsque nous avons l'amour en tête, nous pouvons
lui appliquer, *mutatis mutandis*, ce que l'on dit du vin :

> Lorsque le vin en nous bouillonne,
> L'esprit de l'homme déraisonne.

L'amoureux aime à rêver; il cherche de préférence les
endroits solitaires où d'agréables souvenirs ou une espérance flatteuse l'accompagnent toujours; il se plaît au
bord d'un frais ruisseau qui serpente à travers la prairie,
se délecte à la rosée du matin, au parfum des fleurs des
champs, au gazouillement des oiseaux, sourit à chacun,
et trouve que notre globe terrestre tourne pour le mieux.
Puisse Dieu, mon cher ami, t'accorder aussi, une fois dans
ta vie, d'être aimé d'un amour pur et vrai, ne fût-ce que
pour que tu puisses voir planer, au déclin de tes jours,
devant ton esprit assombri par la froide vieillesse, les

ineffables émotions qui, sous l'influence sereine de ce sentiment, inondaient de bonheur les années de ta jeunesse!

J'avais à peine vingt ans; mes parents venaient de mourir, me laissant une fortune médiocre, ce qui me força d'embrasser la carrière des armes. Mais cet état ne s'accordait pas mal avec mon caractère. J'étais turbulent, plein de fougue, inaccessible à la crainte et ne désirais rien tant qu'aventures et équipées extraordinaires. J'étais revenu pour quelques jours en congé, dans ma ville natale, bien plus pour voir ma bien-aimée cousine Ernestine, qui devint plus tard ta grand'tante, que pour tout autre motif. Elle demeurait avec ses parents à quelque distance de la ville de Gand. Afin de ne pas perdre de temps, je partis le lendemain de mon arrivée, pour P....

C'était le matin d'un jour d'été. Seul avec mes pensées, car l'aurore commençait à peine à poindre et les laboureurs ne paraissaient pas encore dans la campagne, je me promenais de champ en champ, admirant avec une jouissance silencieuse et toute intérieure, le passage enchanteur qui m'environnait, et m'inquiétant du reste, fort peu, des chemins et sentiers, d'où je m'écartais souvent de plus d'un grand mille. A peine éclairé par les premiers rayons du soleil levant, et sortant peu à peu du brouillard du matin, le beau paysage offrait à mes yeux sa riche et imposante parure. Il me semblait que je le voyais pour la première fois, tant j'étais ravi. De tous côtés les oiseaux commençaient à s'élever dans les airs; les parfums les plus doux et les plus variés répandaient autour de moi leur baume vivifiant; partout je voyais, dans l'herbe, se réveiller la multitude de ces petits insectes, presque invisibles, à qui Dieu, dans sa bonté, a voulu donner les forces et la vie, aussi bien qu'aux plus grands quadrupèdes. La nature entière renaissait et mon cœur prenait part au réveil universel de tout ce qui m'entourait. Il me semblait qu'un

F. DE K.

monde nouveau s'ouvrait en ce moment devant moi ; jamais mes sens ne m'avaient fait éprouver une satisfaction plus vive, et jamais je ne m'étais plus senti porté à estimer à leur véritable valeur les merveilles de la nature.

J'aimais ! voilà la cause de cette émotion extraordinaire. Quoi qu'il en soit, tout cela m'excita au plus haut point, me rendit tout à fait étranger à la vie réelle. Bientôt je m'égarai. Quoique j'eusse fait cent fois le chemin de Gand à P..., je m'étais si fort écarté de la route connue, qu'il me devenait impossible de m'orienter, lorsque j'atteignis un petit bois qui s'étendait sur une légère colline. J'y suivis un étroit sentier, qui serpentait si bien au milieu des hauts arbres et des broussailles, que l'on ne pouvait faire trois pas sans devoir se frayer avec la main un passage à travers les branches. Je me plongeais de plus en plus dans le bois. Je m'y trouvai bientôt si avant, qu'il me passa fantaisie de me reposer sur un moelleux coussin de mousse, que la main de la nature seule semblait avoir façonné, à côté de l'onde limpide d'un frais ruisseau.

A peine fus-je assis, que j'entendis derrière moi un grand bruit dans le feuillage, et qu'en même temps je sentis une rude main s'appuyer sur mon épaule. Je me retournai aussitôt, et grande fut ma surprise en apercevant les sombres traits d'un inconnu.

C'était un homme de haute taille, la tête nue, les cheveux hérissés, la figure pâle et en proie à une émotion si grande, que tout son corps tremblait comme un roseau. Ses mains ensanglantées ne contribuaient pas peu à augmenter mon effroi. Il saisit brusquement mon bras droit, et me mit devant le visage le canon armé d'un pistolet de poche.

— Tu dois mourir, murmura-t-il, en roulant un regard égaré ; tu l'as vu, tu m'espionnais....

— Mourir? moi!... Qu'est-ce à dire?... Je n'ai rien vu ! balbutiai-je, plus troublé par l'apparition soudaine de cet insensé, qu'effrayé de ses mouvements menaçants....

— Tu l'as vu, reprit-il : là, là, derrière les arbres est le cadavre.

— Un cadavre!... répondis-je, commençant à craindre qu'un grand malheur ne fût arrivé : au nom de Dieu, parlez, je ne vous comprends pas.

— Là, là, reprit-il avec impatience, en étendant la main vers une autre partie du bois ; cependant sa voix tremblante trahissait plus de terreur que de colère.

Je me laissai machinalement entraîner par lui à travers le taillis : cette rencontre inattendue m'avait, pour ainsi dire, enlevé tout sentiment.

Nous descendîmes ainsi d'une vingtaine de pas la colline depuis le ruisseau dont j'ai parlé, jusqu'à l'endroit où régnait un four à chaux abandonné et tellement couvert de broussailles qu'il fallait s'en approcher pour pouvoir le découvrir. Non loin de ce four gisait un cadavre ensanglanté, encore chaud.

— Vous avez tué cet homme? demandai-je reculant d'horreur.

— Oui, et toi.... en même temps, il dirigea son pistolet vers moi, et toi, tu l'as vu !...

— Sur mon salut éternel, lui dis-je en découvrant courageusement ma poitrine, avant que vous ne m'eussiez parlé, je n'avais rien entendu, rien vu... Maintenant, tuez-moi : vous le pouvez; je suis désarmé.

Le ton de conviction, qui dominait mes paroles, impressionna visiblement le meurtrier. Il me regarda attentivement, comme si un manque subit de résolution se fût emparé de lui.

Ce répit me donna le temps d'examiner l'étranger : c'était un homme d'environ quarante ans. Bien que rudes et empreints de dureté, les traits de son visage avaient je ne sais quel air noble et triste, qui n'est pas commun aux meurtriers vulgaires. Sa mise était recherchée, et tous ses mouvements trahissaient une certaine dignité, qui n'appar-

tient pas à la classe d'où sortent d'ordinaire les malfaiteurs.

Ce muet et rapide examen suffit pour ne pas me faire
perdre tout espoir de salut.

— Vous avez enlevé la vie à cet homme? lui dis-je
encore, me donnant une contenance plus courageuse et
plus résolue qu'elle n'était réellement. Je ne connais pas
les motifs qui ont poussé un homme de votre qualité à
commettre un pareil forfait; car dans votre figure, dans
votre manière de faire, je ne trouve rien d'un obscur malfaiteur... Si votre ame conserve quelque sentiment d'honneur, dites-moi, quel avantage retirerez-vous de ma mort?

— Ton silence! répondit-il d'une voix sourde, en jetant
un œil égaré sur sa victime.

— Mon silence !... Mais je ne puis vous nuire en rien;
jamais je ne vous ai vu; je connais encore moins cet
homme que vous venez d'assassiner. Votre manière de
parler, votre accent m'attestent que vous êtes étranger à
nos contrées.

— Tu l'as dit : tu ne me connais pas, et lui, ajouta-t-il,
tandis qu'il désignait le cadavre, avec un ricanement infernal, lui, je l'espère, pour ta bonne réputation, tu le connais
moins encore.

— Vous voyez donc bien que je n'ai pas intérêt à dévoiler
ce mystérieux événement... Une fois hors du bois, je n'aurai rien vu, rien entendu.

— Qui me sera garant de ton silence? N'est-ce pas la
nécessité qui t'arrache une telle promesse?... Et quelle
assurance pourrai-je avoir quand le danger sera passé?

— Je ne puis vous donner d'autre garantie que la parole
d'honneur d'un jeune mais loyal soldat, répondis-je avec
force et en même temps avec la ferme croyance de tenir
parole, dans quelque circonstance que ce pût être.

De bonne foi, je commençais à croire qu'il s'agissait
d'un secret terrible et que je n'avais pas affaire à un scélérat ordinaire.

L'étranger me regarda encore avec défiance ; mais sur son visage, plus pâle que la mort, je vis reparaître un peu de calme.

Il désarma le pistolet, le remit en poche et relâcha mon bras.

— As-tu un portefeuille, des lettres, des papiers ?

— Oui, voici, répondis-je, sans comprendre son but.

— Ton nom se trouve-t-il sur ce portefeuille ?

— Lisez.

— Rodolphe de Marchenelles... noble nom d'une illustre famille de ces contrées... Non, les descendants des Marchenelles n'ont qu'une parole... Et ce que je vois ici écrit au crayon, est-ce de ta main ?

— Oui.

— Alors ce portefeuille est à moi... Jure maintenant, comme tu le proposais tout à l'heure, jure sur ton salut éternel, jure par tout ce que ton cœur chérit, jure d'oublier ce que tu as vu ici, le matin du 20 juillet 17...

Je ne compris rien à cette étrange façon d'agir ; encore moins compris-je le but de l'inconnu qui s'appropriait mon portefeuille, où j'avais écrit de si jolis vers en l'honneur de mon Ernestine. La situation eût-elle été moins grave, j'eusse redemandé mes poétiques élucubrations. J'hésitai donc encore un moment.

— Tu sembles reculer maintenant ! dit-il impatienté, en voyant mon irrésolution. Malheur à toi si tu recules : tu n'échapperas pas à ma vengeance !

Et, dirigeant de nouveau le pistolet sur moi, il parut animé de cette volonté irrésistible qui domine et subjugue.

— Eh bien ! je le jure, m'écriai-je avec force, et vous pourrez juger, tant que nous vivrons tous deux, si je tiendrai mon serment.

J'avais, parole d'honneur, peu envie de me laisser assassiner de gaîté de cœur et sans pouvoir me défendre, dans un bois inconnu, à peine sur le seuil de la jeunesse, alors que tant d'espoir et de bonheur me souriait.

— Je suis satisfait, reprit le meurtrier, en retirant le pistolet. J'exige cependant que tu m'aides à enterrer ce cadavre.

— Moi vous aider? Mais comment ferons-nous? demandai-je avec un mélange d'étonnement et de dégoût; car je me trouvais peu flatté du rôle d'aide-fossoyeur qu'il me fallait jouer... Nous n'avons pas d'outils...

— Nous avons des mains et des ongles aux doigts, répondit-il d'un ton sombre; après tout, voici mon épée... Maintenant, vite à l'ouvrage : il faut nous hâter.

A ces mots, il marcha droit à la victime de ce ténébreux secret.

Nous creusâmes la terre du four à chaux; l'étranger prit la tête du cadavre, je pris les pieds et nous portâmes le corps jusqu'à la fosse.

Pendant que j'exécutais cette tâche désagréable, j'eus le loisir d'examiner avec attention les traits du défunt. C'était un homme d'un âge peu avancé; à peine pouvait-il avoir trente-cinq ans. Il portait un habit de drap fin, des culottes courtes et des bottes montantes. Un air de distinction brillait encore sur son visage, couvert déjà du masque livide de la mort. Des gouttes de sang, s'échappant de plusieurs profondes blessures, qu'une arme tranchante avait faites au flanc gauche, tachait le sol depuis l'endroit où le corps tomba, jusqu'au four à chaux. Une perruque noire gisait à terre. Déjà nous étions occupés à recouvrir le cadavre de terre et de gazon, lorsque je demandai, avec intention, à l'inconnu, pourquoi il ne conservait pas la montre et la chaine d'or du défunt.

— Me prends-tu pour un voleur? répondit-il avec indignation, en me regardant de travers.

Cependant il se baissa sur le cadavre, prit la montre, et avec la pointe de son épée, effaça ce qui se trouvait ciselé sur la boîte ; puis, il écrasa du pied le précieux bijou, et le jeta près du cadavre.

Comme on peut facilément le supposer, tout cela s'était passé en moins de temps que je ne mets à le raconter, mais pas assez rapidement toutefois pour je n'eusse pu remarquer que des armes, surmontées d'une couronne de comte, brillaient sur la boîte de la montre : cette circonstance ne servit qu'à augmenter mes doutes.

Ensuite, l'inconnu coupa avec la même épée quelques tresses des cheveux du défunt, et les cacha dans la poche de mon portefeuille avec quelques lettres et autres papiers, retirés des habits de la victime et dans lesquels probablement se trouvait son nom.

Nous eûmes bientôt achevé de confier le cadavre à la terre. L'inconnu s'agenouilla sur la tombe à peine fermée, et récita à haute voix le *De profundis*, auquel je répondis avec un recueillement religieux. Tout cela ne s'était point passé pour lui sans une profonde émotion ; pendant cette triste et solennelle inhumation, il était plus pâle qu'un linceul, et un frémissement nerveux faisait trembler tous ses membres.

Enfin, il se leva, me fit signe de le suivre, et nous traversâmes le bois en silence. Parvenus au sentier qui y serpentait sur une distance d'un demi-mille jusqu'au four à chaux, l'inconnu s'arrêta et me dit :

— Tu connais une partie de cet affreux secret ; tu n'en dois point savoir le reste. Je garde ton portefeuille ; si tes indiscrétions me font découvrir ou accuser, cette preuve irrécusable témoignera que si je suis le meurtrier, tu peux être mon complice. Ta propre sûreté dépend de ta prudence ; je te le rappelle avant de nous séparer : aie soin de ne jamais faire allusion à ce terrible événement. N'importe où tu seras, je veillerai sur toi, et à la moindre parole, tu ne pourras échapper à la vengeance d'un homme qui est placé beaucoup plus haut que tu ne le penses.

— Vous gardez mon portefeuille ! répondis-je avec une indignation véritable : c'est donc un horrible piége que vous m'avez tendu ?

— Non, reprit-il avec calme : ma propre conservation et l'honneur d'une noble et puissante famille me commandent seuls de prendre ces précautions : ne pense pas que je sois un misérable, un assassin vulgaire. Un jour viendra où tu sauras tout. Maintenant, garde le secret sur cette mort, et je te jure, à mon tour, que tu n'auras pas à te plaindre de la reconnaissance du meurtrier. Adieu ! Supplie le Ciel de t'épargner désormais de pareils spectacles.

A ces mots, il s'éloigna à grands pas, tandis que, en proie aux impressions les plus inquiétantes, je prenais une autre direction. Au lieu d'aller rendre visite à ma chère Ernestine à P..., je retournai à la hâte à Gand.

Je comprenais néanmoins que je me trouvais trop impliqué dans ce sanglant secret, pour pouvoir en saisir la justice sans m'exposer moi-même à de grandes difficultés et à des dangers sérieux. D'autre part, les circonstances étranges qui avaient accompagné le crime, m'empêchaient, je l'avoue, de faire des recherches sur les personnes que la Providence semblait avoir placées en dehors du cercle habituel des affaires du monde.

Je pris donc la ferme résoluion de garder fidèlement mon serment, quoi qu'il en pût arriver.

Les premiers jours qui suivirent la perpétration du crime, furent pour moi remplis de crainte et d'inquiétude. Peut-être le hasard avait-il fait découvrir la tombe du défunt, bien qu'elle fût creusée dans un endroit solitaire ? N'avait-on pas pu me voir sortir du bois, seul, profondément atterré, de grand matin à une heure favorable pour y commettre une coupable action ? En outre, qui pouvait me rassurer sur l'emploi que le meurtrier ferait de mon portefeuille, pour se faire mettre hors de cause, si, accusé du crime, il était traduit en justice ? D'un autre côté, quelque innocent que je fusse, j'eusse été regardé ouvertement comme complice, puisque j'avais gardé le silence et favorisé ainsi l'impunité du véritable assassin.

J'en avais perdu le boire et le manger, et bientôt mon imagination exerça une si funeste influence sur mes forces physiques, que je tombai mortellement malade. Une fièvre violente m'épuisa, et pendant quatre semaines, elle me força de garder le lit. Toutefois, ma jeunesse et ma forte constitution triomphèrent de la maladie, et deux mois après l'événement de la forêt, j'avais rejoint mon régiment.

Heureusement, mes craintes ne s'étaient pas réalisées. On ne fit même aucune mention de la disparition récente de l'un ou l'autre habitant de la ville de Gand ou des provinces. Personne ne porta plainte sur le fait; personne ne se rendit chez le juge pour demander vengeance du meurtre d'un parent ou d'un ami, à qui l'on aurait secrètement ôté la vie. Le corps même ne fut pas découvert. Ainsi, après avoir mûrement pesé et approfondi toutes les circonstances, je me confirmai de plus en plus dans l'idée que le gentilhomme assassiné et son meurtrier étaient tous deux étrangers à nos contrées et que j'étais le seul témoin qui eût assisté au crime.

Lorsque j'eus dissipé mes inquiétudes à l'aide de ce froid raisonnement, dont la suite de mon récit confirmera la justesse, je tâchai d'effacer peu à peu de mes sens troublés l'impression pénible de l'événement qui m'était arrivé.

II

Dix ans s'étaient écoulés. L'affaire sanglante que je viens de te raconter s'était presque entièrement effacée de ma mémoire. Je me trouvais alors à Madrid en possession de mon régiment, dont j'étais capitaine. Je fréquentais beaucoup l'hôtel de la marquise de Castro, dont la protection m'avait fait trouver accès dans les hauts cercles de la société espagnole, et où, sans trop me flatter, j'étais fort aimé.

Cette maison était une des plus considérables de la capitale, tant par la noble et bonne compagnie que l'on y rencontrait, que par les plaisirs variés qu'y trouvaient les visiteurs. Elle était montée sur un grand pied. On s'y occupait autant d'amusements que d'affaires politiques ; les vastes salons étaient ouverts aux principaux joueurs de Madrid ; pour le dire en un mot, c'était une maison du grand monde.

Un soir que j'y étais, quatre personnes assises à une table, jouaient au *brelan* : il en manquait une cinquième pour compléter la partie. On me pria d'y prendre part, et pour mieux pouvoir échapper au bavardage d'une vénérable douairière, je me hâtai d'accepter.

Je pris donc place à la table. A peine fus-je assis, mon Dieu, je ne l'oublierai jamais ! que je remarquai parmi mes partenaires, un homme dont les traits évoquèrent en moi les plus terribles souvenirs. Je veux parler du meurtrier du petit bois.

La présence inattendue de ce personnage me troubla si violemment qu'un tremblement soudain s'empara de moi ; mes yeux se fermèrent comme si j'eusse été aveugle, et avant d'avoir pu juger si l'homme m'avait reconnu, je tombai à terre privé de connaissance.

Cependant je repris bientôt mes sens, et, attribuant cette indisposition passagère à la chaleur qui régnait dans le salon, je demandai qu'il me fût permis de prendre congé de la joyeuse assemblée.

On concevra facilement quelle pénible impression produisit sur moi la présence imprévue du meurtrier étranger, dans une société aussi choisie que distinguée. Tout troublé, j'allai m'enfermer dans mon appartement. Là, assis dans un large fauteuil et devant un bon feu, je réfléchissais depuis une demi-heure à tout ce qui venait de se passer, lorsqu'un domestique vint m'annoncer qu'un étranger désirait me parler immédiatement.

Je donnai l'ordre de l'introduire.

Un pressentiment secret m'avertissait que l'étranger n'était rien moins que l'assassin trop connu.

Je ne me trompais pas. C'était bien le même personnage, mais vieilli, mais ridé, moins cependant cet aspect sombre et ces yeux injectés de sang que je lui avais vus autrefois, alors que son épée fumait encore, et que sa voix menaçante me sonnait si affreusement aux oreilles. C'était, au contraire, un homme aux manières polies, au regard bienveillant, quoique voilé de je ne sais quel air de tristesse et d'angoisse, qui annonce une ame en proie aux plus cruels remords.

— Monsieur, me dit-il sans la moindre émotion, ma visite imprévue sans doute vous étonne, n'est-ce pas?

— En effet, monsieur, répondis-je, avec calme; je ne m'y attendais pas.

— Nous nous sommes revus fortuitement. J'espère que cette rencontre laissera inviolable la sainteté de votre serment.

— Je ne pense pas, monsieur, dis-je avec une déférence instinctive pour cet homme singulier, que vous ayez à vous plaindre de mon défaut de silence.

— Non, je sais que vous êtes resté scrupuleusement fidèle à votre promesse, mais ce qui s'est passé hier soir est de nature à mettre votre constance à l'épreuve. J'ai voulu tout prévenir; c'est pourquoi je vous ai demandé cet entretien. J'aurais bien voulu rester longtemps encore inconnu, j'aurais beaucoup désiré ne jamais rencontrer l'unique témoin qui fut présent au plus affreux événement de toute ma vie. Mais la divine Providence en a décidé autrement. J'ai pris la résolution, et je souhaite d'éviter toutes questions imprudentes, que probablement vous voudrez faire à mon égard, sans toutefois vouloir briser votre serment de jadis. Vous aurez été étonné de rencontrer un meurtrier dans une maison de la haute aristocratie, où je suis reçu sur le ton de l'intimité.

— Je ne sais qu'en penser, répondis-je.

— Je veux vous épargner les suites d'une indiscrétion dangereuse, bien que je comprenne fort bien votre curiosité... Maintenant, avouez avec moi que votre premier mouvement, à peine revenu de votre indisposition, que votre premier désir eût été de demander mon nom, et de prendre des informations sur ma personne.

— Je ne veux ni ne le dois nier ; à ma place, n'en feriez-vous pas autant ?

— Peut-être ; mais votre curiosité, les explications qu'elle provoquera, l'émotion naturelle qui s'emparera de vous aux questions que vous poserez et aux réponses que l'on vous fera, en un mot la circonstance la plus minime pourra faire faillir votre prudence, et alors, je vous le répète encore une fois, le coup que votre indiscrétion aurait préparé, vous frapperait avant de m'avoir atteint moi-même. Les raisons qui, depuis dix ans, ont exigé le silence de votre part, sont devenues plus pressantes que jamais, puisque je suis revêtu d'une des plus hautes dignités du royaume, puisque je marche l'égal des hommes les plus puissants de Madrid... Bref, je suis le juge provincial ou *Corrégidor*... Vous comprenez donc l'importance que j'attache à votre discrétion.

— La noble fonction, monsieur, dont vous êtes honoré, ne peut rien faire à mon serment : je vous promets de me taire, et ma promesse d'aujourd'hui ne sera pas moins respectée que la première. Je ne comprends pas l'influence que votre présence exerce sur moi ; mais je puis vous assurer que je ne ressens pas pour vous cette répugnance que l'aspect d'un malfaiteur de profession inspire d'ordinaire ; vous m'apparaissez comme un personnage étrange, je me sens pour vous je ne sais quelle sympathie inexplicable....

— Je vous remercie de ces sentiments d'estime... Je suis le marquis de Lûna; ma famille est une des plus nobles d'Espagne. A la cour, je jouis d'une grande considération; chacun m'aime et me respecte; mon beau nom est resté à l'abri de tout reproche. Vous seul, monsieur, savez comment un jour il fut souillé. Vous seul, par conséquent, pourriez démasquer l'assassin, et le plonger dans l'abîme de la plus profonde humiliation. Ma réputation de droiture et de vertu, la modération de ma conduite dans les circonstances les plus difficiles, ma douceur, mon attitude courageuse dans le danger, la sagesse de mes conseils sont vantés partout. On m'envisage comme un fonctionnaire charitable et doux, prêt à sacrifier sa vie pour le bonheur de sa patrie... Cet éloge de moi-même vous étonnera, et vous inspirera en même temps un profond dégoût pour l'homme qui ose ainsi parler devant vous, n'est-ce pas? Car vous savez comment je teignis de sang mes mains coupables, et combien je suis indigne de cette estime universelle... Encore un mot pour expliquer mon inconcevable conduite... Soyez convaincu que ce meurtre est le seul crime qui ait souillé ma vie : tache sanglante et criant éternellement vengeance, qu'une longue carrière, consacrée au service du Roi et de l'Etat ne parviendra jamais à effacer...

Le marquis s'arrêta : en proie à la plus vive émotion, il inclina un moment sa tête blanchie sur sa poitrine : je vis une grosse larme rouler sur ses joues, que des souvenirs douloureux avaient profondément creusées, et je ne pouvais que compatir aux tortures sans nom d'une ame élevée, que les remords d'une conscience coupable déchiraient impitoyablement depuis de si longues années.

Ce que je venais d'apprendre excitait davantage encore ma curiosité.

J'étais ébahi. Je ne pouvais pas comprendre comment un homme aussi noble, aussi considérable se fût rendu autrefois dans ma patrie, pour y ôter, à l'insu de tous,

la vie à une personne inconnue, et je ne pus m'empêcher
de lui adresser une question à ce sujet.

— Comment est-il possible, monsieur le Corrégidor,
qu'un homme en qui je vois briller les qualités les plus précieuses, ait pu s'abaisser à une action si lâche? Le coup
funeste qui tua la victime s'est donc porté dans un accès de
colère?

— Hélas! monsieur, vous vous trompez, reprit le marquis, en levant lentement son regard : l'homme à qui je
donnai le coup mortel, fut presque froidement assassiné
par moi.... Un jour viendra où vous connaîtrez le récit dé-
taillé de ce drame funèbre, et alors peut-être vous m'ab-
soudrez. Je ne dirai rien de plus aujourd'hui : ne réveillez
pas plus longtemps ces affreux souvenirs. Quant au nom
de la victime, tant que je vivrai, il doit rester un secret
pour vous... Puissiez-vous oublier bientôt ce pénible entretien, afin que cette pensée ne vienne point assombrir votre
brillante jeunesse! Demeurez indifférent à tout ce qui me
regarde : vous aurez éternellement droit à ma profonde
reconnaissance. Souffrez que votre portefeuille reste encore
en ma possession, comme une garantie de votre silence,
bien que j'aie toute raison d'être convaincu que pour vous
une promesse est sacrée. Vous m'avez donné votre parole :
recevez maintenant la mienne que tôt ou tard vous connaîtrez toute la vérité, et que vous n'aurez jamais lieu de vous
repentir de m'avoir rendu ce service.

Alors il me tendit la main : je la pressai sans répugnance et sans crainte; maintenant plus que jamais j'étais
convaincu que le hasard seul avait pu faire de cet homme
un assassin. Il quitta ma chambre, et la même semaine
j'obtins, sur mes pressantes instances, de pouvoir quitter
Madrid, et d'aller avec ma compagnie en garnison dans une
autre ville. Cette résidence ne me semblait plus sûre, et je
souhaitais de ne plus jamais devoir rencontrer le marquis,
si je voulais désormais vivre tranquille et sans inquiétude.

III

De longues années s'écoulèrent avant que j'entendisse parler du Corrégidor de Lûna. Les années de ma jeunesse s'étaient envolées de plus de la moitié ; ma tête commençait à gagner quelques cheveux gris, et j'éprouvais de plus en plus le désir de vivre dans le calme et le repos.

Un jour au matin, j'étais en garnison à Séville, je reçus de Madrid un petit paquet accompagné d'une lettre qui parlait ainsi :

« Monsieur de Marchenelles,

» J'ai l'honneur de vous annoncer que le marquis de Lûna vient de décéder ici, lundi, à l'âge de 70 ans, et que la mort de ce vertueux citoyen a causé un deuil général dans la capitale. Sa volonté suprême, dont je suis l'exécuteur, vous a destiné ce paquet cacheté, que je vous adresse sans retard.

» LA TORRE, notaire public.

« Madrid, 2 novembre 1783. »

Vous pouvez comprendre avec quelle précipitation je coupai les feuilles du paquet, brisai le sceau qui portait les armes de Lûna, et déchirai le papier.

Grand fut mon étonnement en y trouvant mon portefeuille, et en outre, une valeur de cinquante mille réaux en papier-monnaie. Le marquis y avait joint une longue lettre dont voici l'intéressant contenu :

« Au noble et puissant seigneur, Monsieur le chevalier R. de Marchenelles.

« Monsieur le Chevalier,

» Il y a trente ans qu'un meurtre fatal, sauva, aux yeux du monde, l'honneur menacé de notre famille ; votre généreux silence me conserva, pendant ces trente douloureuses années, une vie qui se trouvait en proie à des terreurs et à des déchirements de toute sorte. Mais que m'importe la vie ! Maintenant que l'heure de ma mort approche, je veux, moi aussi, accomplir ma promesse, et vous laisser en même temps, après mon décès, une marque de ma reconnaissance. Vous trouverez dans mon portefeuille, une somme de cinquante mille réaux : elle est à vous, faites-en un bon emploi. Quant au portefeuille lui-même, détruisez, aussitôt que possible, ce dernier témoignage du meurtre consommé presque sous vos yeux. Maintenant, lisez sans trembler, et puissiez-vous ne pas maudire ma mémoire, lorsque vous serez parvenu à la fin du récit !

» L'homme que vous m'aidâtes à ensevelir, était *mon frère,* oui, mon propre frère, Frédéric de Lùna. J'étais un nouveau Caïn : maudit soit le jour qui vit mes mains arrosées de son sang !... maudit le lien sacré qui nous unissait sur la terre : car il provoqua cette noire action. J'étais l'assassin ; mais s'il est vrai que rien ne peut légitimer le meurtre qui crie vengeance, écoutez néanmoins ce que j'ose alléguer pour mon excuse.

» Frédéric de Lùna était le plus jeune de nous deux. Dès sa jeunesse, dissipé, de mœurs dissolues, excité par de mauvaises passions, le malheureux, nonobstant une excellente éducation, s'était livré au libertinage le plus scandaleux. Vingt fois son père avait employé pour le corriger, tantôt la douceur, tantôt les menaces, jusqu'au moment où il le chassa de sa présence, avec la défense sévère de remettre jamais le pied dans la maison paternelle. Loin de lui inspirer le moindre repentir, cette mesure rigoureuse ne servit qu'à rendre le misérable plus opiniâtre dans le mal. Déjà son caractère violent lui avait attiré, en Espagne, de nombreux déboires, lorsqu'il se vit à la fin obligé de quitter sa patrie.

» Longtemps il avait erré en France et en Allemagne, sans que l'on entendît parler de lui. De là, paraît-il, il avait passé aux Pays-Bas autrichiens, où il se conduisit de la manière la plus indigne. Il s'y lia avec tout ce que la société offre de mauvais et de corrompu, et prit un vrai plaisir à déshonorer ce noble nom qu'il osait porter encore avec une morgue et un orgueil présomptueux. Jusqu'à ce moment, il avait eu assez de prudence pour rester dans les limites rigoureuses que la justice sociale assigne aux actions des individus avant qu'elles ne tombent sous l'application du Code pénal. Bien qu'il ne fût pas encore voleur, il pouvait déjà passer pour un scélérat consommé. Il n'avait jamais assassiné, il est vrai ; mais ses menées artificieuses étaient plus à craindre que le poignard ou le poison ; il n'avait pas encore dévalisé les voyageurs sur les routes publiques, mais il avait pour eux une façon d'agir qui aboutissait inévitablement à faire délier la bourse. Néanmoins, comme il était vicieux et insolvable, il lui parut que ces moyens de fortune immoraux étaient insuffisants pour satisfaire sa soif infernale de dissipation. Rien ne put combler ce profond abîme de débauche, que le jeu et le dérèglement creusaient incessamment sous ses pas. Enfin, il tomba plus bas encore, se réunit à quelques malfaiteurs, et devint bientôt le chef d'une redoutable troupe de brigands, qui sema la terreur dans toute la contrée.

» Comme s'il eût juré une haine éternelle à tout ce qui mérite notre vénération, il continuait de porter son nom de famille, et dans toutes les feuilles des Pays-Bas, on lisait le nom de Lûna accouplé à ceux d'autres malfaiteurs, qui répandaient partout l'effroi. Ces feuilles ne manquaient pas, à chaque fois et à chaque occasion, d'ajouter que Frédéric de Lûna était issu d'une des plus nobles maisons d'Espagne, et que même son frère aîné (c'est-à-dire moi,) occupait un poste éminent dans l'administration du royaume.

» La police des Pays-Bas étant à cette époque fort indulgente, on trouvait peu de moyens pour réprimer ces brigandages, qui s'exerçaient principalement sur les frontières de la France. On fermait les yeux sur ces excès ; je n'avais donc aucune chance de pouvoir arrêter dans ses coupables méfaits, par la crainte de poursuites et de châtiments mérités, mon indigne frère, dont la conduite m'était assez connue.

» Ces nouvelles, si honteuses pour notre nom, mirent enfin mon indignation à son comble. Je me rendis secrètement dans les Pays-Bas, avec la ferme résolution de rechercher le malfaiteur, et de tâcher, par des promesses d'argent, de l'éloigner de ses complices. Je craignais surtout qu'on ne l'arrêtât une bonne fois, qu'on ne le mît en jugement, et qu'on ne le fît mourir sur l'échafaud : l'ignominie d'un tel supplice aurait inévitablement pesé à jamais sur notre noble lignée, bien que je sache fort bien que les crimes sont personnels. Mais qui peut imposer silence aux préjugés des hommes ?

» Après de longues et pénibles recherches de tout genre, j'eus le bonheur de découvrir ce qui jusqu'ici avait échappé à la police, à savoir le lieu où se réfugiait non pas lui, mais un de ses affidés qui était chargé de lui remettre les lettres envoyées à son adresse. Quelque danger qu'il y eût pour moi à me mettre en relation avec un frère aussi dénaturé, je m'entendis avec cet affidé, qui, après avoir reçu de moi une grosse somme d'argent, consentit à me désigner un endroit où j'engagerais Frédéric de Lûna, mon frère, à se rendre, pour avoir une entrevue avec moi. En conséquence, j'écrivis et lui remis la lettre suivante :

» A Frédéric de Lùna :

» Notre père vient de mourir. Il m'a légué à moi seul
l'immense fortune qu'il possédait, vous déshéritant de la
part qui vous revenait. Vous le savez, il vous avait maudit,
et, pour des raisons plausibles, chassé de sa maison. Voulez-vous changer votre criminelle manière de vivre, quitter
le pays et vos misérables compagnons, et vous embarquer
pour les colonies espagnoles, je suis prêt à vous tendre une
main secourable, et même, en bon frère, à mettre à votre
disposition une partie considérable de mes biens. Ainsi vous
entrerez dans une meilleure voie, et l'honneur de notre
famille sera sauvé; car tôt ou tard vous recueillerez ici la
triste récompense de vos forfaits. Quelle que puisse être
votre résolution, venez demain à 4 heures du matin à ...
dans le bois de.... Je vous promets, foi de gentilhomme,
d'y venir tout à fait seul; je souhaite que vous en fassiez
autant! Vous voyez que je n'ai pas d'arrière-pensée.

» Votre frère,

» Marquis DE LUNA. »

» J'avais peu de confiance dans ce premier moyen si
incertain de ramener mon frère, et je désespérais presque
de le voir arriver à la place convenue. Mon étonnement fut
donc inexprimable quand, à l'heure indiquée, je le vis entrer dans le bois que vous savez.

» — Marquis, s'écria-t-il, comme tu le vois, je suis venu
à ta prière, seul; surtout pour te démontrer que ni mes
compagnons ni moi ne craignons d'être découverts. Qui
donc oserait attaquer notre retraite? Ta lettre est une rail-
lerie; dis-moi ce que c'est que ta grave proposition... Je
te déclare avant tout que j'ai horreur de tout ce qui sent la
réprimande, et que je n'admets pas de conditions !

» — Eh bien! Frédéric, répondis-je, plus indigné de ce

ton de bravade qu'ému de sa présence, cette proposition, tu la connais, je n'ai rien à y ajouter.

» — Alors nous ne pouvons rien conclure, reprit le misérable avec un sourire. Crois-tu peut-être que je vais si facilement renoncer à notre belle vie de maraudeurs, pour faire honneur à notre nom de famille?

» — Bref, tu refuses? répondis-je avec aigreur.

» — Refuser?... un moment. Je veux avoir la moitié de la fortune de mon père, et après cela, faire ce qui me plaira; sinon, l'un ou l'autre jour, j'irai te rendre visite en Espagne, et accompagné de toute ma bande, te démontrer que je ne me laisse pas dicter de lois.

» — Tu ne le feras pas....

» — Dussé-je vous ensevelir, toi et toute ta famille, sous les décombres de ta demeure, je le ferai si tu ne consens pas; et peut-être encore cette année, le brigand comte Frédéric de Lûna, pourra-t-il faire trembler Madrid et ses environs...

» Je ne sais quel désir infernal surprit en ce moment mon esprit et aveugla mes sens; je saisis violemment mon épée, me ruai avec une folle rage sur mon frère désarmé, et le frappai à plusieurs reprises, avant qu'il eût pu deviner mes horribles desseins.

» Je le vis tomber : il roula à mes pieds, me lançant un dernier regard si terrible, que jamais, dussé-je vivre encore cent ans, je n'en oublierai l'infernale expression de menace...

» Il était mort... Le nom de Lûna était vengé et les Pays-Bas purgés d'un cruel scélérat. Mais sur la terre demeurait un frère meurtrier de son frère, et j'étais le Caïn.

» Quelques instants après la perpétration du crime, vous vîntes dans le bois; la présence inattendue d'un témoin, dans une telle circonstance, suffisait pour me convaincre que vous aviez tout vu, tout entendu. Je m'élançai sur vous... Vous savez le reste...

» Un dernier mot. Jamais personne sur la terre ne pourra comprendre les remords affreux qui ont bourrelé ma misérable existence. J'ai expié dans le monde le châtiment de mon crime, et puisse mon extrême repentir me protéger devant la sévérité du Juge suprême!...

» Avant de terminer cette lettre, je dois encore maudire l'infâme action dont je me souillai, et déclarer que j'étais insensé quand je pus croire, un seul instant de ma vie, qu'un frère a le droit de tuer son frère pour rétablir l'honneur et la considération d'une famille.

» Maintenant vous connaissez cet affreux secret; vous savez à quelles tortures ma conscience déchirée a été en proie depuis cette époque. N'oubliez pas, dans vos prières, l'assassin; et puisse le secret fatal descendre avec vous et moi dans l'abîme éternel de l'oubli!

» marquis DE LUNA.

» Madrid, 25 juin 17... »

La lecture de cette lettre m'avait profondément ému. Je restai quelque temps à rêver, la tête appuyée dans mes mains; et pour la première fois de ma vie je compris jusqu'où peut s'égarer le jugement le plus sain, lorsqu'un sentiment exagéré de l'honneur fait dévier l'homme du devoir, et le pousse à oublier les liens les plus sacrés de la nature.

Je voulus cependant satisfaire aux dernières volontés du marquis. Je déchirai et détruisis immédiatement sa longue lettre. Ce ne fut pas sans trouble que je retrouvai le portefeuille dont j'avais été si longtemps privé, et qui, semblable à l'épée de Damoclès, m'était resté depuis tant d'années suspendu sur la tête comme une perpétuelle menace.

Je parcourais, avec une curiosité inquiète, chaque page, chaque poche du portefeuille, lorsque soudain, le laissant

échapper, je me levai en frissonnant : mes doigts tremblants venaient de saisir la tresse de cheveux que le marquis avait coupée, sous mes yeux, et que, pour mémoire,
il avait cachée dans une des poches du portefeuille, le 25
juin 17...

Baron JULES DE SAINT-GENOIS.

LE FOU

DE PHILIPPE-LE-BON

————————

I. — LA NOUVELLE.

Par une journée de septembre de l'an de grâce 1419,
on ouvrit de bon matin la grande porte voûtée de la *Cour
de la Poterne*[1], qui, à cette époque, servait de résidence
aux comtes de Flandre, afin qu'elle pût livrer passage à
une petite troupe de cavaliers, qui, à en juger par le
désordre de leurs habits et la fatigue de leurs chevaux,
avaient fait route toute la nuit précédente.

C'étaient quatre pages, précédés de deux personnages
considérables, dans un attirail complet de guerre. A peine
la porte se fut-elle refermée sur eux, et un des gardes qui
se promenaient dans la cour intérieure du palais eut-il
sonné de la trompette, qu'un intendant accourut en toute
hâte au devant des deux étrangers, et les aida à descendre

(1) La *Cour de la Poterne* était située à la place où l'on trouvait encore, il
y a quelque vingt ans, la *Porte de la Poterne*, près du Quai-aux-Bois. Ce pa-
lais fut réuni à cette porte et aux maisons attenantes du comte Louis de
Mâle, vers 1346. La chapelle aboutissait à la rue dite *Strypstrael*. Les Gan-
tois donnaient indistinctement à cette résidence le nom de *Cour de la
Poterne* ou *Cour de monseigneur de Flandre*. Lorsque, en 1366, Louis de
Mâle alla habiter la *Cour ten Walle* (plus tard *Cour du Prince*) il donna la
Cour de la Poterne (1378) à sa fille Marguerite, femme de Philippe-le-Hardi.

de cheval, tandis que les pages qui les avaient accompagnés et paraissaient ne pas être étrangers à la maison, menaient les coursiers à l'écurie; ils allèrent ensuite se mêler aux autres serviteurs.

— Pouvons-nous parler à Son Altesse le prince Philippe? demanda l'un des chevaliers à l'intendant.

— Pas pour le moment, nobles seigneurs, répondit-il. Toute la cour se trouve encore à la chapelle, mais le service va finir dans peu de moments. Qui puis-je annoncer à Son Altesse?

— Dites-lui, reprit l'autre, que le sire de Thoisy, évêque de Tournay, et le sire de Brimeu demandent un entretien.

— Le sire de Brimeu! soyez le bien-venu, noble ami.... Par saint Georges, mon vénérable patron, comment ne vous remettais-je pas?

Et, s'inclinant devant l'évêque, il lui dit :

— Pardonnez, mon père : votre bénédiction.

Le prélat le bénit et le releva.

— Ah! nobles seigneurs, je puis vous assurer à l'avance que vous serez les bien-venus chez le prince.... Il y a donc du nouveau au Midi? Mais pardonnez : cela ne me regarde pas.... Venez, nobles hôtes, reposez-vous un peu, car je m'aperçois que votre lassitude est extrême. Je vous ferai entretemps goûter de notre vin....

L'intendant, suivi des deux étrangers, traversa la cour et se dirigea vers un large escalier de pierres qui aboutissait à l'intérieur de l'habitation; puis les mena dans une vaste salle, dont les murs étaient tapissés de riches tentures. Ensuite il leur fit apporter, par un page, quelques rafraîchissements, et, à leur prière, les laissa seuls, afin de saisir l'instant où finirait le service divin dans la chapelle, pour instruire le prince de leur arrivée et de leur demande.

— Assurément une triste mission! sire de Brimeu, dit le prélat au chevalier.

— Comme vous dites, mon père; croyez que je m'estime heureux de ne pas devoir transmettre au prince cette terrible nouvelle.

— Cela m'inquiète assez, mon fils. Connaissez-vous personnellement Son Altesse?

— Comme mon frère. Avant de nous rendre en France, je me trouvai assez souvent avez Elle et nous avons rompu ensemble mainte bonne lance.

— Philippe est-il aussi fougueux, aussi ardent que le duc Jean?

— Pas tout à fait autant, monseigneur; cependant.... Foi de gentilhomme, je vous annonce que nous verrons aujourd'hui de singuliers spectacles!...

Leur entretien fut interrompu par l'arrivée de l'intendant, qui les invita, de la part du prince Philippe, à se rendre à la salle d'audience où tous les courtisans se trouvaient réunis en ce moment.

Le prélat et le chevalier se levèrent et suivirent l'intendant.

Ainsi qu'il l'avait dit, la salle où le prince Philippe tenait audience était remplie de gentilshommes. Le fils de Jean-sans-Peur, qui venait d'entrer dans sa vingt-troisième année et qui, durant l'absence de son père, avait pris en main le gouvernement du comté, devait naturellement être avide de connaître les nouvelles qui lui arrivaient de la part du comte. Les courtisans partageaient sa curiosité, d'autant plus que, depuis quelques jours, il avait couru des bruits singuliers, propres à jeter la perturbation dans l'esprit des bonnes gens de Flandre. Le comte Jean s'était rendu en France, avec une suite peu nombreuse, afin de trancher, conjointement avec le dauphin, de graves différends de polique et de famille; et l'on avait conçu en Flandre, des craintes sérieuses au sujet d'une réconciliation qu'aucuns regardaient comme un prétexte insidieux pour attirer le comte dans un lâche guet-apens. On lui avait conseillé, avant son départ, de se refuser à tout arrangement dans un pays hostile, et représenté que cette invitation cachait peut-être quelque trahison ; mais Jean-sans-Peur, qui, pour ce motif même, aussi bien que dans toutes les circonstances où il se trouva engagé, voulait probablement se montrer digne de son surnom, Jean-sans-Peur était resté sourd à toutes les représentations et prières de ses fidèles amis, et, quoiqu'il ne fût pas tout à fait sans inquiétude, s'était rendu jusqu'à Montereau, au-devant de son neveu le dauphin.

Nos lecteurs ne seront donc pas surpris lorsque nous dirons que la vaste salle d'audience de la *Cour de la Poterne*, à la nouvelle de l'arrivée des messagers du comte, fut en peu d'instants remplie de courtisans.

A peine le jeune prince eut-il aperçu l'évêque de Tournay et le sire de Brimeu, qu'il alla droit à eux et leur dit avec une impatience visible :

— Vénérable prélat, et vous, sire de Brimeu, soyez les bien-venus à notre cour. Vous nous apportez des nouvelles de notre illustre prince et père ?... Nous espérons que son voyage a été heureux...

Le sire de Brimeu se mit quelque peu à l'écart et laissa, au milieu de la salle, le prince seul à seul avec le prélat, qui lui dit, en s'inclinant respectueusement :

— Son Altesse le comte de Flandre et duc de Bourgogne n'a pas rencontré d'obstacle sur sa route et est arrivée bien portante à Montereau.

Un soupir long, mais contenu, s'échappa de la poitrine du prince Philippe, et il continua à interroger.

— Et tout se sera probablement arrangé au mieux avec notre neveu le dauphin ?...

L'évêque troublé, baissa les yeux et répondit :

— Noble prince, les desseins de la Providence sont impénétrables à l'intelligence humaine. L'homme propose, mais Dieu dispose... Prince magnanime, la nouvelle que je viens annoncer à Votre Altesse plongera votre âme dans la douleur et l'abattement; mais souvenez-vous que les pressentiments et les espérances des hommes, quels qu'ils soient, ont le plus souvent un résultat tout opposé à celui que l'on avait attendu.

— Mais vous nous effrayez, vénérable évêque, dit Philippe en l'interrompant; monseigneur Jean de Bourgogne n'est-il pas resté sauf de tout malheur?

— Que le Tout-Puissant le protége! reprit le prélat. Je puis vous assurer, noble prince, que je préfèrerais être exposé une journée tout entière aux hasards d'une bataille que de devoir vous informer de l'objet de ma mission.

— Mais parlez donc, mon père, vous nous plongez dans une crainte extrême....

L'évêque baissa la tête, se croisa les bras sur la poitrine, et dit d'une voix émue et troublée :

— Son Altesse le comte de Flandre, Jean, duc de Bourgogne, d'Alsace et de mainte autre seigneurie, n'est plus!... Que Dieu et son saint patron lui soient propices!...

A peine eût-il achevé ces paroles qu'un cri perçant retentit dans la salle, et le prince se laissa tomber sur le sein du prélat. Longtemps, il resta silencieux, sanglotant et pleurant à chaudes larmes, se frappant le front de ses mains avec désespoir, et, enseveli dans une douleur profonde, jusqu'à ce qu'enfin il demanda à l'évêque :

— Etes-vous bien sûr que cette nouvelle soit vraie?

— Le sire de Neufchâtel, répondit le prélat, qui a accompagné le duc à Montereau, nous a chargés de cette mission pour Votre Altesse.

— Et peut-être le dauphin l'a-t-il assassiné!... s'écria Philippe qui pouvait à peine respirer.

Le prélat fit un signe d'assentiment. La douleur de Philippe fut plus grande encore; mais l'expression de la colère seule animait son visage, et ses yeux brillaient du feu d'une implacable vengeance.

— Par mon ame, rugit-il, cette mort sera vengée....

Mais comment tout cela est-il arrivé, mon père? Je suis avide de connaître les moindres circonstances.

La physionomie du prélat trahit l'embarras; mais il n'osait prononcer une parole. Alors le sire de Brimeu, s'avançant, s'inclina devant le prince, et lui exposa la perpétration du crime de la manière suivante:

« Il lui dit que le 10 décembre, le duc accompagné des dix gentilshommes qui étaient partis avec lui, était arrivé à l'endroit fixé pour l'entrevue; c'est-à-dire au pont de Montereau;

» Que, peu de moments après, le dauphin parut suivi de six chevaliers qui, à la grande stupéfaction du duc Jean et de son escorte, étaient armés de pied en cap;

» Que, après les saluts réciproques du duc et du dauphin, une voix, s'élevant du groupe des chevaliers français, cria: « Alarme! alarme! tue! tue!... »

» Et que, à ce signal de trahison, avant que l'escorte du duc eût pu songer à le défendre et à se défendre elle-même, un gentilhomme français, Tanneguy du Châtel, frappa mortellement Son Altesse et la renversa à côté du duc de Navailles qui avait cherché à la protéger. »

Philippe écouta le récit de ces détails, le désespoir sur les traits et les larmes aux yeux. Lorsque le sire de Brimeu eut cessé de parler, il lui dit:

— Est-ce tout?

— Hélas! non, mon prince, poursuivit le chevalier. Ces lâches ont maltraité nos gentilshommes et en ont abattu quelques-uns. Ils ont volé les riches habits du duc, et, sans l'intervention d'un prêtre, ils eussent jeté son corps dans la rivière; mais, à la prière de ce digne homme, ils l'ont traîné à un moulin des environs, d'où le lendemain il fut transporté à l'hospice des pauvres, et....

— Eh bien? demanda Philippe, dont la rage inquiète allait toujours croissant.

— Pardonnez, noble prince, balbutia Brimeu; mais....

— Poursuis, s'écria Philippe d'un ton qui ne souffrait ni remise ni retard.

— Et... les derniers honneurs furent rendus à Son Altesse monseigneur de Flandre et de Bourgogne par... une troupe de paysans[1].

Un cri général d'indignation s'envola de toutes les bouches à la fois. Philippe, l'écume de la fureur sur les lèvres, s'abandonna à toute l'amertume de son désespoir. Ses yeux, fixes et profondément enfoncés dans leurs orbites, lançaient des éclairs qui faisaient trembler tous les assistants ; ses dents s'entrechoquaient ; de sombres rides creusaient son visage, et la douleur le tortura si violemment que, privé de forces et de connaissance, il s'affaissa inanimé sur le parquet.

On le crut mort.

Les chroniqueurs nous apprennent qu'une heure entière se passa avant qu'il reprît ses sens ; mais alors sa rage fut plus terrible encore qu'auparavant, et, ne sachant sur qui déverser sa fureur, il se prit à pleurer comme un enfant: de temps en temps, ses lèvres laissaient échapper une malédiction contre les meurtriers de son père, et quoi que pussent lui dire les courtisans et le prélat pour le ramener au calme, leurs efforts demeuraient sans effet. Ils ne purent obtenir que de douloureux soupirs, des cris perçants et des larmes amères.

Enfin, s'étant quelque peu apaisé, il se laissa tomber dans un fauteuil, épuisé et presque privé de sentiments.

Personne dans la salle n'osait proférer un mot.

Quelques minutes s'écoulèrent au milieu d'un profond et lugubre silence ; mais soudain Philippe se leva comme un homme qui a longtemps cherché une idée dans son esprit

---

(1) Historique. — Voyez, pour les détails, les travaux historiques de messieurs de Barante et Kervyn de Lettenhove, ainsi que les chroniques du XVᵉ siècle.

F. DE K.

et qui vient enfin de la trouver. Il courut à la table et agita une sonnette qui s'y trouve.

Un page parut aussitôt.

— Adolphe, lui dit le prince, rends-toi à la hâte chez le Magistrat de Gand, et ordonne-lui de convoquer en mon nom les gens de Flandre.

A peine eut-il fini de parler, que le page quitta la salle. Philippe sonna une seconde fois et un autre parut :

— Que l'on fasse tous les apprêts d'un voyage pour moi et pour ma cour.

Le page s'éloigna.

— Seigneurs, reprit le prince, se tournant vers les courtisans, vous avez tous appris la nouvelle dont le vénérable évêque de Tournay était chargé pour nous. Son Altesse le comte de Flandre n'est plus, et mon droit m'appelle au trône que sa mort a rendu vacant. Mais le meurtre commis sur la personne de notre prince, de notre père, crie vengeance, et ce serait une lâcheté pour moi de ne pas écouter cette voix du sang. Seigneurs, qui aime son pays et son prince me suive cette semaine même en France.

Puis se tournant vers le prélat :

— Nous prions Votre Grandeur, dit-il, de faire célébrer dans toute l'étendue de son diocèse, un service funèbre qui soit conforme au rang et à la dignité du duc Jean.

L'évêque inclina silencieusement la tête, en signe d'assentiment. Philippe s'approcha de la table et sonna une troisième fois.

— Va avertir madame Michelle, dit-il avec un accent d'ironie amère au page qui se présentait, va avertir madame Michelle que je désire lui parler.

Et, sur un geste de sa main, les courtisans quittèrent la salle et le laissèrent seul.

II. — L'ARRÊT DE MORT[1].

Lorsque Michelle, la femme du prince Philippe, entra dans la salle où il l'attendait, elle le trouva assis à côté de la table, la tête cachée dans ses deux mains.

Michelle de France était encore dans toute la fraîcheur de son éclatante beauté. Ses yeux bruns brillaient comme deux perles chatoyantes sous ses tendres paupières, et sur son front d'albâtre rayonnaient la grâce de sa jeunesse et la fierté de sa race; un incarnat suave colorait ses joues, et plus d'une dame lui enviait sa bouche mignonne et ses lèvres purpurines, qu'un charmant sourire venait arquer délicieusement; de longues boucles de cheveux noirs, tressés avec autant d'art que de goût, flottaient sur ses épaules plus blanches que la neige, et formaient avec celles-ci un admirable contraste; sa figure entière respirait la pureté de son ame et la bonté de son cœur, et son port majestueux témoignait de toute la noblesse de son sang et de ses sentiments.

(1) Philippe, duc de Bourgogne, comte de Flandre, ayant entendu le rapport du terrible et deloyal assassinat commis sur la personne du duc Jean, son cher et bien-aimé père, fut dès lors saisi d'une si grande douleur et d'une si violente colère, qu'il en fut à bout de forces et que personne ne parvint à le consoler. Il dit à sa femme, madame Michelle : « Ton frère a abattu et tué mon père ! » Puis il jura par sa noblesse de punir ce meurtre coûte que coûte, autant qu'il était en son pouvoir et qu'il convenait, ou de succomber à la tâche. L'auguste et noble princesse fut si troublée à ces paroles, qui lui révélaient le changement de son époux, et en conçut intérieurement une douleur si profonde, que les larmes jaillirent en abondance de ses yeux et qu'elle dit à Philippe en sanglotant : « O mon cher seigneur, quelle triste nouvelle m'apprenez-vous !... Oh ! mon cœur en est brisé. » Elle craignait que, par suite de cette circonstance, elle ne fût délaissée et répudiée par son mari.

(*Chronique du pays et comté de Flandre.* — Edition des Bibliophiles flamands.)

Telle était la femme que des raisons politiques avaient arrachée à sa famille pour l'unir au fils du comte de Flandre. Digne de tout respect et de tout amour, elle fut méconnue par son époux et traitée avec mépris. La suite de cette histoire apprendra au lecteur combien la vertueuse princesse méritait peu cette disgrâce.

Philippe, à l'aspect de la princesse qui s'était assise à côté de lui, se leva :

— Philippe, lui dit-elle d'une voix douce et émue ; tu m'as fait appeler ?

Le prince arracha ses mains de celles de sa femme, et lui lança un regard si sombre, si menaçant, qu'elle se sentit frissonner.

— Philippe !... soupira encore Michelle.

Il fixa ses yeux sur elle, lui saisit les mains que l'instant d'avant il avait rejetées, et les serra avec tant de fureur dans les siennes, qu'un gémissement plaintif échappa à la princesse.

Philippe lui-même sentit toute la brutalité de sa conduite envers sa femme. Il lui lâcha les mains, et lui dit avec une énergie amère :

— Madame ! mon père n'a pas gémi sur le pont de Montereau, et pourtant il a plus souffert que votre oncle, le duc d'Orléans, lorsqu'il fut assassiné dans les rues de Paris.

Michelle pâlit ; à ce souvenir, ses doux yeux se voilèrent de larmes, et, les baissant douloureusement :

— Philippe, dit-elle, quel mal t'ai-je fait ? Pourquoi me traiter ainsi ? Et qu'est-il donc arrivé à monseigneur de Bourgogne ?

— Quel mal vous m'avez fait, madame ?... Aucun peut-être ; peut-être beaucoup. Mais il importe que vous sachiez qu'il est des crimes qui élèvent une barrière éternelle entre un mari et sa femme, et qu'il est arrivé de tristes événements que vous pouviez empêcher et dont vous connaîtrez dans un instant toute l'énormité

A ces paroles, Michelle frissonna; elle voulut parler, mais Philippe l'en empêcha, et, appuyant ses bras sur le fauteuil où la princesse était assise, il poursuivit :

— Madame, aussi bien que moi vous connaissiez la haine violente et sans bornes que mon père portait à plus d'un membre de votre famille?

— Je ne le sais que trop, soupira Michelle.

— Et vous savez aussi, madame, quels embarras les vôtres ont causés à mon père; vous savez, enfin, qu'il a usé les plus belles années de sa vie dans de basses et d'interminables querelles qui l'ont plus d'une fois, lui aussi bien que ses adversaires, couvert de honte et de déshonneur. Tout cela vous est suffisamment connu; car assez souvent vous avez sur mon cœur déploré toutes ces inimitiés; n'est-ce pas, madame?

Michelle, qui ne devinait pas l'ironie amère que cachaient ces paroles, leva ses regards sur son époux, et lui dit :

— Oh! oui, Philippe, tu sais combien de fois j'ai supplié mon frère de se réconcilier avec ton père, et ce n'est pas de ma faute s'il est resté sourd à ma voix.

Philippe parut ne pas comprendre ces paroles, et poursuivit :

— Cette haine, ces dissensions et ces effusions de sang allaient enfin cesser, grâce à l'estime et à l'amour que votre frère, le duc de Touraine, portait au second père de sa sœur.

Et il accompagna ces mots d'un rire atroce.

— Mon père fut mandé pour se réconcilier avec ses ennemis, sur le sol français, où les discordes avaient pris naissance.

— Eh bien? demanda Michelle, qui pâlissait de plus en plus.

— Eh bien! il y alla, l'homme trop naïf!...

— Philippe, tu m'inquiètes...

— Patience, madame, votre frère en a eu besoin aussi avant de voir ses plans réalisés.

Il se leva.

— Michelle, tu as vu partir mon père pour Montereau?

— Oui, Philippe...

— Tu savais que le duc de Touraine l'y avait appelé?

— Sans doute.

— Et tu savais qu'une faible escorte avait suivi mon père en France, tandis que ton frère ne sort jamais qu'accompagné d'un grand nombre de gentilshommes; tu savais enfin mieux que nous, que cette invitation flatteuse déguisait la trahison et l'astuce...

— Philippe...

— Et que ton frère avait encore à venger la mort du duc d'Orléans!... Madame, madame, il faut que vous partagiez bien vivement la haine de votre famille, et que vous méprisiez, outre mesure, l'homme à qui vous devez votre mari, pour n'avoir pas donné un mot d'avertissement à monseigneur de Bourgogne!...

Michelle se leva, muette d'effroi et d'étonnement, et à l'accusation véhémente que son époux lui lançait à la tête, elle porta sur lui un regard où se peignaient à la fois le trouble et la douleur. Le prince, de son côté, sentit qu'à mesure qu'il regardait sa femme, l'indignation violente qui l'avait saisi une heure auparavant devenait de plus en plus grande. La haine qu'il avait toujours ressentie pour la famille de sa femme, se réveillait en ce moment dans son cœur plus vivace que jamais; et la pensée que là, devant lui, se trouvait un membre de cette famille qui avait travaillé à la mort de son père, cette pensée amena sur son visage une sombre expression de résolution et de désespoir, et, d'une voix étouffée, il dit à Michelle :

— Madame, vous savez que nous autres, gens de Flandre, nous ne manquons jamais à une parole donnée : gravez fortement ces paroles dans votre esprit, afin que vous puissiez vous les rappeler plus tard... Je vous jure, moi, Philippe, comte de Flandre et duc de Bourgogne; je vous jure, madame, que l'attentat dirigé contre mon père sera vengé, aussi bien sur vous que sur votre patrie et sur tous les membres de votre famille.

Michelle s'affaissa dans le fauteuil.

Philippe poursuivit, mais cette fois avec un peu plus de calme :

— Vous le savez, madame, je ne vous ai jamais aimée; mais, à cette heure, je me vois forcé de vous faire expier la faute dont votre famille s'est rendue coupable à notre égard... Je ne sais si mon père a jamais maudit l'heure où il vous bénit comme sa fille, mais je vous déclare, madame, que ma haine et mon mépris vous accompagneront jusqu'à votre dernier jour... Nous sommes unis, madame, unis devant Dieu, unis devant les hommes; mais ce lien, vous-même le maudirez bientôt jusqu'à ce que vous succombiez sous le poids de toutes vos souffrances.

Un cri aigu s'échappa du sein de Michelle. Dans un élan de suprême désespoir, elle se jeta au cou de son époux, le pressa contre son cœur et l'adjura au milieu des plus tendres caresses, de lui révéler un crime, auquel jamais elle n'avait donné ni sa pensée ni sa participation. Mais, pour toute réponse, Philippe la repoussa cruellement loin de lui. Elle alla retomber dans le fauteuil, où, joignant ses mains sur son sein, elle éclata en sanglots déchirants.

— Philippe, cria-t-elle encore, que t'ai-je fait?...

— Michelle! Michelle! Ton frère a assassiné mon père!... vociféra le prince d'une voix qui retentit jusque dans les appartements voisins.

La princesse tomba inanimée sur le parquet.

III. — WALTER-LE-FOU.

Lorsque Philippe s'éloigna de sa femme, après lui avoir lancé ces paroles, que la pauvre princesse dut accepter comme un *arrêt de mort*, il monta au second étage du palais, et se rendit à une petite chambre dont il ferma soigneusement la porte sur lui.

Après s'être promené quelques instants de long en large dans la chambre, comme pour apaiser la colère furieuse qui le tourmentait intérieurement, il pressa la tête d'un petit lion en fer fixé au milieu de la muraille, et une porte secrète s'ouvrit aussitôt. Il passa par cette porte dans une autre chambre, où un homme, dont la tête reposait sur la table, semblait être assoupi.

C'était en vérité une chambre bizarre que celle où nous introduisons le lecteur. Les quatre murs étaient nus et sans le moindre ornement; deux bancs qui servaient de siéges et un petit lit en formaient tout l'ameublement. Toutefois les murailles étaient couvertes d'un grand nombre de clous auxquels pendaient des masques et des armes de toute espèce, et des épées et des poignards étaient dispersés sur le sol, ainsi que sur le lit et dessous.

Telle était la demeure du bouffon ou *fou* de la cour.

— Walter!... cria Philippe, lorsqu'il se fut assis.

Mais le dormeur ne donnait pas de réponse. Philippe mit les mains sur ses épaules et le secoua violemment.

L'autre se réveilla.

— Nous avons à causer quelque peu ensemble, maître fou, dit le prince.

Walter se frotta les yeux comme pour les ouvrir, regarda avec étonnement autour de lui, puis, remarquant son seigneur, se leva promptement et fit une révérence respectueuse.

— Reste assis, Walter ; nous avons à travailler, reprit Philippe.

— Travailler ?... hasarda le fou : de si tôt ?

— Quoi ! paresseux, tu oses appeler cela de si tôt ? Onze heures viennent de sonner.

— Et l'appelez-vous *tard ?* Son Altesse sait bien qu'elle est habituée à ne traiter guère que le soir avec son obéissant serviteur et fou.

— Et pour cela tu passes la journée à dormir, maître fou ?

— Son Altesse daignera probablement se rappeler que voilà déjà la troisième nuit que je n'ai goûté aucun repos.

— Tu as bonne mémoire, Walter !

— Et Son Altesse se rappellera aussi la faveur qu'elle a bien voulu m'accorder...

— Laquelle ?

— Son Altesse a dit que, lorsqu'elle a besoin la nuit de nos services, nous pouvons employer la journée à dormir.

— Eh bien ?

— Et, me fondant sur cette promesse princière, j'ai l'honneur de saluer Son Altesse, et je viendrai ce soir prendre ses ordres.

A ces mots, il se jeta tout habillé sur le lit, le dos tourné vers Philippe. Le prince éclata de rire.

— Oh ! oh ! diable de fou, pas si vite... Nous avons d'abord à causer une demi-heure.... et puis tu pourras dormir.

Walter fit semblant de ne rien entendre, et se mit à ronfler de plus belle.

— Voyons, coupons court à tout cela, maître fou, reprit Philippe ; je n'ai nulle envie aujourd'hui de m'amuser de tes fredaines. Dépêchons, paresseux, et lève-toi.

Et, le prenant par les épaules, il le tira de force du lit.

Walter se résigna, mais marmotta entre ses dents quelques paroles que le prince ne put saisir.

— Eh bien! dit Philippe, lorsque tous deux furent assis, as-tu reçu hier quelques lettres?

— J'en ai à peine reçu trois. Mais Votre Altesse, après qu'elle en saura le contenu, devra reconnaître avec moi qu'elles sont d'une extrême importance.

— Oui? laisse-les donc voir.

Walter glissa la main sous son *kolder* [1] et en tira une feuille de parchemin.

— Votre Altesse désire-t-elle que je lise à haute voix?

— Non; dis-moi seulement le contenu.

— La première lettre est du sire Jacques de Viefville...

— Viefville?... Je ne connais pas ce nom-là.

— Un pauvre hobereau, qui a besoin de titres et d'argent.

— Poursuis.

— Il vous prie de recevoir sa jeune femme à la cour et de l'accepter dans la suite de madame Michelle.

— Poursuis.

— C'est tout.

— Est-ce là cette lettre si importante? Par mon ame, maître Walter, je commence à croire que tu es véritablement fou!

— M'en préserve mon saint patron!... Que Votre Altesse daigne approfondir la demande, et elle pourra se convaincre que maître Walter, surnommé le fou, avait toute sa raison quand il disait à Votre Altesse que cette lettre est importante.

— Mais, que vois-tu dans cette prière?

---

(1) Il y avait des *kolders* militaires et autres : en cuir, en laine et en drap. C'était un vêtement qu'on passait au-dessus de la tête, et qui, fermé autour du cou et des épaules, couvrait le dos et la poitrine. On le nommait *kulder* ou *kolder*. Le costume des garçons brasseurs, à Gand, en a conservé une dernière trace; lorsqu'il fait mauvais, ils mettent un vêtement de ce genre, fait de drap vert ou brun.

— J'y vois... Votre Altesse m'accorde-t-elle de parler librement?

— Sans doute! Pas de manières de cour entre nous lorsque nous travaillons : tu le sais bien.

— Je vois dans cette lettre que le sire Jacques de Viefville est un gentilhomme qui en est à son dernier sou, un individu qui a dissipé le patrimoine de son père et cherche des moyens pour rétablir sa fortune; j'y vois que le sire de Viefville est un homme à l'esprit étroit : témoin le mariage qu'il contracta, il y a peu de mois, avec une jeune fille de la suite d'Isabeau de Bavière, femme du roi Charles VI, la belle-mère et le beau-père de Votre Altesse; j'y vois encore que le sire de Viefville paraît ne plus aimer sa femme, puisqu'il consent à l'éloigner de lui à une si grande distance; j'y vois, enfin, que Votre Altesse ferait bien d'agréer les offres du sire de Viefville, non pour lui, mais pour elle-même.

— Comment cela?

— Sa femme est jeune et intrigante; attachée à la cour de France, elle en connaît tous les secrets, et elle pourra en temps utile, nous dévoiler toutes les menées de nos ennemis.

— C'est vrai.

— Que faut-il répondre au sire de Viefville?

— Il ne demande rien de plus?

— Il met son épée et sa foi au service de Votre Altesse.

— On lui répondra que sa double demande est agréée. Et sa femme est-elle belle?

— On le dit, répondit le fou, qui ne comprenait pas les intentions de Philippe. On prétend même que, lors de son séjour à la cour de France, elle a si bien fasciné tous les gentilshommes que mainte lance a été rompue en son honneur, et que pour elle des flots de sang ont été répandus.

— Vraiment? Nous sommes curieux de voir cette merveille. Quel est son nom?

— Ah! quant à cela, Votre Altesse s'y habituera difficilement. Au baptême, elle reçut le nom de Durse, et son nom de famille est Spazequerin.

— Morbleu! Je les ai déjà oubliés... Tu dis?

— Durse Spazequerin.

— Nous l'appellerons Ursule. Fais répondre au sire de Viefville qu'il nous l'envoie au plus tôt.

Walter inclina la tête, en signe d'assentiment, et tira une seconde lettre de dessous son *kolder*.

— Celle-ci vient du duc de Touraine.

— Quoi! Que dis-tu? rugit Philippe.

— Du duc de Touraine, reprit le fou d'une voix lente et accentuée.

— M'est-elle adressée?

— Non, à madame Michelle, sa sœur. On a trouvé hier cette lettre sur un homme qui avait pris pour déguisement l'uniforme de nos sentinelles et était sur le point d'entrer dans les appartements de Madame. Mais, comme je connais chacun des soldats qui font la garde dans la cour, je m'aperçus bientôt que cet homme était un étranger, et partant devait être chargé d'un message secret pour Madame. Je le pris en flagrant délit au collet, ouvris ses habits, et trouvai cette lettre sur lui.

— Et l'homme?

— Il se défendit, et force m'a été de me servir de mon épée.

— Que contient la lettre?

— C'est une dernière recommandation du dauphin à sa sœur. Il lui écrit que si elle ne fuit pas son époux, et la terre de Flandre, et ne vient se mettre sous sa protection, il oubliera les liens sacrés du sang, et la poursuivra de toute sa haine.

— Ah! tout commence à s'éclaircir!... Le duc de Touraine, dauphin de France, cherche à attirer sa sœur hors de Flandre, afin de pouvoir nous déclarer la guerre impunément et sans crainte, comme on dit à Gand.

— Vous devinez le secret de la lettre, prince.

— Oh! duc altier, vous voulez la guerre? Eh bien! vous l'aurez, sans même recouvrer votre princesse française. Walter, que ce dauphin témoigne peu de considération pour notre valeur de chevalier! Il s'imagine que l'assassinat de mon père, dont il a été le fauteur, n'est pas en état d'enflammer notre cœur de vengeance, et que nous n'avons plus le courage de lui lancer nous-même le gant! Ah! ah! duc de Touraine! puisse Dieu nous accorder encore, à nous deux, quelques années de vie, et vous verrez de singulières choses dans votre Paris!... Et la troisième lettre, Walter? reprit Philippe, après s'être promené quelques instants dans la chambre, livré à de profondes pensées.

— Cette troisième lettre n'est pas moins importante que les deux autres; elle émane du sire de Roubaix, qui offre de pénétrer comme espion à la cour d'Isabeau de Bavière, tout en s'attachant en apparence à sa cause, et de donner connaissance à Votre Altesse des projets qui s'y pourraient tramer contre elle.

— Accepté! s'écria Philippe.

— Reste encore à déterminer la manière d'après laquelle nous serons tenus au courant de ses secrets.

— Les moyens ordinaires, Walter. Nous payons richement un bon soudard qui tous les huit jours se met en route...

— Ce moyen ne peut plus jamais nous servir. Votre Altesse doit bien se rappeler que le messager que nous chargeâmes de conduire mademoiselle Léonore au cloître de Magdendale, fut assassiné et la jeune fille enlevée, sans que nous ayons jamais pu découvrir l'auteur de l'attentat, et les circonstances dans lesquelles il fut commis.

— Tu as raison, Walter; as-tu un autre moyen pour nous faire parvenir les secrets du sire de Roubaix?

— Pour le moment, il n'y en a pas d'autre que de m'en charger.

F. DE K.

— Et si l'on te surprenait en chemin ?

— Votre Altesse sait bien que Walter-le-fou est invincible, au moins encore pour trois ans, ainsi que maître
Jean de Néda, le jongleur et médecin de Votre Altesse, me
l'a assuré sur le salut de son ame.

— Donc, il ne te reste plus que trois ans à vivre ?

— Si le jongleur a dit vrai, oui !...

— Nous verrons ; mais en ce moment, il m'est impossible de me passer de toi, puisque j'ai besoin de toi pour
d'autres affaires.

— Alors nous devons charger le chevalier de venir en
personne nous communiquer ses observations.

— Tu lui répondras en ce sens... Et maintenant, Walter, j'ai encore un service à te demander...

— Prince,... je succombe de fatigue.

— Rends-toi à l'assemblée du Magistrat de Gand, et
tâche d'y remarquer l'impression que la mort du duc Jean,
que Dieu fasse miséricorde à sa pauvre ame ! aura produite
sur les bonnes gens de Gand.

Philippe se leva et se dirigea vers la porte ; mais Walter le retint, et lui dit d'un ton suppliant :

— Prince... une petite faveur.

— Parle.

— Je tombe de fatigue ; mes yeux ne se tiennent plus
ouverts que difficilement ; et j'ai faim ! Que Votre Altesse
daigne m'accorder de prendre quelques moments de repos
pour rétablir mes forces.

En effet, le pauvre fou ne mentait pas : il devait se faire
violence pour tenir la tête droite, et s'accrochait des mains
à la table pour ne pas s'affaisser sur lui-même. Philippe
remarqua sa lassitude, et, caressant les joues de son bouffon, il lui dit :

— Va, mon garçon, mets-toi d'abord quelque peu à dormir, et dis à mon sommeiller qu'il te fasse goûter de mon
meilleur vin. Mais, avant tout, prends garde de négliger
mon service, entends-tu ?

— Soyez sans inquiétude, excellent prince : je vous en donne ma parole.

— La parole d'un fou!.,. dit Philippe en riant, tandis qu'il s'éloignait.

Walter ferma la porte sur Philippe et se jeta tout habillé sur son lit; en ayant soin cependant de placer son poignard à côté de lui.

Quelques instants après, il était endormi

Quelques-uns de nos lecteurs s'étonneront peut-être de rencontrer le prince Philippe, l'héritier du trône de Flandre et de tant d'autres seigneuries, engagé dans une conversation tout à fait intime et familière avec un fou, le personnage le plus infime de toute sa cour. Nous devons reconnaître qu'en plein XIXe siècle, il est permis de trouver ce fait étrange. Mais nous en atténuerons la singularité en donnant quelques éclaircissements qui, pour s'écarter quelque peu du fil de notre histoire, offriront d'autant plus d'intérêt à nos lecteurs qu'ils leur donneront une idée des mœurs et coutumes de cette époque.

Au XVe siècle, les princes et les seigneurs étaient encore ce qu'ils avaient été durant tout le cours du moyen âge, de grands enfants qui prenaient plaisir à étaler un luxe excessif, voire même une magnificence ridicule, et à briller avec des habits de velours et de soie, brodés d'argent et d'or, et chamarrés d'ornements qui éblouissaient les regards du vulgaire. La cour du comte de Flandre était renommée comme la plus éclatante et la plus somptueuse de l'Europe[1]; des fêtes continuelles s'y donnaient; mais la corruption y régnait avec le faste, et malheureusement cet abâtardissement gagnait jusqu'au peuple, tant il est vrai que les exem-

---

(1) 792 serviteurs y étaient attachés! On trouvera des particularités sur cette matière dans l'ouvrage de M. de Laborde : *Etudes sur les lettres, les arts et l'industrie au* XVe *siècle*, tome I, 2e partie.

ples du maître ont toujours une prise active sur l'esprit de
ses subordonnés. Il est cependant à remarquer que cette
soif d'apparât ne rendait point les princes orgueilleux. De
même que nous avons trouvé le prince Philippe s'entretenant familièrement avec le fou de sa cour, ils ne rougissaient pas d'employer cette classe de gens à l'exécution de
leurs missions ou projets secrets, non-seulement dans les
affaires qui leur étaient purement personnelles, mais dans
celles même qui avaient trait aux questions les plus importantes de la politique; et l'intimité qui régnait entre certains
d'entre eux allait si loin, que plus d'une fois Philippe tint,
comme parrain, sur les fonts baptismaux, les enfants de ses
bouffons et de ses ménestrels.

Qu'était-ce donc que le bouffon ou fou au moyen âge, et
surtout à la cour de Philippe? C'était un être qui n'appartenait pas proprement au monde, et qui, néanmoins, savait
mieux que toute autre personne ce qui se passait dans le
monde, et principalement sous les voûtes du palais de son
maître. Il n'était rien et il était tout. Il n'était rien, puisqu'il était le personnage le plus vil de la cour, et servait de
plastron aux ordres et aux caprices des courtisans; et il
était tout, parce qu'il exerçait communément plus d'influence sur l'esprit de son maître que tous les conseillers du
prince réunis; qu'il était l'ame de toutes les intrigues et de
tous les secrets nés ou à naître; parce qu'enfin il était, en
réalité, le seul confident de son maitre, qui le payait richement, et auquel il était attaché jusqu'à la mort. On le nommait *fou*, et il l'était bien moins que la plupart des courtisans; il servait aux grands de distraction et d'amusement,
pendant les cérémonies et réunions publiques, et, dans la
vie privée, devenait l'instrument aveugle de son maitre. Le
jour, il racontait des farces, jouait mille tours, se rendait
coupable de mille fredaines, et, la nuit venue, il se rendait,
la figure cachée sous son masque, et la main armée de son
poignard, là où on lui avait ordonné de frapper un coup ou

d'espionner quelqu'un ou quelque chose. Il avait à son service un domestique, qu'il ne mettait dans la confidence de ses secrets que lorsque, pour les accomplir, une seconde personne lui était indispensable.

Sorti des rangs du peuple, le fou en était généralement aimé, et il savait reconnaître cette affection en gardant une stricte neutralité dans les différends qui pouvaient surgir entre le prince et ses sujets : sacrifice d'autant plus considérable pour le fou qu'il se trouvait immiscé dans toutes les disputes et dans tous les complots des grands, et qu'il continuait, pour ainsi dire, de vivre par eux.

Tout ce que nous venons de dire des fous en général, au moyen âge, peut aussi s'appliquer à notre **Walter**.

Tout Gand le connaissait, et bien qu'il ne fût pas né dans cette ville, il la connaissait tout entière. Il pénétrait dans toutes les réunions des métiers et des magistrats, et, les jours que son maître était absent, et partant n'avait pas besoin de ses services, il ne manquait pas d'aller boire et ripailler dans les cabarets de la ville, où ses joyeux propos et ses naïvetés amusaient tout le monde.

Mais si **Walter** était tout dévoué à ses amis, il pouvait implorer le secours du Ciel celui qui avait encouru sa disgrâce. Courageux jusqu'à la témérité, le fou avait en outre l'avantage d'une force peu commune, et comme il était assez querelleur, plus peut-être par le désir de pouvoir étaler sa valeur que par méchanceté, on évitait soigneusement de froisser sa susceptibilité ou d'exciter sa colère. On lui laissait toujours le haut du pavé de peur de l'offusquer, et de s'attirer la pointe de son poignard, qu'à la moindre occasion il dégainait, et ne remettait jamais au fourreau qu'après en avoir au moins rougi l'extrémité. Mais si chacun s'empressait de se ranger devant lui, autant que possible, personne non plus n'eût osé manquer, à quelques pas de distance, de le saluer et de baisser le regard : signe de respect dont les bons Gantois n'ont assurément jamais honoré leur maître et seigneur, le duc Philippe, pendant les quarante-huit années de son règne.

Un mot maintenant sur le costume des fous.

De même que la cour de Philippe surpassait toutes les autres en richesse et en éclat, de même le costume de son fou devait différer de celui des autres fous. Dans les cérémonies publiques, alors qu'il remplissait ses fonctions de bouffon, Walter portait un *kolder* de velours rouge, des manches longues et étroites, où les armes de Bourgogne et de Flandre se trouvaient brodées en argent, un pantalon de soie de la même couleur que le *kolder*, des souliers de soie noire ornés de longues pointes, et comme couvre-chef, un bonnet collant ou capuchon attaché par derrière à son *kolder*. Sur sa poitrine brillait une lourde chaîne d'argent, à l'extrémité de laquelle pendait une sonnette d'or, qui, à ses moindres mouvements, rendait un son éclatant. Lorsque sa charge lui laissait quelques heures de répit, il se débarrassait de la sonnette et abaissait son capuchon. Dans les rues, il était revêtu d'un large manteau de drap noir qui lui tombait presque jusqu'aux pieds, et d'un chaperon de même étoffe et de même couleur.

Tel était l'homme que Philippe de Bourgogne avait choisi pour être l'associé et l'exécuteur de ses secrets, et le personnage principal du drame que nous nous sommes proposé de dérouler sous les yeux de nos lecteurs.

IV. — URSULE.

Dans la cour intérieure de l'hôtel de la Poterne, quelques gentilshommes, réunis en groupes serrés, causaient entre eux.

Le prince Philippe se promenait au bras de l'évêque de Tournay, qui, le matin du jour précédent, était venu lui

apporter la nouvelle de la mort de son père, et, au milieu
de la cour, était assise madame Michelle, en compagnie de
quelques dames de sa suite.

Walter-le-fou se glissait de tous côtés parmi eux, causait
avec l'un, en toisait un autre, adressait aux nobles dames,
dont la beauté charmait ses yeux, quelques paroles flat-
teuses et écoutait si attentivement tout ce qui se disait, bien
qu'il ne parût s'occuper de rien moins que de la conversation, que pas un mot ne parvint à lui échapper.

— Ne savez-vous pas ce que le Magistrat de Gand a
répondu hier, lorsque la nouvelle de l'assassinat de notre
noble duc lui est parvenue, maître Walter? demanda l'un
des courtisans au bouffon.

— Les membres du Magistrat n'ont pas tenu séance
hier, sire de Brimeu.

— Comment? je croyais que notre gracieux prince leur
avait ordonné de s'assembler?...

— Notre gracieux prince n'a pas d'ordres à donner aux
magistrats de Gand : il les prie seulement.

— Walter!..,

— Ne vous fâchez pas, sire de Brimeu, je dis vrai.

— Vous humiliez Son Altesse.

— Ce que je dis est aussi vrai qu'il est certain que hier
soir j'ai surpris votre femme au bras du sire d'Uutkerke...

— Walter!...

— Je me tais, sire de Brimeu.

— Et quelles raisons le Magistrat a-t-il alléguées pour
ne pas tenir séance? demanda à son tour le sire de Maldeghem, tandis qu'il retenait Brimeu prêt à se jeter sur
le fou.

— Des raisons fort plausibles, reprit Walter. D'abord,
les membres du Magistrat se sont réunis avant-hier soir,
et ils ne paraissent avoir nulle envie de se rendre deux fois
la semaine à la maison échevinale, surtout, disent-ils, lorsqu'il ne s'agit que d'une vétille.

— Une vétille?... Les messieurs de Gand traitent-ils de vétille le meurtre de notre gracieux seigneur et maître?

— Il paraît.

— Ces individus en viendront à la fin au point de considérer les princes et gentilshommes comme leurs égaux, dit le sire de Brimeu.

— C'est-à-dire, reprit Walter, qu'ils n'ont jamais fait autre chose, les messieurs de Gand!...

— Notre fou est aujourd'hui de mauvaise humeur, dit le sire de Maldeghem.

— Votre fou est aujourd'hui d'humeur prophétique, poursuivit Walter.

— Mais dites-nous donc ce que les Magistrats ont répondu, infernal coquin! dit le sire de Brimeu.

— Le sire de Brimeu est aujourd'hui de mauvaise humeur!... De suite, seigneurs; je vais, pour autant qu'il m'est possible, satisfaire à votre désir. D'abord, le président du conseil, à la réception de la demande de notre gracieux prince...

— Dites de l'ordre, diable de fou!

— Si vous le préférez, sire de Brimeu. Donc, le président du conseil a, en haussant les épaules, déposé sur la table la demande... L'ordre, veux-je dire, et répondu au porteur d'icelle qu'il ne pouvait assurer si le soir une assemblée aurait lieu. Quant à moi, a-t-il dit, je ne puis m'y trouver, attendu que ma femme est en travail et qu'ainsi... vous me comprenez, seigneurs?...

Les courtisans sourirent, les dames détournèrent la tête, et le sire de Maldeghem reprit :

— Cet homme a l'air d'aimer un peu sa femme.

— Plus que Son Altesse le prince Philippe n'aime la sienne.

— Walter !

— Je me tais, sire de Maldeghem... Pour ce qui regarde les autres membres du conseil, tous étaient retenus par un empêchement ou un autre d'assister à l'assemblée. L'un était invité à une noce, un autre se faisait passer pour malade, et il y en eut un qui alla jusqu'à dire qu'il devait disposer sa cave pour y entrer des tonneaux de bière brune. Voilà un Gantois pur sang.

— Il faudra qu'un jour nous apprenions ses devoirs à cette race hautaine, murmura le sire de Brimeu, tandis qu'il portait la main à la garde de sa rapière.

— Le temps n'en est pas encore venu, dit le sire de Commines.

— Et qui maintenant pourrait deviner le vrai motif pour lequel le Magistrat n'a pas tenu séance hier? reprit Walter.

— Le vrai motif?... Mais tous les motifs qu'ils ont donnés....

— Ce ne sont que des prétextes.

— Eh bien?

— Une orgie devait avoir lieu, hier soir, chez le sieur président...

— Une orgie?...

— Sa femme est accouchée.

Les gentilshommes partirent d'un immense éclat de rire.

— Cela est-il sérieux, Walter? demandèrent-ils tous.

— Aussi vrai que je suis en vie, nobles seigneurs. Le sieur président en est à son cinquième garçon : ce seront tous de fiers Gantois ; il s'en vante.

— Et quand la séance va-t-elle avoir lieu?

— Elle a eu lieu cette après-midi.

— Y étiez-vous, Walter? Quelle impression le message de notre gracieux prince a-t-il produite?

— Aucune.

— Comment, aucune? Ils ont au moins pleuré?

— Les yeux des Gantois ne pleurent point lorsque leur cœur n'est pas triste.

— Mais ils ont du moins manifesté quelque chagrin de l'assassinat de leur souverain?

F. DE K.

— Ils l'ont fait, mais sans attendrissement.

— Et qu'ont-ils répondu à la demande de notre prince?

— Qu'ils resteront neutres, ainsi que pour le duc Jean, dans toutes les querelles et guerres extérieures.

— Quels gens éhontés !

— Ils ont raison.

— Qui a raison, maître Walter? demanda tout à coup une voix forte derrière Walter.

Le fou se retourna.

— Ah !... s'écria-t-il involontairement, tandis qu'il faisait un pas en arrière et s'inclinait respectueusement.

C'était le prince Philippe qui, toujours accompagné de l'évêque de Tournay, s'était arrêté près du groupe des courtisans.

— Qui a raison? reprit Philippe, se tournant vers les gentilshommes.

Ceux-ci se regardèrent et tinrent le silence.

— Le sire de Brimeu a raison, dit Walter en s'inclinant de nouveau devant le prince. Nous venons d'entendre, il y a un moment, le son du cor, et tous les seigneurs ici présents soutenaient qu'il annonçait probablement le retour des chevaliers qui ont accompagnë en France Son Altesse le duc Jean; le sire de Brimeu seul était d'un avis contraire.

— Moi, diable de fou? exclama le chevalier.

Walter lui lança un coup d'œil furtif et poursuivit :

— Le sire de Brimeu disait que celui qui avait sonné du cor était le page du chevalier Jacques de Viefville qui, aujourd'hui même nous doit amener sa femme.

— Aujourd'hui? demandèrent tous les courtisans.

— Le sire de Brimeu doit le savoir.

En ce moment, on entendit à la porte du palais, le son d'un second cor.

— Mais c'est impossible, sire de Brimeu, dit Philippe : le château du chevalier est à une trop grande distance de Gand pour qu'il puisse nous arriver aujourd'hui.

— Le voilà! s'écria le fou, et toutes les têtes se portèrent vers la porte du palais.

— Ne vous ai-je pas dit, sire de Brimeu, que je suis aujourd'hui d'humeur prophétique? demanda à voix basse Walter au gentilhomme.

— Maître fou, vous êtes un étonnant gaillard, répondit l'autre sur le même ton.

— Le sire de Viefville a-t-il donc employé des ailes pour voler jusqu'ici? demanda Philippe, ébahi, à son fou.

— Pas le moins du monde, gracieux prince! il n'a pas même dû se hâter.

Philippe le regarda d'un air étonné.

— Et pour le bon motif, reprit Walter, qu'il est à Gand depuis trois jours! Je veux parier ma tête qu'il fera accroire à Votre Altesse que l'amour et le dévouement que sa femme et lui portent à leur prince, leur ont donné des ailes.

Au même moment, deux pages, un chevalier et une jeune femme, tous à cheval, entrèrent dans la cour du palais.

Un murmure d'admiration s'éleva de toutes les bouches, lorsque la châtelaine de Viefville fut descendue de son palefroi et eut relevé son voile.

Les compagnes de madame Michelle la saluèrent avec un regard où perçaient la jalousie et le dépit.

Philippe s'empressa d'aller au-devant d'elle.

— Illustre prince!... dirent à la fois Durse et le chevalier, tandis qu'ils lui faisaient une révérence respectueuse.

— Nous vous saluons et vous disons la bienvenue, répondit Philippe avec un sourire aimable en prenant dans sa main la main de la châtelaine tandis qu'il restait muet d'étonnement à la vue de sa merveilleuse beauté.

Durse Spazequerin était véritablement un prodige de beauté. Sous ses douces paupières rayonnaient les deux yeux bleus les plus suaves, sur ses joues brillaient les roses

les plus délicates, sur son front régnait l'albâtre le plus
éclatant et sur ses épaules plus blanches que la neige on-
doyaient des cheveux blonds aux tresses les plus douces et
les plus diaphanes, dont jamais femme allemande ait pu
s'enorgueillir. Philippe se complut quelques instants dans
la contemplation de cette beauté éblouissante, et une expression de satisfaction et de plaisir se dessina sur ses
traits.

— Est-ce que cette blonde Allemande viendrait prendre
la place de madame Michelle?... murmura Walter avec
dépit... Je le saurai bientôt.

Philippe se dirigea avec la châtelaine vers le groupe de
dames qui avaient contemplé en silence ce spectacle muet
et rapide, quoique significatif, et, s'adressant à sa femme,
lui dit :

— Madame! je vous présente la femme du chevalier
de Viefville ; elle est jeune, belle et spirituelle, et a longtemps séjourné à la cour de votre noble mère, la reine
Isabeau... J'espère que vous voudrez bien la recevoir dans
votre suite.

Madame Michelle jeta un regard de regret sur son
époux, considéra l'Allemande avec une expression de
jalousie visible, et répondit :

— La recommandation de mon époux me suffit; mais
puisque madame de Viefville vient de la cour de ma mère
bien-aimée, elle doit m'être doublement chère ; car pendant
les heures de désœuvrement, elle pourra m'entretenir de
mes parents et des siens. Quel est votre nom, madame?

— Durse! noble princesse.

— Durse? dit madame Michelle en souriant.

— Appelez-la Ursule, madame, dit Philippe avec un
mécontentement peu déguisé.

— Ursule, demain matin vous vous trouverez dans mon
cabinet de toilette, reprit la princesse avec fierté.

Là-dessus, elle salua Philippe et s'éloigna avec ses dames.

V. — L'ENTRETIEN.

Lorsque la nouvelle compagne de madame Michelle
entra dans sa chambre à coucher, elle trouva, assis au
pied de son lit, un homme qui, sitôt qu'il l'aperçut, marcha
de son côté, se plaça devant elle, et lui dit :

— Madame, je suis Walter.

Ursule, qui ne s'était pas peu effrayée de la présence de
cet homme, de sa façon d'agir et surtout du ton étrange
dont il prononça ces paroles, lui demanda :

— Qui donc, à la cour de Flandre, a donné le droit à
un homme de pénétrer dans la chambre d'une femme étrangère ?

— Moi-même, madame, je me donne ce droit : je suis
Walter.

— Walter... Qu'est-ce que c'est que ça ?

— C'est le fou de la cour, madame.

Ursule put respirer.

— Et que me veut Walter-le-fou ? reprit-elle en riant.

— Quelques minutes d'attention, madame. Veuillez vous
asseoir : nous avons à travailler, comme me dit maintes
fois mon bon seigneur et maître.

Etonnée et curieuse à la fois, Ursule s'assit. Le fou prit
place à côté d'elle, et dit :

— Madame sort de la cour d'Isabeau de Bavière ?

— Mais je ne sais si je puis vous écouter, balbutia
Ursule avec inquiétude.

— Vous *devez* me répondre, madame ; sinon j'appelle
tout ce qu'il y a d'hommes au palais et prétends que vous
m'avez enfermé dans votre chambre.

Ursule se leva, blême de fureur et de honte, et haletante
comme une personne agitée par la fièvre.

— Asseyez-vous, madame, poursuivit le fou : vous ne pouvez vous échapper de cette chambre : j'ai pris mes précautions. Asseyez-vous, madame.

Et, lui prenant doucement les mains, il la força de se rasseoir.

Ursule, qui savait fort bien quels êtres bizarres et incompréhensibles étaient les bouffons des cours, et pouvait juger à l'allure dégagée et au ton cavalier de Walter qu'il avait résolu d'exécuter sa menace, prit le parti de se conformer aux lubies de cet homme, et de répondre à ses questions, pensant qu'il n'avait peut-être en tête qu'une farce et qu'il l'aurait quittée aussitôt.

— Vous avez parlé au duc de Touraine avant de vous mettre en route pour Gand?... lui demanda Walter.

— Je n'ai pas vu le duc de Touraine, Walter.

— Vous en imposez, madame ! Vous avez eu un entretien secret avec lui, à Lille.

Ursule pâlit.

— Vos joues me répondent, madame. Remettez-moi l'écrit que le duc de Touraine vous a donné.

Ursule devint plus pâle encore et retira la tête avec effroi.

— Vous ne parlez pas, madame?

— Mais je ne sais... ce que vous voulez dire, balbutia Ursule avec anxiété.

— Vous ne le savez que trop ; point de feintes, madame : avec Walter-le-fou elles n'aboutissent pas. Remettez-moi l'écrit que le duc de Touraine vous a confié.

Ursule se tut, mais considéra Walter avec un regard si stupéfait, si craintif, qu'il ne put s'empêcher de sourire.

— Encore une fois, madame, remettez-moi cet écrit. Walter-le-fou ne demande jamais plus de trois fois.

Comme si un pouvoir invincible l'eût conduite, Ursule porta la main sous son corsage de soie dans la direction du sein et en tira une feuille de parchemin que, mi-troublée et mi-inquiète, elle tendit au fou. Celui-ci reprit :

— Je n'ai pas besoin de le lire, madame, pour savoir ce qu'il contient; et pour vous en convaincre je vais vous dire clairement ce que le sire de Touraine mande à sa sœur Michelle.

— Mais vous êtes donc *le diable lui-même?* s'écria Ursule alarmée.

— Calmez-vous, madame, je ne suis que Walter-le-fou. Le duc de Touraine, qui, comme vous savez, a soudoyé les meurtriers de Jean-sans-Peur, mande à sa sœur que demain, à la pointe du jour, trois de ses fidèles chevaliers se trouveront hors de la porte de la ville, et qu'ils ont reçu l'ordre de se tenir prêts à la conduire secrètement sur le territoire français. N'est-ce pas ainsi, madame?

Ursule ne répondit rien, mais continua à regarder le fou avec une inquiétude et une angoisse croissante.

— Ce n'est pas pour la première fois que madame Michelle reçoit l'invitation ou l'ordre de fuir sa patrie adoptive et son époux; *pourquoi* le duc de Touraine en agit ainsi, doit vous paraître ainsi qu'à moi, fort indifférent; cependant, ce sont là des affaires domestiques que notre gracieux seigneur et maître n'aura aucune peine à arranger. Je vais simplement vous prier, et cela est plus important pour vous que vous ne paraissez le croire, de détruire cet écrit sans retard, et de ne jamais rapporter à madame Michelle, ni demain ni plus tard, un seul mot de ce que son frère vous a dit à Lille.

— Mais vous savez bien, Walter, que j'aurai soin demain de faire connaître au duc Philippe la manière dont vous me traitez.

— Vous n'en ferez rien, madame. D'abord, pour ne pas vous attirer l'indifférence de Son Altesse, et puis pour ne pas vous rendre suspecte à ses yeux.

— Indifférence?... Me rendre suspecte?... Qu'est-ce-à-dire?...

— Puissiez-vous ne jamais le comprendre, madame; je

le souhaite.... D'ailleurs, j'en ai déjà dit trop : j'abandonne le reste à votre tact féminin. Encore une fois, madame, détruisez cet écrit et promettez-moi de ne jamais dire à Michelle que vous vîtes son frère à Lille.

Ursule déchira la feuille de parchemin et promit ce que voulait Walter.

Le fou prit les fragments de l'écrit, les cacha sous son *kolder* et se leva.

— Maintenant, madame, un dernier mot! Je vous prédis, dans l'humeur prophétique où je me trouve aujourd'hui, que vous verrez de singulières choses à la cour du duc Philippe. Si vous tenez à votre vie, je vous conseille de ne jamais manquer, de quelque manière que ce soit, au respect et à l'honneur qui sont dus à madame Michelle, pauvre princesse, condamnée à une vie de martyre, et qui implore chaque jour de Dieu l'heure de sa délivrance!... Personne en Flandre ne compatit à ses maux, car personne en Flandre ne sait de quelle manière inhumaine la traite son époux; le peuple de Gand l'aime et la respecte, non comme une princesse mais comme une mère, comme un ange de consolation qui adoucit toutes les douleurs et essuie toutes les larmes de la misère et de la souffrance, mais personne ne sait ce qu'elle-même a chaque jour à endurer, sans avoir jamais fait le moindre mal à qui que ce soit; personne donc n'a compassion d'elle, personne que moi, Walter-le-fou. J'ai juré de la défendre, si jamais elle a besoin des services d'un homme; et, dussé-je m'attirer toutes les colères de mon maître, dussé-je y perdre mon sang et ma vie, je tiendrai mon serment. Madame, prenez bien garde à vous! Ayez bien soin de ne jamais nourrir dans votre esprit une velléité de ruse ou de trahison : car Walter-le-fou pénètre les moindres pensées qui s'agitent dans le cerveau de l'homme, et je vous donne ma parole qu'au premier moment où j'aurai la conviction que vous voulez exécuter le projet du duc de Touraine, vous serez perdue... Puis-je encore vous donner un conseil, madame ? Rompez toutes communications avec le frère de madame Michelle, pour vous attacher corps et ame à la cause de Philippe seul : aimez et respectez Philippe, comme sa sujette, comme sa servante. Mais en même temps aimez et respectez madame Michelle : A ce prix vous pourrez, peut-être, obtenir grâce devant Dieu !

Ursule tenait les regards baissés et ne disait rien.

Walter poursuivit :

— Si le duc de Touraine ne peut souffrir sa sœur, ou si elle est un obstacle à l'exécution de ses plans, qu'il vienne donc lui-même à Gand l'enlever ou l'assassiner. Mais ne croyez pas, madame, qu'elle quitte jamais Gand, dût la France entière venir la réclamer.

— Et les trois gentilshommes qui seront prêts demain ?... demanda Ursule à voix basse et tremblante.

Walter sourit et tira trois anneaux de sa poche.

— Connaissez-vous ceci, madame ? dit-il.

Ursule frissonna.

— Voilà les anneaux qui devaient servir de signe de reconnaissance et convaincre madame Michelle que ses ravisseurs étaient bien les envoyés de son frère : les armes du duc de Touraine s'y trouvent gravées.

— Mais où sont les hommes ?... reprit Ursule visiblement agitée.

Walter s'achemina vers la porte, le sourire sur les lèvres ; mais, arrivé au milieu de la chambre, il se retourna et dit à Ursule :

— Madame, le poignard de Walter-le-fou pénètre en tout temps au cœur des ennemis de son prince !...

Et il disparut.

VI. — SPECTACLE HISTORICO-ROMANTIQUE
DANS UNE AUBERGE.

Quiconque s'est familiarisé quelque peu avec l'histoire du moyen âge, et surtout avec la période principale de cette époque, le xve siècle, n'est pas sans savoir combien de sang et de calamités coûtèrent à la France les dissensions des d'Armagnacs et des Bourguignons. Déjà, dès le commencement de 1405, le peuple français soupirait en vain depuis dix-sept ans après le repos et la paix ; mais ni la sanglante bataille d'Azincourt, ni le trépas du duc d'Orléans et de Jean-sans-Peur, traîtreusement assassinés, n'avaient pu éteindre la soif de vengeance dont les deux partis étaient altérés.

Philippe de Bourgogne surtout n'était pas disposé à renoncer à la vengeance qu'il prétendait tirer du meurtre de son père, et il la voulait complète et terrible.

A peine fut-il inauguré comte de Flandre et duc de Bourgogne, qu'il convoqua une assemblée générale de ses conseillers et de ses gentilshommes à Arras, où il invita en même temps à se rendre le roi d'Angleterre, Henri V, alors en guerre avec la France.

Avant l'ouverture de la cession, des funérailles solennelles eurent lieu en mémoire du feu duc, et, lorsqu'elles furent terminées, un moine monta dans la chaire de justice et de vérité et, d'une voix éloquente, prononça l'oraison funèbre du duc et exhorta le prince Philippe à bannir toute pensée de vengeance, en laissant le soin du châtiment à Celui à qui aucun crime n'est inconnu et qui seul juge toutes choses avec impartialité.

A ce noble discours inspiré par la religion, Philippe, furieux, enjoignit au moine de descendre de la chaire.

Puis, aveuglé dans sa haine contre le parti d'Armagnac ou d'Orléans, et plus encore excité par ses conseillers qu'avait corrompus l'or de l'Angleterre, il conclut, à Arras, avec Henri V, un traité par lequel ils s'engageaient à marcher ensemble contre le duc de Touraine, dauphin de France.

Philippe eut bientôt rassemblé une armée considérable à la tête de laquelle il franchit les frontières françaises et se rendit maître de toutes les villes qui se montraient hostiles à sa puissance. Alors il se rendit à Troyes, où le roi de France s'était réfugié avec sa femme et fit signer au malheureux Charles VI, qui depuis longtemps se trouvait dans un état de folie, un traité que la postérité flétrit comme la plus ignoble violation des droits les plus sacrés : la femme d'un roi en démence, la volage et méchante Isabeau de Bavière, régente de France, livrait par ce traité, sa fille au roi d'Angleterre et lui vendait le trône de son époux et les droits de son fils, le dauphin.

Tous ces scandales mirent-ils un terme à l'effusion du sang? Hélas! non; Philippe et Henri V avaient juré de poursuivre jusqu'à la mort le fils de Charles VI et de ne déposer l'épée que lorsque son dernier souffle se serait évanoui avec les derniers efforts de son parti. De Troyes, ils marchèrent sur Sens et Montereau qu'ils assiégèrent et emportèrent bientôt d'assaut. Philippe voulut visiter, à Montereau, le tombeau où reposait l'auteur de ses jours; mais l'image de la mort et de la fragilité des choses humaines ne put calmer son désir de vengeance. Il n'y avait pas encore assez de sang répandu et la guerre ne devait pas de sitôt prendre fin. Après cinq mois de siége, Melun fut, à son tour, forcé de se rendre et les armées triomphantes se dirigèrent sur Paris, où Henri V fut proclamé et inauguré roi de France.

Peu de temps après, les hostilités furent reprises avec plus de fureur que jamais; Philippe poursuivit le duc de

Touraine dans le Nord de la France et chaque jour il put se vanter d'avoir remporté une nouvelle victoire[1].

Dans les premiers jours du mois de juillet de l'an 1422, Philippe avait assis son camp aux environs d'Aire, petite ville de l'Artois; et c'est pendant un intervalle de combats que se passa la scène suivante, que nous allons raconter à nos lecteurs.

Dans une des principales hôtelleries de la petite ville dont nous venons de parler, un homme jeune encore, enveloppé dans un large manteau brun, était assis devant une table sur laquelle se trouvait un gobelet de vin à demi-vidé. Proche de la fenêtre, d'où ses yeux se dirigeaient constamment vers le dehors, il examinait avec une attention minutieuse, des pieds à la tête, chaque homme qui passait devant l'hôtellerie. Apparemment il attendait quelqu'un, car, à chaque quart d'heure, il demandait à l'hôte, qui était assis à l'autre bout de la chambre, combien de temps s'était écoulé déjà.

De temps en temps, une expression de colère et de rage contractait son visage, et alors ses yeux lançaient des éclairs de passion intérieure et ses poings se serraient avec violence. Lorsque dix heures sonnèrent à l'église paroissiale, il se leva de son siége, aspira une nouvelle gorgée de vin et se promena dans la chambre avec des marques visibles d'impatience.

— Avez-vous beaucoup de pratiques qui viennent boire le matin? demanda-t-il tout à coup à l'hôtelier.

Celui-ci s'imaginant que l'étranger lui parlait ainsi par

---

(1) Pour ceux qui désirent de plus amples détails sur les guerres des d'Armagnacs et des Bourguignons, nous renvoyons aux ouvrages historiques : *Histoire des ducs de Bourgogne,* par Valentin; *Histoire des ducs de Bourgogne,* par monsieur de Barante; *Histoire de Flandre,* par monsieur Kervyn de Lettenhove, et aux chroniques du xvᵉ siècle.

simple curiosité, répondit en partie par vanité et par jactance, et en partie pour pouvoir échanger quelques mots avec son hôte, car il était assez loquace, l'hôtelier !

— Ah ! seigneur.... je n'ai pas à me plaindre ; je suis favorablement achalandé : car tous les voituriers qui viennient d'Arras ne manquent jamais de prendre chez moi un verre de vin.

— Pourtant je n'ai vu entrer personne depuis la demi-heure que je me trouve ici ?

— Oh ! seigneur ! il est encore une heure trop tôt ; la plupart des voituriers ne sont à Aire que vers midi, et comme il n'est guère que dix heures....

— Dites donc, l'ami, ne voudriez-vous pas, pour ce matin, fermer votre auberge ?

L'hôtelier regarda d'un air hébété : il croyait n'avoir pas compris.

— Vous dites ?... demanda-t-il tout curieux.

En ce moment, trois personnes entrèrent à l'hôtellerie. Au bruit de leurs pas, l'étranger s'était retourné ; mais, à peine eut-il jeté un coup d'œil sur les nouveaux venus, qu'il s'élança au-devant d'eux et leur pressa silencieusement la main.

C'était une jeune et belle femme, à la robe de soie traînante, la tête ornée du chapeau pointu dont l'aigrette balançait sans cesse ; un petit manteau de velours recouvrait son buste ; au premier coup d'œil, on reconnaissait ses compagnons pour des chevaliers ; ils portaient, en effet, la cuirasse d'acier cachée sous un manteau noir.

— Hé ! l'hôte ! cria l'homme avec lequel nos lecteurs ont déjà fait connaissance ; fermez la porte de l'hôtellerie, et au plus vite, entendez-vous ?

L'hôtelier se mit à rire.

— Seigneur, devenez-vous fou ? demanda-t-il, ouvrant démesurément les yeux.

— Fermez la porte, vous dis-je, ou vous ferez connaissance avec mon épée, reprit l'interlocuteur, tandis qu'il tirait son arme de dessous son manteau.

A la vue de l'épée nue, l'aubergiste cessa de rire et recula jusqu'au bout de la chambre.

L'étranger poursuivit :

— Mais venez donc ; je ne veux en rien nuire à vos intérêts ; voilà trois *nobles d'or* pour vous indemniser de ce que vous pourriez gagner dans l'espace d'une heure.... Prenez-les et fermez votre porte.

L'hôtelier, qui ne revenait pas sans peine de sa stupéfaction et de sa frayeur, s'approcha tout tremblant de cet hôte bizarre, reçut les trois pièces d'or et se dirigea vers la porte pour la fermer ; mais à peine en eut-il fini, que des coups violents retentirent.

— Laissez vos voituriers frapper à leur aise, l'ami ; dites-vous malade.

— Mais c'est un pauvre diable, seigneurs, celui qui se trouve à la porte, il ne demande qu'une chope.... il paraît fatigué de la longue route qu'il vient de faire.... puis-je le laisser entrer ?

— Un pauvre diable, dites-vous ? Bah ! il ne saurait nous nuire ; mais après lui, plus personne, tant que nous serons ici ; sinon, que Belzébuth vous vienne en aide...

L'hôtelier ouvrit la porte, et un vieillard, couvert de poussière et de sueur, le dos voûté, le bâton à la main et la besace sur les épaules, entra en titubant dans la chambre. Il salua les étrangers, demanda un verre de vin et s'assit dans un coin.

— Hôtelier !

— Seigneur !

— Trois gobelets de vin ; lorsque vous nous les aurez apportés, nous vous permettrons de nous laisser seuls une demi-heure.

Le maître de l'auberge exécuta l'ordre et n'eut rien de plus pressé que de quitter la salle : il s'était aperçu que les deux hommes au manteau avaient déposé une longue épée sur la table. Quant au vieillard, il reposa la tête sur la table, comme pour s'endormir.

— Ah! duc Philippe!... dit l'un des manteaux au premier personnage.

— Doucement donc, interrompit celui-ci; ne m'appelez point par mon nom: il convient d'être prudent.

— Mais pourquoi fixer notre rendez-vous dans une auberge publique? demanda à son tour la jeune femme.

— Parce que je ne puis causer librement dans ma tente, sans avoir à craindre que quelque espion m'écoute... Mais hâtons-nous. Dites, sires de Viefville et de Roubaix, qu'avez-vous résolu par rapport à ce que je vous ai dit, il y a quelques jours?

— Votre Altesse a-t-elle toujours l'intention d'exécuter ce projet? demanda le second des deux chevaliers.

— Plus que jamais; les liens qui m'unissent au duc de Touraine doivent être rompus : je ne veux pas plus longtemps demeurer son beau-frère.

— Ce ne sera pas facile, duc! dit le sire de Viefville.

— Revenons à notre affaire. Ursule, quelles nouvelles nous apportes-tu de Gand?

— Depuis que Votre Altesse a quitté la ville, il s'y est passé des choses singulières; madame Michelle est devenue l'idole du peuple gantois; elle se promène chaque jour dans les rues les plus populeuses, sème l'argent à pleines mains parmi les pauvres et rend les Gantois stupides d'étonnement. Pour peu que cela dure quelque temps encore, ils seront capables de vous fermer les portes de la ville quand vous vous y présenterez.

— Comment donc? demanda Philippe.

— Je ne sais qui a répandu ce bruit; mais pour toute la ville, il est évident que madame Michelle est par vous délaissée et méprisée.

— Et cette nouvelle a-t-elle produit une si grande impression sur l'esprit du peuple?

— Plus grande que vous ne pourriez le croire. Dans tous les cabarets, maisons de jeu, promenades et marchés retentissent chaque jour des malédictions contre vous.

Un sourire de pitié contracta la figure de Philippe.

Ursule poursuivit :

— Et ce qu'il y a de plus singulier.... Mais, non, je vous laisse deviner, sire....

— Parle....

— Walter-le-fou, votre fidèle serviteur, s'est déclaré le champion de la duchesse.

— Walter!...

— Il m'a dit qu'il la défendra envers et contre tous, fût-ce même contre vous.

Philippe ne put s'empêcher de rire.

— En vérité, dit-il, nous avons là un ennemi redoutable.

— Philippe.... souffla Ursule à l'oreille du duc, il me semble que ce vieillard écoute nos discours.

— Mais non, il dort. Viefville, assurez-vous si le dire de votre femme est vrai.

VII. — LE MENDIANT.

Le chevalier s'approcha du vieillard qui dormait toujours dans son coin et lui secoua doucement le bras.

Il ne bougea pas et continua de ronfler.

— Parle librement, dit le sire de Viefville à Ursule.

— Ce vieux mendiant dort, reprit Philippe, et dût-il entendre ce que nous disons, en quoi pourrait-il nous contrarier? Dis, Ursule, crois-tu que Walter songe sérieusement à défendre la duchesse?

— J'ose le certifier à Votre Altesse ; il suit tous mes pas, observe toutes mes paroles et épie toutes mes actions.

— Es-tu bien sûre qu'il ne t'a pas suivie hier?

— Il ne le pouvait pas; il se trouvait dans la ville.

— Nous chasserons cet homme de notre service lorsque nous retournerons à Gand.

— N'entends-je rien? demanda le sire de Roubaix en regardant autour de lui.

— En effet,... je crois avoir entendu le son d'une voix, dit Viefville; mais non, le vieux dort encore.

— J'ai résolu de me défaire de Michelle, poursuivit le duc, et je veux que mon projet soit exécuté dans trois jours.

— Duc!...

— Je le veux : c'est mon dernier mot.

— Mais le moyen?

— Ursule l'accomplira.

— Je ne sais... dit la dame inquiète.

— Tu retourneras à Gand et ordonneras en mon nom à maître Jean de Neda de préparer un poison...

— Il ne le fera pas.

— Et pourquoi?

— J'ai vu souvent le fou dans sa chambre, et ils paraissent très-attachés l'un à l'autre... Mais ce n'est pas là un obstacle; j'ai encore quelque poison que m'a donné autrefois le médecin d'Isabeau de Bavière.

— En ce cas, fais-en usage, que tout se passe dans le plus grand secret, et... qu'endéans les cinq jours on vienne m'annoncer le trépas de Michelle.

Philippe prononça les dernières paroles d'une voix si étouffée, qu'Ursule qui était assise le plus près de lui, put seule les entendre. Il se leva visiblement ému et une teinte de pourpre foncée colorait ses joues. Il se baissa sur Ursule et lui glissa quelques mots à l'oreille qui amenèrent sur le visage de la dame une expression de satisfaction et de bonheur. Puis, se tournant vers les gentilshommes, il leur dit à voix basse :

— Seigneurs, s'il arrivait que le secret transpirât et que vos noms fussent mêlés à cette affaire, vous n'avez rien à

P. DE K.

craindre; souvenez-vous en tous temps que vous vous trouvez sous la protection du duc de Bourgogne... Viefville, retournez au camp, et vous, sire de Roubaix, accompagnez à Gand madame Ursule et aidez-la dans ce qui lui reste à faire.

Les deux chevaliers s'inclinèrent devant le duc. Philippe prit la main d'Ursule, la porta à ses lèvres et leur donna le signal du départ.

A peine eurent-ils refermé la porte sur eux, que le duc saisit un des gobelets et le vida à moitié.

Puis, il prit son épée sur la table, la mit à son côté, attacha son manteau et s'avança vers la porte.

Mais au moment où il allait l'ouvrir, il sentit une lourde main s'abattre sur son épaule.

— Demeurez, duc Philippe, lui dit une voix puissante.

Il se retourna et vit le vieillard qui avait quitté son coin et se trouvait à son côté. Se voyant reconnu, il tira son épée.

Le vieux mendiant, de son côté, dégaina de dessous son manteau un long poignard.

— Vous allez faire une sottise, noble duc; laissez votre arme en repos, et asseyez-vous quelques moments avec moi à cette table.

Le ton mi-ironique et mi-cavalier du manant mit le duc en fureur.

— Laisse-moi, grossier lourdeau, lui cria-t-il, ou je te passe mon épée au travers du corps.

— Vous n'en ferez rien, duc. Je vous répète que vous ferez une sottise si vous n'exécutez pas ce que je vous ordonne.

— Ce que tu m'ordonnes, vieux mendiant?... Gare, dis-je, ou recommande ton ame à Dieu.

— Ne vous fâchez pas, reprit le vieillard froidement; vous voyez bien que je suis calme. Veuillez m'écouter quelques instants ; j'ai à vous entretenir de choses qui vous regardent personnellement, et qui ne sont pas sans intérêt.

Le duc éclata de rire.

— Soit; puisqu'il le faut, écoutons. Je suis curieux de savoir ce qu'un vieux vagabond a à dire au duc de Bourgogne.

Et pensant qu'il allait s'amuser quelques moments aux dépens de cet homme, et chasser ainsi les sombres images qui se pressaient tumultueusement dans son esprit, il remit son épée au fourreau et s'assit à côté du vieillard.

— D'abord, reprit celui-ci avec une singulière grimace, je dois avertir Votre Altesse qu'elle se trompe pitoyablement en s'imaginant que je suis un homme d'âge.

— Vraiment ? il faut que tu aies grisonné bien jeune, et que tes joues et ton front se soient bien vite ridés.

— Cela paraît être ainsi ; mais je puis assurer à Votre Altesse que je n'ai guère que vingt-quatre ans.

Le duc se mit à rire encore plus bruyamment.

— Cet homme est fou ! murmura-t-il.

— Et je vais vous démontrer que vous dites vrai, reprit le vieillard.

A ces mots, il ôta son chapeau, passa les mains dans ses cheveux, et une perruque aux boucles grises et épaisses tomba sur le sol, tandis que des cheveux d'un beau jais brillèrent sur la tête de l'inconnu.

Le duc crut cette fois qu'il avait affaire à un bateleur.

— Et que dites-vous de mon habillement ? poursuivit celui-ci, tandis qu'en un clin d'œil il se fut débarrassé de son *kolder* en guenilles et de son pantalon malpropre.

Il se trouvait devant Philippe en riche costume de cour.

— Hé, mon brave, dit le duc, sais-tu bien qu'il est défendu, sous les peines les plus sévères, aux gens de ton espèce, de porter un tel costume ?... Du reste, tu es gentil garçon nonobstant les rides de ta figure...

— C'est ce que me disent aussi les fillettes gantoises, gracieux duc! Que dites-vous maintenant de ma figure de vingt-quatre ans?

L'inconnu arracha le masque qui cachait son visage, et montra une figure pâle quoique belle, et empreinte de virilité.

— Walter le fou!... s'écria Philippe au comble de l'étonnement.

— Oui, noble duc! Walter-le-fou qui vous prie d'écouter quelques moments ce qu'il a à vous dire.

— Volontiers... qu'est-ce qui t'amène ici?

— J'ai suivi Ursule de Viefville; j'ai pénétré dans cette maison et ai entendu tout ce qui s'y est dit.

— Eh bien?

— Eh bien! duc; je viens vous dire qu'à partir de ce jour, je cesse d'être à votre service... Que je regarderais comme une honte pour moi d'être plus longtemps le confident et le satellite d'un homme qui fait assassiner sa femme....

— Walter! s'écria Philippe furieux.

— Qui fait assassiner sa femme, parce qu'elle est la sœur du duc de Touraine.

Philippe tira son épée et se jeta sur Walter; si celui-ci n'eût pu parer le coup, il fût infailliblement tombé mort sur place; mais, faisant aussitôt un écart, il tourna quelque temps autour du duc, se jeta sur lui à son tour, lui arracha violemment l'épée de la main, le saisit à la poitrine, et le pressa si fortement entre le mur et la table, qu'il ne sut plus faire un mouvement.

Tout cela fut pour le fou l'affaire d'un instant.

— Et maintenant que je connais, reprit-il avec un rire sardonique, maintenant que je connais vos projets, je retourne en toute hâte à Gand, tue Ursule en chemin, si j'ai le bonheur de l'atteindre, et sauve Michelle de la mort qui l'attend.

En ce moment, on entendit à la porte de l'hôtellerie les sons retentissants du cor.

Walter lâcha le duc et s'enfuit précipitamment de la maison ; mais Philippe s'élança en jurant à sa poursuite. Parvenu à la porte, il vit le fou déjà en selle, suivi d'un autre individu également à cheval, à une certaine distance de l'auberge, monter rapidement la route qui menait en Flandre. Le duc, venu à pied, se trouvait dans l'impossibilité de poursuivre le fou, et il s'arrachait les cheveux de colère et de désespoir.

— Adieu, duc de Bourgogne ! lui cria Walter de loin, tandis qu'il s'arrêtait un moment.

Puis, enfonçant les éperons dans les flancs de son coursier, il alla rejoindre son valet qui avait pris sur lui une avance d'une cinquantaine de pas.

VIII. — COMMENT WALTER-LE-FOU APPREND UNE NOUVELLE A LAQUELLE IL NE S'ÉTAIT PAS ATTENDU, NON PLUS QUE LE LECTEUR.

Tout en chevauchant, Walter songeait à son projet. Il s'était engagé dans une affaire qui non-seulement allait lui causer des difficultés embarrassantes, mais qui en même temps exigeait une promptitude si grande qu'il n'y avait pas un instant à négliger, s'il voulait éviter de tomber aux mains des sicaires qu'infailliblement le duc aurait envoyés à sa poursuite pour s'emparer de lui et le mettre à mort.

Walter savait fort bien que toutes les difficultés seraient levées s'il parvenait à atteindre Ursule ; son poignard l'aurait mis à l'abri de toute inquiétude de ce côté et il aurait pu retourner à Gand à son aise et en toute tranquillité sans devoir jour et nuit se tenir à cheval et combattre cet ardent besoin de sommeil, qui devait le surprendre naturellement après la fatigue d'une si longue course.

Mais, plus Walter gagnait de chemin et plus il devait se convaincre qu'il avait peu d'espoir de rattraper Ursule et son guide. Quelque célérité que missent les chevaux à parcourir la route et quelque ardeur qu'il employât à plonger du regard dans le lointain, il ne pouvait saisir le moindre nuage de poussière qui lui permît d'espérer qu'Ursule et son compagnon le précédaient d'une faible distance.

Walter ne laissait pas que de s'en inquiéter : il était à peine parti une demi-heure après eux et les chevaux que montait son valet et lui, étaient bien les meilleurs des écuries du duc. Il ne pouvait concevoir comment il leur fût possible de prendre une avance si considérable ; mais son étonnement redoubla lorsque, sur le soir, il lui fut répondu par un paysan, qui travaillait dans un champ de blé et qu'il interrogeait à propos d'Ursule et de sa suite, qu'une demi-journée de marche au moins les séparait.

— Mais tous les diables de l'enfer les poussent donc !... murmura Walter, écumant de rage, à son valet.

Enfin, les chevaux tombèrent, épuisés de fatigue.

Nos hommes avaient depuis longtemps atteint le territoire flamand, et, en moins de huit heures, ils avaient franchi vingt-quatre lieues. Walter songeant qu'Ursule ne pouvait arriver à Gand avant la fermeture des portes et se verrait, comme lui, forcée de passer la nuit à l'auberge de l'un ou de l'autre village, résolut de s'arrêter à Deinze, de s'y reposer quelques heures et de se remettre en route au point du jour. Il entra à la *Croix de Bourgogne*, près de Deinze, y fit honneur à un bon souper et donna ordre à son valet de l'éveiller aux premiers rayons de l'aurore.

Cependant, bien qu'épuisé par la course désordonnée qu'il venait de faire, il ne put fermer l'œil ; des rêves insensés venaient inquiéter son esprit, et il voyait sans cesse devant son regard le froid et pâle cadavre de madame Michelle...

Vers l'heure de minuit, un bruit qui se fit entendre non

loin de lui et qui ne ressemblait pas mal au hennissement de chevaux, vint le troubler dans ces pensées. Aussitôt il se jeta à bas de son lit. L'idée qu'Ursule avait pu prendre un chemin autre que le chemin ordinaire ou s'était reposée dans quelque hôtellerie, surgit tout à coup dans son imagination ; en peu de moments il fut habillé, il eut appelé son valet et ils se trouvèrent ensemble à la porte qui donnait sur la route. Tous deux alors ils entendirent plus distinctement le hennissement des chevaux, mais ils ne purent s'assurer s'ils approchaient ou galopaient dans une direction opposée.

Walter se coucha par terre et y appliqua son oreille pour mieux saisir le bruit des pas, mais n'en apprit pas davantage. Et cependant les chevaux hennissaient toujours !

Ils se frottèrent les yeux et regardèrent quelques instants autour d'eux, comme pour s'assurer qu'ils n'étaient pas le jouet d'une hallucination de leur cerveau malade et somnolent ; mais ils durent enfin se convaincre qu'ils étaient bien éveillés !

Tout à coup Walter monta, quatre à quatre, les marches de l'escalier qui conduisait à la chambre à coucher de l'aubergiste, l'arracha de son lit, et lui ordonna de déclarer sur-le-champ ce que pouvaient signifier ces hennissements étranges au milieu de la nuit.

Le propriétaire du logis, revenu de son trouble et de sa stupéfaction, et ignorant ce que pouvait lui vouloir son hôte, s'habilla à la hâte et le suivit jusqu'à la porte.

— Eh bien ! que signifient ces hennissements ? demanda Walter avec précipitation.

— Oh ! juste ciel ! répondit l'hôte en partant d'un formidable éclat de rire, Votre Seigneurie a eu peur d'une bien mince bagatelle.

— Je n'ai jamais peur ! hurla le fou ; dis, à qui sont ces chevaux ? Ce ne peuvent être les nôtres puisqu'ils semblent éloignés d'une centaine de pas.

— Ces chevaux appartiennent à notre gracieux seigneur et maître le duc Philippe; un chevalier, et une noble dame, passés ici cette après-midi, les ont amenés.

— Et où sont-ils? reprit Walter, les larmes d'une joie sauvage dans les yeux et tremblant comme un roseau.

— Ma foi, ils sont à paître dans la prairie, derrière ces arbres....

— Mais je parle de ce chevalier, de cette dame!... cria le fou avec impatience.

— Oh! seigneur! ils sont à cette heure depuis longtemps à Gand.

Walter le saisit à la gorge.

— Tu mens! vociféra-t-il furieux, ils sont là, dans la maison.

— Seigneur! balbutia l'homme effrayé.... que dites-vous?... Cherchez plutôt par toute l'auberge.

Walter le lâcha.

— Bertholf, dit-il à son valet, reste ici à la porte le poignard à la main, et si quelqu'un passe, fais-le attendre que je sois de retour ou envoie-le dans l'éternité.

Puis, se tournant vers le propriétaire de l'auberge :

— Et toi, mon petit ami, montre-moi tout ce qu'il y a dans ta maison de chambres, de caves et de greniers, et si je découvre quelque part le chevalier ou la noble dame..., alors que le Dieu très-miséricordieux et ton saint patron te viennent en aide!... En avant, marche.

Et il entraîna l'homme dans la maison.

Il n'y eut pas de coin où l'on ne furetât; Walter cogna de la main sur tous les murs, frappa du pied sur tous les planchers pour s'assurer si nulle part une porte secrète n'était cachée; mais où qu'il pût regarder, entendre et tâtonner, nulle part il ne put trouver ni le chevalier ni Ursule.

Après avoir ainsi fouillé pendant une demi-heure dans tous les coins et recoins de la maison, il descendit et se fit indiquer par l'aubergiste l'endroit où se trouvaient les chevaux. Lorsqu'il y fut parvenu, il dut se convaincre que l'homme avait dit vrai : Deux nobles coursiers, enveloppés d'une couverture de velours sur laquelle brillaient les armes du duc, paissaient dans une petite prairie, sous la garde d'un page d'une douzaine d'années.

— Quand ces gens sont-ils venus ici? demanda Walter.

— Vers quatre heures du soir, répondit l'homme.

Walter se mordit les lèvres jusqu'au sang.

— Mais ils avaient donc des ailes pour voler? murmura-t-il.

Puis, saisissant tout à coup l'aubergiste au bras :

— Mais, comment ont-ils pu retourner à Gand s'ils ont laissé ici leurs chevaux?...

— Aïe!... doucement... je vous en supplie... seigneur... vous allez me casser le bras!...

— Parle!... rugit le fou avec un affreux juron.

— Seigneur!... il y avait ici d'autres chevaux...

— Les tiens?...

— Non, des chevaux semblables à ceux-ci, revêtus de la couverture aux armes du duc.

— Et comment se trouvaient-ils ici?

— Ils furent amenés avant-hier par un jeune page, qui m'avertit que le lendemain on les réclamerait.

— Et le page retourna-t-il à Gand?

— Non, seigneur! il alla à quelques lieues plus loin conduire deux autres chevaux.

— Il en avait donc encore?

— Il lui en restait six.

Walter eut alors trouvé la solution de l'énigme qu'il avait en vain cherchée tout le jour.

— Ils auraient pu ainsi en trois jours me distancer de cent milles, se dit-il à part soi ; puisque à chaque heure ils avaient des chevaux frais qui pouvaient galoper à grande vitesse, tandis que les nôtres se fatiguaient de plus en plus

F. DE K.

et étaient forcés de ralentir leur course!... Pauvre fou!... que n'as-tu pris aussi tes précautions!... que tu as été bête cette fois!... Se sont-ils arrêtés longtemps? demanda-t-il encore à l'aubergiste.

— Quelques moments à peine, seigneur! La dame m'a demandé un verre de vin; elle me parut si abattue, si souffrante que je ne pus me défendre de sentir pour elle de la pitié. A peine eut-elle vidé son verre, qu'ils se remirent en route, et si promptement qu'au bout de quelques secondes je les eus perdus de vue.

Walter se recueillit un moment; puis, prenant les chevaux par le mors, il dit :

— Je te laisse mes deux chevaux qui sont à l'écurie, et m'empare de ceux-ci qui ont eu le temps de se reposer, et partant seront plus propres à aller vite. Si demain l'un ou l'autre de la cour vient les réclamer, réponds qu'ils sont sous la garde de Walter-le-fou

— De...?

— De Walter-le-fou!...

Il fallait que ce nom eût sonné encore aux oreilles de l'aubergiste, car il recula avec un air de terreur et se mit à trembler comme une feuille agitée par le vent.

Walter lui glissa une pièce d'or dans la main, alla avec les chevaux rejoindre son valet et tous deux reprirent au galop la route de la ville.

Le pauvre bouffon pleurait de regret et de désespoir.

— Ah! soupirait-il, maître Jean de Neda aura donc dit vrai lorsqu'il me dit un jour qu'il ne me restait guère que trois ans à vivre!... Ce temps s'est écoulé.... et tout ce que je viens de voir et d'entendre aujourd'hui me paraît être le signe avant-coureur de ma mort!... Et moi, qui croyais déjà Ursule tombée sous mon poignard et Michelle sauvée! . . . .

. . . .

IX. — LE CRIME.

Dans une des chambres de la *Cour de la Poterne*, Ursule de Viefville était assise devant une petite table. Sa tête reposait sur le dos du fauteuil, et ses lèvres entr'ouvertes semblaient vouloir se rafraîchir au souffle de la brise du soir, qui pénétrait jusqu'à elle par une fenêtre entrebâillée, et venait se jouer dans ses boucles blondes. Sur la table, devant elle, se trouvait une grande coupe, dont l'eau limpide venait de temps à autre désaltérer ses lèvres.

Au bout d'un certain temps, le sire de Roubaix entra dans l'appartement, pâle, visiblement troublé et tremblant.

— Eh bien? demanda Ursule avec anxiété.

— Walter-le-fou est absent, madame!

— Et vous tremblez? Je m'en réjouis, au contraire; car jamais une occasion plus favorable ne se présentera.

— Walter est absent, madame! oui; mais savez-vous où il est? ou du moins, où il a été?

— Dans les cabarets de Gand, sans doute.

— A Aire, madame! murmura le chevalier avec une angoisse croissante.

— A Aire! répéta Ursule, se levant avec terreur.

— Il est parti avant-hier matin, une heure après nous.

— En êtes-vous bien sûr?

— Au moment de franchir la porte de la ville avec son valet, il dit aux soldats qu'il allait faire l'honneur à la petite ville d'Aire d'y jouer une demi-heure son rôle de fou.

— Ah! ç'a été ce maudit mendiant, chevalier!...

— Je l'ai pensé comme vous, madame.

Ursule réfléchit quelques instants, pendant lesquels ses joues se colorèrent d'un rouge foncé qui disparut bientôt pour faire place à une teinte de pourpre. Son sein se gonflait et s'abaissait avec violence sous son corsage de soie, et ses mains se portaient à son front pour en essuyer la sueur fébrile qui en dégouttait. Toute sa physionomie trahissait une agitation intérieure, une confusion de pensées sombres, et si parfois son regard se portait vers le chevalier, celui-ci se sentait frissonner sous le jet brûlant des flammes qui en jaillissaient.

Enfin, elle reprit :

— Walter est-il de retour, chevalier ?

— Non.

— Pas encore ?... En effet, il n'avait qu'un cheval et il passera la nuit quelque part.

— Je ne pense pas, madame. Je le crois capable de faire trotter son cheval jusqu'à ce qu'il tombe de fatigue, et puis d'aller en prendre un autre dans l'écurie de quelque ferme.

— Alors nous devons nous hâter.

— Déjà maintenant ?

— Votre courage viendrait-il à faillir, sire de Roubaix ? Vous êtes chevalier !...

— Et voilà pourquoi je tremble....

— Ah ! ah ! ah ! ce ne sera pas votre premier *secret!*...

— Madame !...

— Doucement, chevalier ! ou je dirai au duc Philippe... Mais non, j'ai pitié de vous : je prends la chose sur moi ; contentez-vous de m'obéir comme à votre supérieure.

— Comme un esclave, madame...

— Point de flatteries, chevalier.

— Je dois cependant vous dire, madame...

— Ne dites plus rien, et suivez-moi.

— Avez-vous ?...

— Tout est prêt. Nous nous faisons annoncer à Michelle ; comme nous revenons de France, elle voudra naturellement nous entendre et nous demander si nous n'apportons pas quelque nouvelle relative à sa famille.... Nous versons le breuvage dans sa boisson....

— Je vous comprends ; vous êtes une femme ingénieuse, Ursule ! '

— Et cette fois, nous avons été plus malins que le malin Walter, n'est-ce pas ?

— Par nos chevaux !... Le projet venait de moi, madame.

— Vous êtes aussi un chevalier ingénieux, sire de Roubaix.

— Si j'avais pu savoir que ce maudit fou se trouvait si près de nous !...

— Nous l'avons trompé et il nous a trompés. A trompeur, trompeur et demi, disent les Flamands.

Tous deux se rendirent à l'appartement de la duchesse.

Michelle, que la chaleur intense, qui régnait depuis quelques semaines, avait rendue faible et souffrante et qui depuis trois jours n'avait pas quitté le lit, avait, au moment où Ursule et le chevalier entrèrent, un entretien avec maître Jean de Neda, le médecin de la cour. En apercevant les deux visiteurs, elle se souleva à demi sur sa couche et les salua affectueusement.

— Quelles nouvelles nous apportez-vous de France ? demanda la princesse aussitôt. Avez-vous vu monseigneur de Bourgogne ? Connaissez-vous les dispositions de ma famille ? La guerre sera-t-elle bientôt terminée ?

Ursule s'assit à côté du lit, et le chevalier engagea la conversation avec maître Jean, dans un coin de la chambre.

— Monseigneur de Bourgogne et le duc de Touraine se portent toujours bien, madame ; mais il semble que leurs différends ne doivent pas s'aplanir de sitôt....

Michelle exhala un soupir douloureux, et prenant la main de la dame, elle lui dit tristement :

— Ursule, ne me plaignez-vous pas ?

— O madame, qui ne plaindrait pas un ange comme vous ? Vous êtes si belle, vous êtes si bonne, et vous avez tant à souffrir !...

Ursule sut donner à ses paroles une onction si pénétrante, que Michelle en fut émue. Depuis le jour où elle fut reçue dans la suite de la princesse, elle avait emprunté le masque de la plus tendre affection pour lui parler avec feinte et la traiter avec duplicité. Elle avait pleuré et gémi avec sa maîtresse sur la douleur et l'abandon auxquels Philippe la condamnait ; elle lui avait prodigué les consolations les plus douces ; elle l'avait sans cesse honorée et chérie comme une tendre sœur, et Michelle, qui ne soupçonnait en rien que cette amitié câline et ce respect insinuant dussent voiler la ruse et la trahison, lui avait, en retour, accordé plus d'estime et d'affection qu'à toute autre de ses dames ; elle l'avait élevée jusqu'à elle et en avait fait la confidente de ses pensées et de ses désirs les plus intimes ; plus d'une fois même elle avait pleuré sur son sein. Aussi Ursule avait, d'une part, pour réaliser ses plans ténébreux, et d'autre part, de peur de s'attirer la vengeance du fou, Ursule, dis-je, avait suivi le conseil que Walter, le jour de son arrivée à la cour, lui avait donné. Ainsi encore, elle avait su captiver la bienveillance de ses compagnes : elle paraissait si vertueuse ! elle était en tout temps si affable et si prévenante ! elle se montrait si digne de la confiance que la bonne et adorable princesse lui accordait !...

Et maintenant, qu'assise devant elle, ses beaux yeux se miraient dans les yeux de Michelle, et que ses blanches mains pressaient les mains de la duchesse, on eût dit un ange à côté d'un autre ange : deux beautés ravissantes dont le visage avait une expression si ineffable, qu'après une longue contemplation, on eût été tenté de douter si elles appartenaient à la terre ou si c'étaient des habitants des régions éthérées !...

— Ursule, reprit la princesse après quelques moments de silence, j'ai soif... donnez-moi cette potion que maître Jean a fait préparer pour moi.

Le médecin s'empressa auprès d'elle et voulut prévenir Ursule dans le désir de Michelle ; mais la dame arrêta

son bras et lui dit avec une indicible expression d'étonnement :

— Comment, maître Jean, vous êtes encore ici? Je vous
croyais depuis longtemps descendu... Avez-vous déjà donné
vos soins au malade?

A ces paroles, maître Jean se montra plus étonné encore
qu'Ursule.

— Pardonnez, madame, mais je ne sais ce que vous
voulez dire.....

— Comment? poursuivit la dame, ne vous ai-je pas dit,
à mon entrée, qu'on a besoin de vous au corps de garde?...
Mon Dieu! que j'ai la mémoire courte! Maître Jean, un
soldat est tombé de cheval et s'est grièvement blessé!...
Allez le voir; je soignerai, entretemps, madame.

Le médecin s'inclina devant Michelle et sortit à la hâte
de la chambre. Ursule s'approcha du chevalier et lui souffla
rapidement à l'oreille :

— Placez-vous à la porte et ayez soin que personne
n'entre.

Le sire de Roubaix demanda et obtint la permission de
la duchesse de s'éloigner et alla faire la garde dehors.

Pendant ce temps, Ursule avait rempli la coupe du mé-
dicament prescrit, et, sans être remarquée, y avait versé
quelques gouttes d'un liquide provenant d'une fiole de cristal
qu'elle avait tirée de dessous ses vêtements; alors elle approcha la coupe des lèvres de la princesse.... Une rougeur
mate et foncée colorait ses joues; ses yeux étaient fixes et
ardents, ses lèvres semblaient convulsivement serrées; de
larges gouttes de sueur inondaient son front et un tremblement fébrile agitait tout son corps.

— Ursule, vous tremblez? Vous répandez le liquide sur
mes joues.... Qu'avez-vous?... lui dit Michelle d'une voix
douce.

— Mais buvez donc, madame! murmura Ursule, d'un
ton à peine intelligible, tandis qu'elle détournait la tête.

La princesse prit la coupe et la vida presque d'un trait.

— Je vous remercie, dit Michelle.... Cette boisson me fait du bien.... Ursule, demeurez encore quelque temps avec moi, si vous n'êtes pas trop fatiguée.

Ursule ne répondit rien ; elle cacha la fiole qui avait contenu le poison, un mélange d'opium et de poudre d'arsenic, qui joua un rôle si terrible pendant le moyen âge, et marcha vers la porte.

— Ursule !... soupira Michelle d'une voix faible.

La dame se retourna.

— Où êtes-vous ?... mes paupières se ferment.... Je me sens alourdie... mes entrailles brûlent... Ursule.... Je ne vous vois plus... je ne sens plus votre main... où êtes-vous ?

Ursule s'approcha du lit, et considéra la faible et pâle victime qui, les yeux ouverts, agitait les bras en tous sens comme pour s'accrocher à un objet qu'elle ne pouvait saisir.

— Ursule !... murmura la princesse avec un pénible soupir.

Ursule s'enfuit de la chambre.

A peine eut-elle franchi la porte, qu'elle tomba sans force et sans connaissance dans les bras du chevalier de Roubaix.

X. — TROP TARD.

Deux heures sonnaient au Beffroi de Gand lorsque Walter et son valet arrivèrent à l'hôtel de la Poterne. A part le bruit monotone et régulier des pas des sentinelles qui se promenaient dans la cour intérieure, il régnait dans toute la maison un calme profond et silencieux. Walter donna ordre à son valet de mener les chevaux à l'écurie, et réfléchit pendant ce temps à ce qui lui restait à faire. Par où commencer ? Réveiller sans retard la duchesse et lui communiquer l'affreux projet qu'il avait surpris à Aire, ou attendre le lendemain, et alors mettre sur-le-champ à exécution la vengeance qu'il avait médité d'accomplir sur Ursule?

Le cœur lui battait avec violence dans la poitrine; de folles images se jouaient de sa raison; il voyait sans cesse devant ses regards le pâle fantôme de la duchesse, se tordant sur sa couche, demandant grâce à ses bourreaux, et se débattant dans les horreurs de la mort.

Walter eut bientôt pris son parti. Il fit signe à son valet qui venait le rejoindre, et tous deux montèrent l'escalier du palais.

Ils se rendirent par un chemin autre que celui qu'ils prenaient d'habitude, à l'appartement de la duchesse, et parvinrent d'abord à l'oratoire qui communiquait avec la chambre de Michelle.

Ce ne fut pas sans une anxieuse émotion que Walter entra dans l'oratoire. Il s'y arrêta quelques moments, et laissa errer son regard sur les moindres objets que ses yeux rencontraient. Un luxe princier y brillait de tous côtés. Les murs étaient tendus de velours rouge, des bas-reliefs artistement sculptés couvraient la voûte, et l'autel étincelait d'ornements d'or. Devant l'autel était suspendue une lampe d'argent, dont la lueur répandait dans cette partie du sanctuaire une clarté faible et incertaine, et donnait aux meubles un reflet fantastique. Au milieu se trouvait un prie-Dieu. Walter le considéra d'un œil attendri : c'était là que Michelle, s'arrachant au bruit du monde, seule en présence du Tout-Puissant, avait exhalé ses suaves prières; c'était là que l'infortunée princesse avait tant de fois donné un libre cours à ses larmes; c'était là que chaque jour elle était venue implorer du ciel le bonheur de son époux, et que, chaque jour, elle y avait éprouvé toute l'amertume de son délaissement et de sa souffrance!...

Walter se sentait attendrir, et il avait besoin de courage.

Il ouvrit la porte de la chambre de Michelle... Un frisson glacial le saisit. Cependant, il continua d'avancer, et marcha droit au lit.

L'obscurité la plus complète régnait dans la chambre.

— Elle dort! murmura-t-il à Bertholf. Pauvre princesse! Elle dort et rêve peut-être que l'avenir lui prépare des jours meilleurs! Elle dort et ne sait pas que la mort plane sur sa tête?...

Il porta la main aux blancs rideaux de soie du lit, mais n'osa les écarter.

— Mon Dieu, soupirait-il, est-il bien permis de troubler le repos d'une malheureuse, de l'arracher au rêve fortuné qui flatte ses sens et de la ramener à l'affreuse réalité?

Walter s'agenouilla devant le lit, et tendit l'oreille pour écouter la respiration de la duchesse. Il n'entendit rien!

— Madame! dit-il à voix haute.

Michelle ne donna pas de réponse.

— Madame! reprit-il en élevant la voix.

Tout demeura dans le repos.

— Madame! s'écria-t-il tremblant.

Même silence solennel et effrayant.

— Elle n'est plus!... dit-il, se levant en sursaut et en écartant cette fois les rideaux.

Il regarda le lit et le crut vide.

— Michelle! Michelle! cria le fou, ils vous ont donc déjà tuée!...

En ce moment, un rayon de la lune glissa à travers la fenêtre et éclaira le lit.

Walter souleva frissonnant les couvertures, et poussa en même temps un cri terrible.

Bertholf s'élança vers son maître, et le reçut dans ses bras.

Le sein de Walter haletait violemment.

— Bertholf, s'écria-t-il, ne vois-tu pas ce fantôme, là-bas. sur le mur?

— Walter, mon bon maître, qu'y a-t-il ?

— Là, sur le mur... et le lit... n'est-ce pas une ombre ou un esprit qui me menace ?

— Walter... calmez-vous... Qu'avez-vous vu ?

Le fou se redressa, porta les mains à son front comme pour rassembler et coordonner ses idées confuses, et murmura à l'oreille de son valet :

— Bertholf, rends-toi en toute hâte chez maître Jean de Neda, et reviens aussitôt avec lui... apporte une lumière afin que nous voyions clair... Dépêche-toi !

Bertholf descendit précipitamment, et, au bout de peu d'instants, revint avec le médecin et avec la lumière demandée.

Walter ferma la porte de la chambre, et demeura quelque temps immobile, comme s'il eût craint d'aller plus loin.

Bertholf et maître Jean s'écarquillaient les yeux et restaient muets de stupéfaction et de frayeur.

Tout à coup Walter s'élance vers la table qui se trouvait au milieu de la chambre : ses regards venaient d'apercevoir la coupe...

Il la prit dans la main, et la présenta au médecin, disant :

— Tu es un homme savant dans ton état, maître Jean : plus d'une fois j'en ai eu la preuve. Dis-moi quelle est la boisson contenue dans ce vase....

Le médecin prit la coupe, plongea le doigt dans le restant du liquide, en aspira l'odeur, puis pâlit, se mit à trembler, jeta ses regards inquiets vers le lit, et laissa, enfin, la coupe s'échapper de ses mains.

Walter lui saisit le bras avec une violence sauvage :

— Eh bien ? s'écria-t-il.

— Du poison !... C'est du poison !... balbutia Jean.

Walter poussa un cri terrible, se retourna, arracha d'une main les couvertures du lit, attira de l'autre le médecin, et dit en levant la tête :

— Regarde, maître Jean, ce qu'on a fait de la femme du duc...

Un double cri d'horreur retentit en même temps dans la chambre : Jean et Bertholf tombèrent sans force sur le parquet.

— Assassinée... dirent-ils d'une même voix.

Walter éclata en sanglots déchirants.

— Oui, assassinée, empoisonnée... répondit-il.

Il ne put achever : d'abondantes larmes inondèrent ses joues. Il pleurait pour la première fois de sa vie, lui, Walter-le-fou.

Il mit la main sur la tête de la princesse : elle était froide comme la glace ; il se baissa sur elle... et vit autour de sa bouche et sur ses joues de larges lignes de pourpre, en même temps que ses yeux vitreux étaient démesurément ouverts.

De désespoir, il se jetait la tête contre les bords du lit.

— Michelle! exclama-t-il, ils vous ont assassinée!... Et je n'étais pas là pour vous défendre!

Il s'agenouilla entre Bertholf et Jean, tira son poignard, fit le signe de la croix sur le sein du cadavre, et dit avec non moins d'exaltation que d'entraînement, tandis que ses yeux lançaient des flammes, et qu'une expression de rage contractait ses traits :

— Madame! je jure sur votre cadavre inanimé, en présence de Dieu qui me voit du ciel, je jure de venger votre mort dans le sang de vos meurtriers.

Alors, à l'exemple de maître Jean et de son valet, il récita quelques prières pour le repos de l'ame de la défunte.

Puis, il ferma les yeux du cadavre, joignit ses mains sur sa poitrine, et recouvrit du drap la tête de la duchesse. Enfin, se tournant vers le médecin :

— Jean, dit-il, descends de suite à la salle d'audience; fais sonner sur-le-champ de la trompette, et dis aux courtisans et aux dames, aussitôt qu'ils seront réunis, que notre noble et vertueuse duchesse a été assassinée cette nuit. Pour ceux qui douteraient de tes paroles, tu les amèneras auprès du cadavre. Et toi, Bertholf, mets-toi à dormir un peu : tu ne peux presque plus te tenir debout.

— Où allez-vous, maître?

— Je vais en ville... l'aurore se lève!... Les bonnes gens de Gand doivent savoir ce qui vient de se passer cette nuit. Repose-toi bien, mon ami; à demain la vengeance; nous aurons besoin de courage pour immoler les lâches assassins.

XI. — LE BON PEUPLE DE GAND.

Au bout de quelques heures, la nouvelle de la mort de la duchesse fut répandue par toute la ville. Surprise émouvante!...

Ce même peuple qui s'était montré presque indifférent lorsqu'on l'eût informé du meurtre commis sur son souverain, Jean-sans-Peur, sentit l'indignation et la fureur gonfler son sein à l'annonce de l'épouvantable assassinat dont madame Michelle venait d'être la victime. Tant il est vrai que le peuple distingue aisément ses amis de ses adversaires, et que, de même qu'il est toujours prêt à se venger de ses oppresseurs, de même il ne peut pas toujours être accusé d'ingratitude quand les intérêts de ses bienfaiteurs et de ses défenseurs sont en jeu.

Ce même matin, Walter était bien actif. A chaque groupe d'ouvriers qui se rendaient au lieu de leur travail, et dans chaque cabaret, qui, selon les mœurs de l'époque, était rempli dès le matin de buveurs et de joueurs, il criait ces seuls mots : « Madame Michelle est assassinée! » Et, comme nous avons dit plus haut, que la princesse était universellement honorée à Gand comme une mère bienfaisante,

F. DE K.

nous jugeons inutile de décrire l'impression que cette nouvelle dut produire sur l'esprit des bonnes gens de Gand.

On se sera peut-être demandé déjà où Walter voulait aboutir en répandant ce bruit? Le fou ne voulait rien moins que provoquer un affreux tumulte, une émeute, si c'était possible, non pour faire participer le peuple à la vengeance qu'il méditait contre les meurtriers de Michelle, mais pour se mettre par lui à couvert du châtiment que son maître, après la scène de l'auberge d'Aire, lui préparerait.

Il faut le reconnaître, le plan du fou n'était pas sot. Hâtons-nous de dire que durant toute la matinée un incroyable tumulte régna dans la bonne ville de Gand. Personne ne se sentait l'envie de travailler; mais tous se rendaient aux marchés et aux places publiques pour causer de l'événement, tandis que les membres de la régence, et plus tard les métiers convoquèrent une assemblée dans leurs locaux propres pour statuer sur les mesures à prendre dans l'occurrence de cet état de choses.

Walter, de son côté, semblait s'être multiplié : tour à tour avec les magistrats à la maison échevinale, avec les principaux chefs des métiers, dans les auberges les plus fréquentées, aux principales promenades, il avait été vu partout : ici, éclatant en malédictions contre les meurtriers de la *mère de Gand*, ainsi qu'on avait l'habitude d'appeler Michelle; là, mêlant ses larmes et ses regrets à ceux des braves bourgeois; partout, excitant la foule à courir aux armes. Il ne lui en coûta pas beaucoup pour gagner ce dernier point, et avant l'heure de midi, *Roland*[1], de sa voix de bronze, appela le peuple gantois au Marché du Vendredi.

Depuis la révolte de Philippe d'Artevelde, en 1389, Gand n'avait point vu de tels spectacles de désordre et de sédition. L'air retentissait des cris sauvages et menaçants de la populace, et de chaque maison s'élevaient des vociféra-

---

(1) La grosse cloche du Beffroi.

tions contre le duc qui avait sacrifié sa femme aux froids calculs de la politique et à la corruption de son propre cœur.

Déjà, quelques-uns des plus hardis parlaient de se rendre en corps en France, et de demander raison au duc du lâche et effroyable attentat dont il avait été le fauteur, lorsque le Magistrat de Gand parut au balcon de la *Maison-Haute* [1], et, au son des tambours et des trompettes, imposa silence à la multitude.

Ce ne fut qu'après de longs retards que l'orateur du magistrat parvint à se faire entendre.

— Bonnes gens de Gand, cria-t-il aux flots pressés et silencieux du peuple, les Magistrats de votre ville témoignent le désir que vous vous rendiez à vos demeures, et, qu'avant de prendre une résolution quelconque, vous attendiez les messagers que nous avons dépêchés vers le duc Philippe pour lui annoncer la mort de la princesse, à qui Dieu a ouvert le ciel!

Un sourd murmure accueillit les paroles de l'orateur, et parcourut longtemps le marché. Enfin, une voix, partie du milieu de la foule, cria que le désir des magistrats était raisonnable, mais qu'il convenait de diriger sur-le-champ des poursuites judiciaires contre les coupables qui s'étaient souillés du crime.

. (1) La *Maison-Haute* (*Hoog of Roog-Huis*) était un de ces châteaux (*steenen*, forts) comme Gand en comptait tant jadis, et qui, aujourd'hui, ont presque tous disparu, grâce au bon goût et aux connaissances de nos Vitruves modernes et autres. — C'était dans la *Maison-Haute* qu'avait lieu l'inauguration des comtes de Flandre, lesquels promettaient aux doyens des métiers, qui personnifiaient le peuple, de respecter les lois et privilèges de la ville et du pays, tandis que les doyens, en retour, juraient au prince soumission et fidélité. C'était aussi du haut du balcon du même édifice, que les représentants de la commune ou du comte adressaient la parole à la multitude. A chaque soulèvement, la *Maison-Haute* entendait résonner dans son enceinte les justes réclamations des Gantois, et le spectacle qui s'y offrit, le 23 juillet 1422, ne fut qu'une pâle esquisse du tumulte qui y régna le 28 juin 1467, lors de l'inauguration de Charles-le-Téméraire.

Ce discours obtint l'approbation générale.

— Oui, oui! rugirent-ils tous : qu'on poursuive les bourreaux!...

— La mort! cria une autre voix.

— La mort aux meurtriers! fut bientôt le cri qui retentit par tout le marché.

Alors tous les regards se dirigèrent vers Walter.

Appuyé contre un mur de la *Maison-Haute*, il contemplait immobile et silencieux le spectacle de la fureur populaire. Ce tableau semblait lui causer une satisfaction inexprimable, à en juger par l'expression de joie sauvage qui illuminait ses traits.

— Walter! cria-t-on de tous côtés, Walter! connaissez-vous le meurtrier de Michelle?

Le fou entra dans la *Maison-Haute* et parut quelques moments après au balcon, à côté des magistrats de la cité.

— Silence! silence! s'écrièrent-ils tous : le fou de la cour!...

Au bout de peu d'instants, un silence de mort régna par toute la place; et ces milliers d'hommes qui avaient fait retentir les airs des cris de leur colère et du cliquetis de leurs armes, retinrent leur souffle lorsque le fou parut au balcon.

— Habitants de Gand!... cria Walter, il savait que l'on persuade facilement le peuple en le flattant, habitants de Gand!... magistrats, bourgeois, et vous tous qui connaissez Walter-le-fou, avez-vous confiance en lui, et le regardez-vous comme un ami du peuple?

— Oui, oui, cria-t-on de tous côtés.

— Connaissez-vous le meurtrier de Michelle? cria une rude voix du milieu de la foule.

— Je *les* connais, messieurs, et consens aisément à vous les signaler, à condition toutefois que vous me laissiez le soin de punir les coupables : car j'ai juré sur le cadavre inanimé de notre sainte princesse de venger sa mort.

— Accordé! répondirent plusieurs voix.

— Accordé! reprirent les membres du Magistrat.

— Eh bien, messieurs, écoutez-moi! Ceux qui ont versé le poison dans la bouche de la duchesse, ou du moins ont coopéré au crime, sont, les sires de Roubaix et de Viefville et madame de Viefville!...

Walter allait poursuivre, mais un murmure confus et étouffé s'éleva parmi la multitude. Longtemps il dut écouter attentivement avant d'en pouvoir saisir le sens, et le peu de paroles qu'il pût comprendre renfermaient une malédiction pour Philippe, ainsi que ce cri :

— Mort à Roubaix, à Viefville, et à Ursule!

Walter laissa quelque temps errer son regard sur les mille figures qui se trouvaient devant lui. La joie de la fierté brillait sur son visage, car tout ce qu'il pouvait voir et entendre était son œuvre.

Peu à peu le bruit se calma, et les tambours imposèrent une seconde fois silence.

Walter s'éloigna du balcon, et l'orateur du magistrat reprit la parole :

— Bonnes gens, dit-il, les magistrats ont résolu d'ouvrir immédiatement une enquête judiciaire, et d'assigner un jour aux accusés pour se disculper du crime qu'on leur impute. Nous désirons encore une fois que vous vous absteniez de toutes violences, puisque nous nous engageons à infliger aux coupables un châtiment sévère.

Un cri unanime d'approbation accueillit ce discours. Les magistrats de la ville quittèrent la *Maison-Haute*, mais longtemps encore le marché fut encombré des flots tumultueux du peuple.

Et jusque dans la soirée éclatèrent dans l'espace des vociférations contre le duc, et des bénédictions pour madame Michelle.

XII. — LA SÉPARATION.

Il était minuit passé lorsque Walter regagna sa chambre. Il était bien fatigué, le pauvre fou ! c'était la troisième nuit qu'il n'avait goûté ni repos ni sommeil, et durant ces trois jours il avait eu tant à travailler, et de la tête, et de la langue, et des pieds !

Et pourtant, il ne put fermer l'œil : les scènes diverses dont il avait été le moteur et l'acteur principal à Aire, à Deinze, à l'hôtel de la Poterne, dans les auberges, dans les rues et sur les marchés de Gand, toutes ces scènes se représentaient confusément à son esprit. Mais la pensée de sa vengeance éloigna bientôt toutes les autres images et l'amena à réfléchir sur les moyens qu'il emploierait pour l'exécuter.

Tandis qu'il était encore tout entier plongé dans ses réflexions, son valet entra dans sa chambre, pâle, mouillé des pieds à la tête, le tronçon d'un poignard à la main et le front ensanglanté.

— Bertholf ! s'écria Walter, qu'est-il arrivé ?

— Hélas ! mon bon maître, répondit le serviteur, maintenant aussi je commence à croire que maître Jean a dit la vérité.

— Mais qu'y a-t-il donc ?

Bertholf se laissa tomber sur le lit, et dit :

— Lorsque vous me quittâtes la nuit dernière, je me rendis à cette chambre ; mais à peine eus-je atteint la première porte que je me sentis saisi par derrière et entouré d'une douzaine de pages, parmi lesquels j'en reconnus quelques-uns comme appartenant aux sires de Viefville et de Roubaix. Ils me forcèrent de les suivre, me menèrent à la partie de l'hôtel située à l'ouest, me conduisirent par

là aux écuries, ouvrirent une porte et me firent descendre
un étroit escalier en caracol. Jamais je n'avais exploré
cette partie du palais et jamais pensé qu'elle pût renfermer
tant de places souterraines. Lorsque, au bout d'une demi-
heure, j'eus passé d'un escalier à un autre escalier et traversé une chambre après l'autre, on m'abandonna enfin
dans un étroit et obscur cachot....

— Tu te trouvais dans les prisons secrètes, Bertholf!

— Il ne m'est pas possible d'en douter, maître; dans
chaque compartiment, je voyais!... Ah! j'en frissonne
encore!...

— Que voyais-tu?

Bertholf se leva, s'approcha de son maître, et lui souffla
doucement à l'oreille :

— J'y voyais des anneaux de fer rivés aux froides et
humides murailles; j'y voyais des chaines de fer attachées
à la voûte et au sol; j'y voyais les restes de squelettes et de
crânes!...

Walter sourit.

— Et cela a suffi, à toi le valet de Walter-le-Fou, pour
te faire peur? J'ai vu autre chose, mon garçon, et tout cela
ne peut que te donner une faible idée de la vengeance secrète des gracieux seigneurs de Flandre. Mais poursuis.

— Comme vous pouvez le penser, maître, j'avais peu
envie de me laisser mourir de faim dans ce sombre et affreux séjour, en compagnie de squelettes et d'instruments
de torture. Je cherchai donc par tout le cachot pour tâcher
de découvrir un objet à l'aide duquel je pusse briser les
barreaux de fer de la lucarne; mais je ne trouvai rien, et
au bout de longues et infructueuses recherches, je me laissai retomber désespéré sur mon banc de pierre... ma tête
cogna contre le mur, et j'entendis que le son du coup était
creux, et que partant quelque issue secrète y était cachée.
Je me levai en sursaut, frappai du poing à plusieurs reprises au même endroit, et pus m'assurer que mes conjectures

étaient fondées : une plaque de fer d'environ cinq pieds de circonférence était murée dans la paroi... Heureusement, j'avais encore mon poignard, les pages me l'avaient laissé : ils croyaient, les imbéciles, que j'aurais pris soin moi-même de mettre fin à mes jours ; et au moyen de cette arme, je me mis à perforer le fer. Au bout de quelques heures de travail, j'eus le bonheur de voir rouler la plaque à mes pieds, et, jugez de ma joie et de ma stupéfaction, maître, lorsque je passai la tête à travers l'ouverture du mur et pus voir que je me trouvais...

— Près du fossé de la ville ?...

— Justement ! Je bénis Dieu et remerciai mon bon patron de la protection qu'ils m'avaient accordée, pleurai comme un enfant et attendis la nuit ; puis je pris mon poignard dans la bouche, m'élançai dans l'onde, nageai vers la rive, retournai au palais dans la pensée de vous y retrouver, et me voilà, maître, prêt à exécuter vos ordres.

— Tu es bon garçon, Bertholf, et le meilleur serviteur du monde... Mais d'où te vient cette blessure au front ?

— Oh ! un rien... une légère égratignure... en prenant mon élan, mon poignard a rencontré mon front...

Walter alla dans un coin de la chambre, et y prit un grand sac de cuir tout rempli d'or qu'il jeta sur le lit à côté de son valet.

— Voilà mon trésor, soupira tristement le fou : la récompense de maint forfait, le prix sanglant de maint mystère... Bertholt, nous allons le partager.

— Partager ? dit le valet avec étonnement ; mais je n'y ai aucun droit, je me contente de mon gage, et...

— Nous allons le partager, Bertholf, car nous devons nous séparer.

— Nous séparer ? murmura celui-ci, triste et inquiet.

— Après ce qui vient de se passer à Aire, tu comprends que nous ne pouvons pas demeurer un jour de plus dans ce palais; je m'étonne même que le duc n'ait point encore envoyé l'ordre de nous arrêter tous les deux.

— Et devons-nous pour cela nous séparer, maître? Le monde est grand; nous avons des membres solides, un peu d'expérience et beaucoup de courage... Ne pouvons-nous pas rester ensemble?

— Non, répondit douloureusement Walter, c'est impossible. Vas-tu à l'ouest, je vais à l'est; diriges-tu tes pas vers le nord, je tourne les miens vers le sud. Je n'ai pas envie de quitter ma patrie, et si nous restons ensemble, nous ne tarderons guère d'être remarqués par les sbires du duc, et nous serons tués... Bertholf... il faut nous séparer.

Le serviteur se jeta aux pieds de son maître : les larmes jaillissaient de ses yeux.

— Maître, lui dit-il en sanglotant, ne me renvoyez pas; je vous servirai sans récompense, vous aimerai et vous respecterai comme auparavant, serai votre esclave...

— Impossible, Bertholf. Lève-toi et regarde-moi; mes joues sont humides, car je ne suis pas moins triste que toi. La séparation est nécessaire, du moins pour le moment. Voici trois cents *nobles d'or*; je t'en donne la moitié; elle te servira à reprendre ta première profession d'armurier, et à devenir bon chrétien. Cherche une jeune et jolie fille, Bertholf; il y en a tant à Gand! épouse-la, et le bon Dieu accordera la grâce à tes enfants et petits-enfants de te fermer les yeux...

— Maître, vous dites cela d'un ton...

— Ah! c'est que... vois-tu, Bertholf, nous avons toujours été si bons amis, n'est-ce pas?

— Amis? Oh! Walter, répétez cette parole.

Et pressant la main du fou dans la sienne, il l'arrosait de chaudes larmes.

Walter, lui aussi, pleurait : lui, qui n'avait jamais craint ni épée, ni poignard, qui maintes fois avait bravé la mort, calme et impassible, il tremblait et sanglotait à la seule pensée de se séparer de son serviteur. Bien que depu's longtemps engagé dans le sentier du crime et vieilli dans les méfaits, Walter n'était pas encore entièrement corrompu et dénaturé, et son cœur ne s'était pas fermé à tout sentiment de devoir et d'honneur, témoin sa conduite à l'égard de la malheureuse et innocente Michelle.

Mais tout à coup il s'arracha à l'étreinte de Bertholf, compta et lui remit les cent cinquante pièces d'or, lui donna en même temps un superbe poignard pour se souvenir de lui si d'heureux jours revenaient, et ouvrit la porte :

— Bertholf, dit-il, nous devons nous hâter : l'aurore ne doit point nous trouver dans ce palais.

Le serviteur ne parla pas, prit son bagage sous le bras et marcha vers la porte.

Walter détourna la tête pour ne point le voir partir.

— Maître, balbutia l'autre, une dernière faveur !...

Et il lui tendit la main.

Le fou comprit sa pensée.

— Non, viens ici, Bertholf, sur mon cœur !... lui cria-t-il avec émotion, tandis qu'il le pressait dans ses bras et l'embrassait.

— Si plus tard vous avez besoin de moi, maître, sanglota le valet, vous me trouverez en tout temps chez mon frère, rue aux Loups.

— Merci ; si j'ai encore besoin dans la vie de quelque secours, je te promets de te donner la préférence.... Qui sait si un jour nous ne devrons pas reprendre nos fonctions de fou? Adieu, Bertholf; puisse le Ciel t'être favorable.

— Adieu, maître.

Bertholf sortit; quelques instants plus tard, Walter entendit la porte du palais se refermer sur lui et son cœur battit bien fort lorsqu'il songea que plus jamais peut-être il ne reverrait l'honnête garçon.

Il essuya ses dernières larmes, s'enveloppa d'un manteau, cacha son argent et arma sa main d'un poignard....

Il se glissa en silence à la chambre d'Ursule de Viefville.

Parvenu à la porte, il se sentit saisir par le bras; il se retourna aussitôt et vit un jeune homme revêtu du costume de fou.

— Qui es-tu? Que me veux-tu? lui demanda Walter.

— Je suis Coquinet.

— Je ne te connais pas, laisse-moi.

— Je suis Coquinet-le-fou!

— Ah! tu occupes déjà ma place? Le duc Philippe s'est pressé!... Que me veux-tu?

— J'ai à vous dire que vous n'entrerez pas dans cette chambre.

Et Coquinet se plaça devant la porte.

Walter déposa son paquet à terre, et leva son poignard sur la tête du nouveau fou.

— Gare... lui dit-il.

— Doucement, maître Walter! lui souffla l'autre. Je ne vous suis pas si hostile que le duc Philippe; au contraire, un sentiment de sympathie m'attire vers vous pour vous empêcher d'entrer dans cette chambre. Vous veniez sans doute pour que madame Ursule....

Et Coquinet désigna l'arme de Walter.

— Justement.

— Elle a quitté le palais depuis la nuit d'hier.

— Que chantes-tu là? murmura Walter, tu mens!

— Doucement, vous dis-je! Je vais vous convaincre de la vérité. Regardez à travers le trou de la serrure dans cette chambre, et dites-moi ce que vous y voyez?...

Walter jeta un coup d'œil rapide dans l'appartement; mais recula en même temps terrifié.

Coquinet poursuivit:

— Il y a là douze pages armés, prêts à vous saisir et à vous percer le sein au premier pas que vous ferez dans cette chambre. Dites, maître Walter, vous sentez-vous encore l'envie d'y pénétrer?

17

L'ex-fou ne dit rien, mais pressa douloureusement son front de ses mains.

— A votre place, reprit Coquinet à voix basse, je quitterais au plus tôt le palais ; car, à chaque moment le duc peut envoyer l'ordre de vous arrêter. Et alors, compagnon, vous devez le savoir mieux que moi, il faut dire adieu à la vie....

— Mais qui a ourdi cette trame ?

— Madame Ursule de Viefville qui aussi a joué le vilain tour à votre valet.

— Et tu dis qu'elle a quitté le palais dans la nuit d'hier ?

— Sur le salut de mon ame, ami, elle est retournée à Aire, auprès du duc....

Walter frappa du pied de colère et de désespoir.

— Mais je ne puis pas vivre sans me venger de cette infernale créature, murmura-t-il.

— Exécutez votre vengeance hors du palais, Walter : ici elle est devenue impossible. Vous le voyez, c'est un ami qui vous parle, qui vous conseille ; un ami qui est appelé à remplir désormais votre rôle et votre charge et qui veut vous aider parce qu'un jour, peut-être, lui aussi aura besoin de l'aide d'un autre.... Hâtez-vous, Walter, l'aurore brille déjà.

L'ex-fou jeta ses regards vers le ciel et dit avec un soupir :

— Michelle ! je ne romps point mes serments : tôt ou tard vous serez vengée !...

Il remit son poignard dans la gaîne, reprit le petit paquet qui contenait ses habits, jeta un dernier regard dans le vestibule et sur la chambre où tant de fois il avait circulé et qu'il ne devait plus jamais revoir, et tendit la main à Coquinet qui la pressa avec effusion.

Mais au même instant le son du cor se fit entendre à la porte. Coquinet lâcha la main de Walter et celui-ci pâlit.

— Ce peut être le messager du duc, Walter ! Voulez-

vous vous cacher? Je vous donne ma parole que personne
ne vous trouvera.

— Me cacher!... répondit Walter avec une noble fierté...
Non, jamais!...

Un bruit confus d'armes et de voix d'hommes s'éleva
au milieu de la cour.

Walter et Coquinet se dirigèrent vers une des fenêtres
cintrées qui donnaient vue sur la cour du palais.

Ils virent un certain nombre de soldats, l'épée à la main,
occupés à écouter un ordre qu'un page du duc leur communiquait.

— Je l'ai dit, reprit Coquinet, les voilà qui montent
l'escalier....

Une pâleur subite couvrit les lèvres de l'ex-fou; cependant, comme s'il eût paru honteux de ce mouvement de
frayeur momentanée, il arqua sa bouche en un sourire
d'indifférence et dit à Coquinet :

— Ami, je vais au-devant d'eux....

— Mais n'attachez-vous donc plus aucun prix à la vie,
puisque vous vous livrez volontairement à la mort?

En ce moment sortit de l'une des chambres qui donnaient dans le vestibule, le jongleur et médecin de la cour,
maître Jean de Neda.

— Cet homme-là, dit Walter à Coquinet, m'a, il y a de
cela trois ans, prédit l'époque de ma mort, et elle devrait
avoir lieu aujourd'hui.... Je vois bien que le bon Dieu et
mon saint patron, de la protection et du secours desquels
je n'ai nullement à me plaindre, en ont décidé ainsi, et ce
serait une témérité insensée que de vouloir me soustraire
à leur sainte volonté. Et pourtant j'avais fait un serment!...
J'avais juré de venger madame Michelle... et je ne le puis
plus!...

Walter se tordit les mains avec désespoir et se frappa
violemment le front.

— Mon Dieu! soupira-t-il; vous qui sondez le cœur humain, et en scrutez les replis les plus cachés, vous connaissez mes intentions et vous étiez convaincu de la sincérité de mes pensées lorsque je jurai de venger une princesse innocente : si je suis impuissant à remplir mon serment, Seigneur, ne me l'imputez point à crime !...

Il tomba dans une profonde rêverie. La douleur et le désespoir contractaient son visage et deux grosses larmes brillaient dans sa mâle paupière.

Cependant le bruit des armes et les pas des soldats qui s'approchaient l'arrachèrent bientôt à ses pensées. Il prit la main de Coquinet et lui dit tristement :

— Ami, veux-tu me rendre un service ?

— Bien volontiers.

— Voici un sac de *nobles d'or* ; je te donne la moitié de ce qu'il contient, et te prie d'employer le reste à ordonner des prières pour le salut de ma pauvre ame coupable et d'avoir soin que mon cadavre soit enseveli en terre sainte...

Walter cessa de parler : il voyait les soldats déboucher à l'extrémité de l'allée.

Coquinet lui pressa une dernière fois la main, prit le sac d'argent et dit :

— Aussi vrai que j'espère entrer un jour au saint paradis, Walter, il en sera fait comme vous désirez... Courage !... Les voilà... Recommandez votre ame à Dieu...

Et Coquinet disparut.

Un moment après, Walter se vit entouré de soldats : douze épées étaient dirigées contre sa poitrine.

— Oh ! oh ! mes gars ! leur cria l'ex-fou, pourquoi tant d'armes pour envoyer dans l'éternité un pauvre chrétien comme moi ?... Un coup profond frappé au cœur suffira pour achever le pauvre fou !...

Et il se découvrit la poitrine.

Une seconde plus tard, atteint de plusieurs épées, il s'affaissa lourdement sur le sol. Ses dernières paroles furent une invocation à son patron, sa dernière pensée une malé-

dicti͏on pour le duc Philippe et Ursule de Viefville, et sa
dernière larme l'épanchement de la douleur pour sa vengeance inassouvie.

Les soldats le crurent mort et le traînèrent jusque dans
un de ces cachots secrets où, le jour d'avant, son valet
Bertholf avait été enfermé.

Depuis ce temps, on n'entendit plus parler de Walter-le-
Fou, et les bons Gantois ne le revirent plus, ce qui ne leur
causa pas un mince regret, non moins qu'à ceux qui avaient
l'habitude, la nuit et aux heures indues, de boire et de
s'amuser avec le fou; tandis qu'à de certains autres, et
c'était le petit nombre, qui ne voyaient pas de trop bon œil
Walter, ou plutôt son poignard, cette mort procura la joie
la plus vive, et qui plus est, le calme le plus complet.

XIII. — CONCLUSION.

C'est fort ! mais c'est de l'histoire.

Quelques jours plus tard, Gand était de nouveau livré au
tumulte, De nouveau, *Roland* appelait tous les bourgeois
au Marché du Vendredi, et dans toutes les rues se pressaient des flots de peuple et d'ouvriers armés qui répon-
daient à son appel. La nouvelle venait de se répandre que
les envoyés de la régence étaient de retour d'Aire et que,
malgré tous les efforts qu'ils avaient tentés auprès du duc
Philippe pour se faire délivrer les sires de Viefville et de
Roubaix et la femme du premier, force leur avait été de
revenir sans eux. Comme les magistrats de Gand avaient
déclaré ces derniers coupables de la mort de la duchesse,
la fureur de la foule n'en fut que plus violente; le Marché
du Vendredi offrait un aspect effrayant; la ville entière retentissait des cris de vengeance de la populace en délire, et

les chroniques nous apprennent que le mécontentement général fut si grand, qu'il s'en fallut de bien peu que les envoyés, revenus sans les coupables, ne fussent mis à mort.

Philippe, craignant un soulèvement général, marcha à la hâte avec des troupes sur la Flandre, et le peuple se calma quelque peu. Mais les bons Gantois furent forcés de voir le duc entrer dans leur ville, entouré des chevaliers de Roubaix et de Viefville, et suivi des meurtriers de Michelle!...

Concluons en justifiant l'accusation dont nous avons chargé le duc de Bourgogne.

Peut-être quelques-uns de nos lecteurs, nous taxant de témérité, se seront-ils étonnés de ce que, sans la moindre hésitation, nous ayons accusé ce prince de la mort de sa femme, alors qu'aucun historien ne s'explique ouvertement à cet égard et se contente de former des conjectures. Expliquons-nous.

Toutes les chroniques s'accordent à reconnaître que Philippe, depuis le sanglant événement de Montereau, prit en aversion sa femme qu'il n'avait jamais aimée. Le meurtre de son père eût été pour lui un premier motif de rompre les liens qui l'unissaient à une créature qu'il ne pouvait voir sans amertume. En outre, lorsqu'il fit la guerre à son frère, le duc de Touraine, et qu'il s'évertua chaque jour à lui causer tout le préjudice possible, à le poursuivre avec fureur, en un mot, à assouvir sur lui une vengeance implacable, la pensée que des liens sacrés l'unissaient à la sœur de cet homme, et par elle, à cet homme lui-même, cette pensée dut indubitablement le tourmenter outre mesure; d'après toute apparence, son âme vindicative n'aura point voulu reculer devant un crime qui devait à jamais mettre un terme à ses relations avec la famille du meurtrier de son père. Et que l'on ne vienne point nous dire avec quelques chroniqueurs richement payés, que son naturel était bon[1]. Son règne de quarante-huit ans, ses affaires domestiques même démontrent victorieusement le contraire. Pour ne donner qu'une preuve de cette allégation, nous rappellerons sa scandaleuse et perfide conduite envers Charles VI, son beau-père, qu'il dépouilla de la couronne de France, pour la placer sur la tête d'un étranger, d'un ennemi du pays.

Et lorsque, à la tête de son armée, il vint en France et fit son entrée dans la capitale; que, plein de fierté et d'impudence, il montra aux regards du peuple les meurtriers de sa femme, et les couvrit de sa protection princière; lorsqu'il cassa l'arrêt de bannissement perpétuel, prononcé contre des individus que des témoins irrécusables accusaient d'un effroyable forfait; lorsqu'il défendit aux magistrats, sous les peines les plus sévères, d'articuler désormais un mot sur cette affaire, moins encore de la poursuivre : ne sont-ce pas là des preuves suffisantes pour justifier notre accusation?

Libre d'en douter et de se poser en admirateur du duc à celui que l'éclat de son règne aurait ébloui. Quant à nous, nous déclarons hardiment que Philippe, par la grâce de Dieu, comte de Flandre et d'Artois et duc de Bourgogne, a dirigé la main qui offrit le poison mortel à Michelle de France, pauvre princesse, dont le seul crime fut d'être la sœur du duc de Touraine!...

FRANZ DE POTTER.

---

(1) Monsieur Blommaert pense que le surnom de *bon* ne fut donné à Philippe que par une amère dérision, et que, loin d'avoir été *bon*, Philippe a été le prince le plus *mauvais* qui ait jamais régné en Flandre; *mauvais* surtout dans le sens de père du peuple, tel que doit être un chef de l'Etat. Nous partageons complétement l'avis du savant écrivain.

F. DE K.

LE

CHEVALIER DE SAINT-DONAT

I

A l'époque où la Flandre formait encore un fief distinct et gouverné par des princes indépendants, de nombreuses bandes de brigands, qui faisaient irruption tantôt du côté du Nord, par les terres, tantôt du côté de l'Ouest, par la mer, ravagèrent longtemps cette fertile contrée. C'étaient, pour la plupart, des Frisons qui, attirés par l'appât d'un riche butin, choisissaient la Flandre pour centre de leurs opérations et qui réussirent même à y former quelques établissements. Fidèles à leurs sauvages traditions, ils pillaient les monastères, rasaient les abbayes et les prieurés, imposaient de lourds tributs aux paysans et emmenaient prisonniers ceux qui, pour se racheter, n'avaient pas à leur offrir des sommes assez fortes.

Après de nombreuses tentatives pour mettre un terme à ces désastres, les Comtes de Flandre finirent par placer les habitants des frontières et des côtes sous la protection de quelque puissant chevalier à qui l'on donna, à raison de ses fonctions, le nom de *polderbewaerder* ou *gardien des polders*.[1]

(1) Le *polder* est un espace de pays situé sur le littoral et protégé par de fortes digues contre les envahissements de la mer.

Le premier devoir du *gardien* consistait à protéger le territoire contre une invasion de l'ennemi et à donner l'éveil aux vassaux, à la première apparition des brigands, en allumant, de distance en distance, de grands feux sur les digues. A ces signaux connus, les laboureurs mettaient les bestiaux en sûreté, et, se réunissant en troupes, marchaient, le *gardien* à leur tête, à la rencontre des brigands. On le voit, les fonctions du chef exigeaient une grande vigilance, une intrépidité calme et soutenue, du zèle sans fougue, une fidélité à toute épreuve ; car il exerçait un pouvoir illimité dans toute l'étendue de sa juridiction. Malheureusement, cette charge si importante fut parfois occupée par des hommes incapables ou indignes de la remplir, et alors le pays redevenait la proie de malheurs immenses, qu'un peu d'habileté ou une meilleure entente des affaires auraient aisément pu conjurer.

Sous le règne de Baudouin VII, un des *gardiens* dont nous parlons fut le châtelain de Nieuport : guerrier vaillant, mais hautain, orgueilleux, dissolu et plus occupé de ses propres intérêts que des affaires de la contrée, qu'il négligeait pour se livrer au plaisir.

Lodwyk-le-Fort[1], on le nommait ainsi à cause de la puissance de son bras, était un paysan des plus estimés du pays de Thorhout, tant à cause de ses qualités privées que pour la valeur avec laquelle il avait repoussé, de concert avec quelques compagnons, les brigands qui s'étaient aventurés dans leurs terres. Ceux-ci, ne sachant que trop quel adversaire redoutable Lodwyk était pour eux, rassemblèrent toutes leurs forces, tentèrent un suprême effort contre le hameau qu'il habitait, pénétrèrent dans son habitation à la faveur de la nuit, le tuèrent lâchement et emmenèrent tous ses bestiaux, après avoir mis le feu aux quatre coins de sa maison de bois.

(1) Louï

La femme de Lodwyk, Marie, qui parvint à s'échapper des mains des brigands avec son jeune fils, à peine âgé de dix ans, se vit réduite à la plus affreuse misère. Cependant, les moines de l'abbaye de Thorhout[1], dont son mari dépendait, et quelques amis lui vinrent en aide et l'établirent dans une autre maison ; mais, hélas ! de nouvelles déprédations ruinèrent le *village*, et, privée de toutes ressources, Marie dut se retirer dans une pauvre cabane avec une seule vache qui lui restait. Là, elle gagna son pain en travaillant péniblement ; mais là, du moins, elle vécut heureuse et tranquille, aidée et consolée par son fils Johan[2], qui la comblait de joie et d'orgueil.

Le temps, qui toujours marche, ne s'était pas arrêté pour la famille de Lodwyk-le-Fort, et un jour Johan eut vingt ans.

Johan, que distinguaient sa bonne tournure et en même temps une force prodigieuse, était le digne héritier de la bravoure de son père. Déjà il s'était signalé dans maints combats contre les brigands, et les vassaux de l'abbaye de Thorhout le proclamèrent leur chef, ainsi qu'ils avaient fait autrefois pour Lodwyk.

Johan, flatté de cet honneur et désireux de prouver qu'il en était digne, déclara hautement que, puisqu'il n'avait pas à sa disposition des forces suffisantes pour purger une bonne fois la contrée des misérables qui en bannissaient toute sécurité, il leur ferait au moins payer cher le sang de son pauvre père.

Toutefois, bien que les pensées de vengeance qui dominaient Johan parussent seules l'absorber tout entier, son cœur n'était pas resté inaccessible à un sentiment d'une tout autre nature. Sa taille avantageuse, sa belle et noble figure, son attitude généreuse et fière avaient charmé plus d'une jeune fille, et Johan quoique sorti d'une famille

---

(1) Fondée, dit-on, par Dagobert 1er.   (2) Jean.

obscure, pouvait prétendre aux plus beaux partis du pays de Thorhout.

Mais il s'était épris d'une orpheline, nommée Machteld[1].

Cette jeune fille, aussi pauvre que lui, était la plus belle d'entre toutes ses compagnes. A la simplicité, à la candeur de son âge, elle ajoutait les qualités morales les plus précieuses et possédait une instruction fort au-dessus de sa condition. C'est qu'elle descendait de parents qui, riches d'abord, étaient tombés dans l'indigence à la suite des rapines des ennemis. Elle les avait perdus dès l'âge de douze ans. Sa beauté attirait sur ses pas un grand nombre d'amoureux ; car étant pauvre, elle avait peu d'*amis* ; mais son intelligence précoce, son éducation solide et surtout la pureté de son cœur la protégeaient contre tout danger.

Johan-le-Fort, le plus digne de tous ses prétendants, était précisément celui qui se tenait le plus à l'écart. Et cependant il aimait Machteld, et Machteld n'était pas insensible à son affection. Tant il est vrai que le véritable amour est timide et réservé !

Un jour, les deux jeunes gens s'avouèrent loyalement leurs sentiments réciproques ; seulement, comme ils se voyaient trop pauvres pour pouvoir immédiatement y donner la consécration du mariage, ils se contentèrent de la douce espérance que donne toujours la perspective de l'avenir.

II

Quelques mois se sont passés depuis les circonstances que nous venons de rappeler.

Un jour, les Frisons, fatigués de leur longue inaction,

(1) Mathilde.

revinrent dans les *polders*, et leur chef, le fils d'un des plus puissants seigneurs de leur contrée, tomba cette fois aux mains des Flamands. Le père envoya, pour le rachat de son fils, une riche rançon, et elle alla grossir les trésors du *gardien* de l'endroit, le sire Henri de Nieuport.

Une semaine s'était à peine écoulée depuis leur malheureuse tentative, que, profitant d'une nuit sombre et d'un épais brouillard, les Frisons retombèrent sur la malheureuse plaine, la ravagèrent en tous sens, se rendirent par surprise maîtres de Johan et l'emmenèrent avec eux, ainsi que la vache qui était l'unique richesse de la veuve de Lodwyk-le-Fort. Les brigands n'épargnèrent la vie du jeune homme que d'en l'espoir d'en obtenir un jour une rançon considérable.

Il serait difficile, ou pour mieux dire impossible, de préciser laquelle des deux femmes, de Marie ou de Machteld, fut le plus en proie à la douleur et au désespoir à la nouvelle de ce terrible événement.

Le lendemain, de grand matin, la mère éplorée courait tout en larmes au château de Nieuport, se jetait aux genoux du *gardien*, lui racontait son malheur et le suppliait en grâce, puisque les brigands n'avaient pas encore eu le temps de repasser les frontières ou de se rembarquer, à cause du butin dont ils étaient chargés, de réunir à la hâte les vassaux de sa juridiction, de poursuivre les ennemis, de délivrer son fils et de lui rendre le bien qu'on lui avait enlevé.

Or, Johan-le-Fort avait depuis quelque temps, on ne sait pourquoi, encouru la disgrâce du sire Henri de Nieuport.

Le *gardien* reçut donc la mère de Johan avec indifférence, presque avec mépris, et, sans vouloir écouter jusqu'au bout les plaintes de la pauvre mère, répondit qu'il était inutile de répandre de nouveau l'alarme dans le pays pour une affaire de si peu d'importance ; qu'il arrivait tous

18*

les jours des événements de ce genre, et qu'en somme, lui, sire de Nieuport et *gardien* du territoire, ne pouvait rien pour elle.

Et comme la veuve pleurait amèrement et qu'elle redoublait ses prières et ses supplications pour toucher le cœur du puissant châtelain, le sire de Nieuport lui ordonna rudement de sortir et s'emporta même jusqu'à la menacer de la faire jeter à la porte.

Marie partit, n'espérant plus qu'en Dieu, puisque les hommes l'abandonnaient.

Machteld venait au devant d'elle. Navrée de douleur, la veuve lui raconta l'insuccès de sa démarche et longtemps les larmes de la mère se mêlèrent aux soupirs de la fiancée.

Cependant, en dépit de sa faiblesse et de je ne sais quelles craintes vagues qui l'agitaient, Machteld résolut de tenter un nouvel effort et d'aller trouver elle-même l'impitoyable châtelain. Car à quel autre moyen les deux pauvres femmes pouvaient-elles recourir ?

La jeune fille s'achemina donc tristement vers le manoir et demanda à parler au sire de Nieuport.

Le *majordome*, qui la connaissait et devinait aisément le motif de sa visite, l'introduisit auprès du *gardien*.

Le doux et gracieux visage de la jeune fille, que colorait le rouge de la pudeur ; les larmes qu'elle s'efforçait en vain de retenir et qui coulaient lentement le long de ses joues ; une sorte de trouble qui dominait toute sa personne ; je ne sais quel frémissement nerveux dont elle ne pouvait se défendre ; enfin, les battements de son sein que l'on voyait palpiter sous son corsage, tout cela conspirait à la rendre l'objet du plus sympathique intérêt.

Dès que Machteld aperçut le sire de Nieuport, elle se jeta à ses pieds et voulut lui dire la raison pour laquelle elle était venue solliciter l'honneur de lui parler ; mais ses sanglots étouffèrent sa voix. Le *gardien*, la prenant par la main, la fit asseoir, et, se plaçant à côté d'elle, lui dit de se calmer et de parler sans crainte.

Un peu encouragée par cet accueil rassurant, Machteld raconta d'une voix tremblante la cause de sa douleur et supplia le puissant *gardien* de mettre un terme aux tortures de deux pauvres femmes et de leur rendre, à une mère, son fils, et à elle, le plus tendre comme le plus aimé des fiancés.

— Notre reconnaissance, seigneur, ajouta-t-elle en terminant, sera pour vous sans bornes.

Cette voix timide, mais éloquente, ce trouble de la pudeur et de l'amour, la vue de cette angélique beauté font une vive impression sur l'esprit du sire de Nieuport. Cependant, il répond froidement :

— Je ne puis rien, je l'ai déjà dit, pour votre Johan; d'ailleurs, les brigands sont trop loin pour que l'on puisse espérer d'obtenir sa délivrance par les armes.

Puis, se radoucissant tout à coup, comme pour apaiser la douleur de la pauvre enfant, et s'approchant d'elle :

— Cependant, poursuit-il, par considération pour toi, je consens à faire usage du seul moyen qui puisse sauver ton fiancé : l'argent peut-être le délivrera... Je m'engage à donner toute la somme nécessaire à sa rançon ; mais j'espère que ta gratitude ne sera pas moindre que les sacrifices que je devrai m'imposer.

— Oh ! seigneur, reprend la jeune fille avec élan, nous ferons tout ce que nous pourrons pour vous témoigner notre reconnaissance; et, si le bon Dieu nous entend, il vous le rendra au centuple...

— Ce n'est pas de Dieu que j'attends ma récompense, répond le *gardien* en ricanant ; la seule que je désire dépend de toi seule ; oui, toi seule tu peux me rendre l'homme le plus heureux de la terre.

Machteld n'avait pas d'abord compris les desseins de cet homme, simple et naïve comme elle était; mais l'étrange

F. DE K.

regard du châtelain et le ton significatif dont il prononça ces dernières paroles lui révélèrent clairement le danger de sa position. Glacée d'effroi, elle eut à peine la force de répondre :

— Je suis sûre, seigneur, que vous ne voudriez pas faire de mal à une pauvre orpheline : vous voulez éprouver mon affection pour Johan... Mais laissez-moi encore vous supplier de nous aider, seigneur ; oh ! rendez-nous Johan.

Et elle fondit en larmes : son sein battait avec violence. et son attitude était si humble, si touchante, qu'il eût été impossible de la voir en ce moment sans être ému.

Cependant, tout fut inutile. Le sire de Nieuport demeura inflexible pour l'orpheline comme il l'avait été pour la veuve. Il s'écria brutalement que Johan mourrait dans un cachot ou par les mains de ses ennemis, parce que lui, sire de Nieuport et *gardien* du *polder*, ne voulait rien faire pour lui.

La pauvre Machteld, indignée d'une pareille conduite et brisée de douleur, quitta le château plus triste encore que lorsqu'elle y vint, et regagna la cabane de Marie dans un état de surexcitation impossible à décrire.

III

La veuve de Lodwyk-le-Fort, que soutenait son amour de mère, ne tint pas sa cause pour définitivement perdue. Elle résolut d'aller voir le Comte de Flandre, Baudoin VII, et de tâcher de l'émouvoir par le récit de ses malheurs. Machteld voulut l'accompagner, et les deux femmes arrivèrent sans incident au château de Wynendale, résidence d'été des souverains du pays.

Baudouin VII, surnommé *à la Hache*, à cause de l'usage redoutable qu'il savait faire de cette arme dans les combats,

est un de ces princes comme l'histoire nous en montre
peu : aimant ses sujets, adoré d'eux et accordant audience
au plus infime paysan comme au plus puissant seigneur;
rendant une justice sévère, mais égale pour tous; aussi
intrépide guerrier qu'administrateur habile et protecteur
zélé de l'industrie, de l'agriculture et de toutes les sources
de la richesse nationale. Heureuse la Flandre, si la main
du hasard n'eût point frappé ce prince au printemps de sa
vie ou si les larmes et les regrets de tout un peuple eussent
pû le rendre à son amour[1]!

Marie et Machteld obtinrent aisément d'être entendues de
leur souverain.

Lorsqu'elles se trouvèrent en sa présence, l'étonnement,
la crainte et le respect se partageaient tour à tour leurs
esprits. Mais la mère de Johan, encouragée par la bonté
de Baudouin, lui fit le récit de ses malheurs avec des
accents si vrais, si sincères, si touchants que le Comte, bien
prévenu d'ailleurs, se sentit profondément ému.

— C'est bien, répondit-il, lorsque la veuve eut fini de
parler... Je vais me diriger sans retard de vos côtés et
justice vous sera rendue.

Puis, après un moment de silence :

— Regardez bien ce gentilhomme, ajouta-t-il avec une
affectueuse simplicité, leur montrant un de ses officiers;
quand il se présentera devant vous, vous le suivrez à l'endroit où il vous mènera. En attendant, il va vous indiquer
un logement pour la nuit et vous donnera tout ce qui est
nécessaire pour que vous viviez honnêtement dans votre
village, où je désire que vous retourniez le plus tôt possible... Allez, je ne vous oublierai pas.

Pour achever le portrait de Baudouin VII que nous
avons commencé un peu plus haut, nous devons encore

---

(1) Baudouin à la Hache mourut des suites d'une blessure reçue au
siége d'Eu, en Normandie. Il avait à peine vingt-sept ans (1119).

emprunter quelques détails au chroniqueur .lamand que nous suivons. Il joignait à un grand amour de la chasse la manie des aventures romanesques. Souvent, il parcourait son comté sous le déguisement le plus bizarre, s'affublant, suivant les circonstances, d'un costume de musicien, de laboureur, de soldat, de matelot, voire même de pauvre mendiant. Imitant en cela le célèbre khalife Haroun-al-Reschid des *Mille et une Nuits*, il se servait de ces divers habillements pour s'assurer de la fidélité de ses serviteurs, et souvent même sous le seul prétexte de s'amuser ou de passer le temps. Lorsqu'il voulait se faire connaitre, il prenait le nom de *Chevalier de Saint-Donat*. Il sortait du château par un passage souterrain qui servait pour lui seul et il rentrait à l'insu de tous, accompagné souvent d'un seul chevalier, déguisé comme lui.

Dans la circonstance actuelle, Baudouin VII résolut d'aller *incognito* faire visite au châtelain de Nieuport. Les préparatifs du départ furent bientôt faits, et le surlendemain de la venue de Marie et de Machteld, il arriva dans le *polder*. Par mesure de précaution, il commença par s'informer de la position de la veuve, de son fils, de Machteld, et tout ce qu'il en apprit le confirma dans sa bonne opinion qu'il avait d'eux.

Alors, fidèle à son caractère original et aventureux, il voulut éprouver par lui-même le cœur de Machteld, et se déguisa en mendiant.

Arrivé à la *ferme* où elle travaillait, il la trouva occupée à laver du fil dans un petit ruisseau qui serpentait à côté de l'enclos. Il s'arrêta à quelques pas d'elle, et, feignant tout à coup une grande faiblesse, se laissa tomber au pied d'un arbre, poussant force soupirs et gémissements.

Émue de compassion, la jeune Machteld quitta aussitôt son travail, courut à lui, tâcha de le relever et lui demanda avec intérêt la cause de son mal et le moyen d'y porter remède. Le soi-disant mendiant répondit d'une voix entrecoupée qu'il avait été pris d'une indisposition à laquelle il était sujet depuis quelque temps, mais qu'un peu de lait et une heure de repos l'auraient complétement rétabli.

— Vous sentiriez-vous assez fort, mon ami, reprit Machteld, pour pouvoir, à l'aide de mon bras, vous traîner jusqu'à la maison? Là, vous trouverez tout ce que vous demanderez.

— Je l'espère, ma bonne enfant... Essayons toujours, et que le Ciel récompense votre bon cœur.

Le pauvre homme se leva, et, s'appuyant sur le bras de sa jeune conductrice, avança lentement et en simulant une grande douleur; car il voulait jouer son rôle jusqu'au bout. Lorsqu'ils furent entrés dans la maison de ferme, tous les gens s'empressèrent autour d'eux.

Comme Marie et Machteld étaient à peine de retour depuis un jour, on ne s'entretenait que de leur malheur, de l'inhumanité du *gardien* qui laissait le *polder* sans défense, du voyage des deux femmes, etc. Le Comte, disait-on, ne laisserait pas de le punir sévèrement, aussitôt qu'il aurait connaissance de sa conduite.

Baudouin VII, je veux dire le mendiant, écoutait tout, et ne soufflait mot.

Au bout de quelques heures, se sentant assez fort pour continuer la route, il remercia les gens de la *ferme* de leur bonne hospitalité, alla rejoindre les chevaliers de sa suite, qui l'attendaient à l'entrée du bois voisin et jeta ses habits de mendiant.

Puis, remontant à cheval, il se dirigea avec ses chevaliers vers le château du sire de Nieuport.

Mais, arrivé presque à l'extrémité du bois, une autre idée lui traversa l'esprit. Il fit arrêter sa suite, lui donna ordre d'arriver à franc étrier au premier son du cor, et, endossant cette fois le costume simple d'un serf flamand, il marcha seul vers le manoir, dont il apercevait les tours dans le lointain.

F. DE K.

IV

Il ne fut pas longtemps sans arriver. Après avoir traversé le pont-levis qui, par hasard, était baissé, il fit à plusieurs reprises retomber le heurtoir sur la herse pour avertir que quelqu'un demandait à entrer.

— Allez dire au sire de Nieuport, dit le serf au portier, qu'un étranger a des communications importantes à lui faire.

Mais le *majordome*, qui survint au même instant, répondit que le *gardien* était à table et qu'il était défendu, à qui que ce fût et sous n'importe quel prétexte, de le troubler à l'heure du dîner.

— Oh! oh! et combien de temps le châtelain reste-t-il à table?

— Deux heures et quelquefois trois. La consigne n'est levée que sur l'ordre du seigneur.

— Je suis étranger, répondit le serf, et il m'est impossible d'attendre. Voici pour vous, et il lui mit dans la main un *schild*[1] d'argent; allez avertir votre maître qu'un étranger, porteur de nouvelles du plus haut intérêt, désire lui parler, ne fût-ce que quelques instants.

Le majordome, qui semblait deviner qu'il n'avait pas affaire à un serf ordinaire, exécuta sans mot dire l'ordre de l'inconnu; mais il revint au bout d'une seconde.

— Le sire de Nieuport, mon maître, me charge de vous dire que, si important que soit votre message, il faut attendre qu'il ait fini de dîner ou partir sans le voir.

— Votre châtelain est bien sévère, répondit le serf non sans quelque hauteur. Tenez, voici deux autres *schilds*; retournez près du sire de Nieuport, et dites-lui que j'arrive

_____
(1) *Écu*, monnaie de l'époque.

des frontières, et que j'ai vu faire aux Frisons des préparatifs pour une nouvelle incursion. Ajoutez qu'il est urgent d'allumer les feux sur les digues, de sonner le tocsin et de répandre l'alarme dans tous les hameaux du *polder*.

Le majordome s'exécuta encore. A son retour, il était pâle, et il secouait la tête de l'air d'un homme qui n'a rien de bon à annoncer.

— Eh bien! le sire de Nieuport consent-il enfin à me recevoir? reprit l'étranger, qui, par sa libéralité, avait gagné les bonnes grâces du majordome.

— Hélas! non, mon maître, répondit ce dernier. Je vais vous rapporter les propres paroles du châtelain : « Si cet importun veut attendre deux heures, je verrai si j'ai affaire à un fou ou à un intrigant; mais s'il ose encore insister, sur mon ame, il s'en repentira. » Vous avez été si bon pour moi, que je ne veux pas vous faire attendre ici... Veuillez entrer dans cette salle : une belle tranche de jambon fumé et un bon gobelet de cervoise vous feront agréablement passer le temps... jusqu'à ce que le sire de Nieuport ait fini.

— Merci, mon ami, de vos offres obligeantes, répondit le serf avec un sourire étrange... Je vous ai dit qu'il m'est impossible d'attendre. Prenez ces trois *schilds* et dites au châtelain que le chevalier de Saint-Donat *veut* lui parler à l'instant même.

A ce nom redouté, le majordome faillit tomber à la renverse. Cependant, il eut assez de présence d'esprit pour saluer jusqu'à terre; puis, ne sachant que faire ou que dire, il courut en toute hâte auprès du *gardien*.

En même temps, le Comte sonna du corps avec tant de force, que les échos les plus lointains en retentirent et que les murs du château de Nieuport en tremblèrent. Les sons si connus de ce cor célèbre portèrent le trouble dans l'ame du *gardien*, et sa figure, d'ordinaire si dédaigneuse, si arrogante, devint pâle et se contracta lorsque le majordome eut prononcé le nom de son auguste visiteur.

Aussitôt, au comble de l'inquiétude, il se leva de table et courut à la porte du château.

Mais le Comte, après avoir habilement déposé ses habits de serf, avait revêtu son superbe costume de chasse; ses chevaliers, aux premiers sons du cor, étaient accourus auprès de leur prince et se trouvaient déjà rangés autour de lui lorsque le *gardien* parut à son tour, tremblant devant son souverain et inclinant un genou devant lui.

— Debout! lui dit le Comte avec un accent terrible. Vous avez dit au majordome que j'étais un fou ou un intrigant, et, en effet, j'ai été bien fou de confier la défense des *polders* à un homme aussi méprisable que vous.

Une pâleur cadavéreuse envahit la figure du sire de Nieuport : il est vrai que les paroles de son souverain n'étaient pas de nature à le rassurer; les lèvres livides et tremblantes, il essaya de murmurer quelques mots de justification, alléguant qu'il ignorait que le redouté Comte de Flandre fût à Nieuport.

— Mais ne vous ai-je pas, à deux reprises, envoyé votre propre serviteur? reprit le Comte irrité. N'ai-je pas dit que j'avais à vous parler de choses importantes, et n'avez-vous pas refusé de m'écouter?... Le plus pauvre de mes sujets a accès chez moi quand il veut... Il n'en est pas de même auprès de vous, sire de Nieuport... Cependant, comme j'ai l'habitude d'entendre avant de juger, j'en agirai ainsi, même avec vous, contre qui il s'élève tant de charges.

— S'il daignait plaire à mon redouté souverain d'honorer un moment ma demeure de sa présence, il me procurerait l'occasion de lui offrir mes plus humbles excuses, répondit le sire de Nieuport d'un ton patelin et avec une apparente tranquillité qu'il était loin d'avoir intérieurement.

— Non, répliqua vivement le Comte, il ne convient pas que j'entre comme Comte de Flandre là où l'on m'a refusé l'entrée quand je me suis présenté comme simple manant.

Puis, après une pause, le Comte poursuivit avec toute la dignité qui convient aux paroles d'un souverain :

— Nous tiendrons demain séance à notre château de Wynendale. Sire de Nieuport, vous comparaîtrez devant nous et répondrez aux griefs que nous articulerons contre vous. En attendant, vous hébergerez convenablement six de nos chevaliers, qui demeureront ici jusqu'à nouvel ordre et nous répondront de votre personne.

Alors, se tournant vers le reste de sa suite :

— Seigneurs, dit-il, nous retournons à Wynendale.

A ces mots, le Comte monta à cheval, et le noble cortége partit au galop.

V

Le sire de Nieuport savait qu'on pouvait l'accuser de négligence, de paresse, et même de quelque chose de plus, si l'on envisageait la manière dont il s'était acquitté de ses fonctions ; mais il ne se doutait nullement des griefs particuliers que le comte pouvait avoir à lui imputer et auxquels il avait fait allusion. Aussi, lorsqu'il parut le lendemain devant son souverain, on aurait dit, à voir le calme inaltérable de sa figure, qu'il était l'homme le plus innocent du monde.

Mais cette confiance ne tarda guère à s'évanouir.

Baudouin VII commença l'interrogatoire en ces termes :

— Lors de la dernière irruption des brigands, une pauvre femme n'a-t-elle pas perdu sa vache ? ne s'est-elle pas vue ruinée de fond en comble ? Et son fils, assailli par un ennemi nombreux, n'a-t-il pas été emmené prisonnier ?... Répondez.

— Oui, monseigneur, répondit le *gardien*, devenu inquiet.

— La pauvre femme n'est-elle pas venue, dès le lendemain, vous annoncer les événements de la veille? Ne vous a-t-elle pas supplié de poursuivre les brigands, de lui rendre ce qu'on lui avait volé, de sauver avant tout son fils?... Répondez.

— Oui, monseigneur, balbutia le châtelain.

— Eh bien! vous qui êtes le *gardien* de ces *polders;* vous que nous avons placé là pour défendre et protéger nos sujets, avez-vous fait ce que le devoir et nos ordres vous commandaient?...

— J'avoue que non, monseigneur, répondit d'une voix altérée le sire de Nieuport, qui connaissait l'inflexibilité de la justice du Comte... Mais je réparerai ma faute en donnant à la veuve la plus belle vache de mes troupeaux et en lui remplaçant tout ce qu'on lui a dérobé...

— Et le fils, qu'en ferez-vous? continua le Comte d'une voix tonnante.

— Si nous avons le bonheur de faire prisonnier un brigand, je proposerai un échange...

— Ecoutez, sire de Nieuport, reprit Baudouin VII, cette fois avec un calme terrible : Si Johan, nommé le Fort, ne paraît pas devant nous d'ici à huit jours, nous vous ferons pendre aux branches de ce vieux chêne qui ombrage la fenêtre.... Allez.

Et, descendant de son trône, le Comte sortit, suivi de ses chevaliers et de quelques hommes d'armes.

Le sire de Nieuport savait qu'il avait tout à craindre de la colère de son souverain. Il se hâta donc de dépêcher un homme sûr vers les Frisons, et lui donna pleins pouvoirs pour obtenir, coûte que coûte, la liberté de Johan. Il lui enjoignit, en outre, de faire toute la diligence possible, et de revenir dans le plus prompt délai, puisqu'il y allait de sa vie.

Sur ces entrefaites, l'officier que Marie et Machteld devaient suivre, dès qu'il se présenterait devant elles, amena le lendemain les deux femmes au château.

A peine se vit-elle en présence de son souverain, que la veuve se jeta à ses pieds et le remercia avec une éloquente simplicité pour la protection inespérée qu'il daignait lui accorder.

— Mais, hélas! ajouta-t-elle au milieu d'un torrent de larmes, qui pourra me rendre mon fils, mon bien-aimé fils?

Le Comte, la relevant, ainsi que la jeune Machteld, avec sa bonté ordinaire, leur dit qu'il les avait mandées pour les consoler et les exhorter au calme; qu'il s'occupait activement de la délivrance de Johan et qu'elles pouvaient espérer de le revoir bientôt; puis les congédia en leur donnant une grosse somme d'argent.

Il se passa quelques jours avant que le sire de Nieuport reçût des nouvelles de son messager. Celui-ci alors annonça que Johan-le-Fort avait été dirigé sur un autre point qu'on ne l'avait cru d'abord, et qu'il fallait un jour de marche pour y arriver. Il ajoutait que rien n'était perdu et se flattait de ramener le prisonnier.

Le sire de Nieuport, qui avait intérêt à le croire, dormit tranquille.

Mais lorsque le soir du septième jour arriva et qu'il s'aperçut que personne ne revenait, ni messager, ni prisonnier, il perdit confiance.

Alors, son inquiétude augmenta de minute en minute, et son anxiété monta au comble lorsqu'un officier du Comte vint lui rappeler de la part de son maître qu'il avait à se rendre le lendemain matin au château de Wynendale, et, s'il n'amenait point Johan avec lui, à se préparer à la mort.

Le lendemain arriva et personne ne parut.

Le sire de Nieuport, abîmé de désespoir, allait se tuer plutôt que de subir l'infamie du supplice.

Il n'en eut pas le temps. Au moment où il se préparait à monter l'escalier qui menait à une des tours du château, il sentit une main se poser sur son épaule.

Il se retourna avec un vague pressentiment que c'en était fait de lui.

C'était un des six chevaliers qui étaient demeurés au château sur l'ordre de Baudouin VII.

— Sire de Nieuport, dit l'officier, Johan-le-Fort, le fils de la veuve, est-il revenu?

— Je l'attends toujours, répondit le châtelain d'une voix creuse.

— Au nom du Comte de Flandre, mon redouté souverain, je vous arrête. Suivez-moi.

Les cinq autres chevaliers se montrèrent à leur tour, l'épée nue et le gantelet au poing.

Le sire de Nieuport courba tristement la tête et marcha.

Dans le préau, les attendaient sept chevaux équipés aux armes de Flandre. Le *gardien* enfourcha celui qu'on lui indiquait; les six autres chevaliers sautèrent en selle, mirent le châtelain au milieu d'eux et l'officier du Comte donna brièvement le signal du départ par ce seul mot:

— En avant!

VI

Une scène d'un genre tout différent se passait au château de Wynendale.

La veuve de Lodwyk avait été mandée auprès du Comte de Flandre. Lorsqu'elle parut devant son souverain, fière de l'honneur dont elle était l'objet, mais toujours triste de l'absence de son fils, Baudouin lui dit:

— Marie, j'ai promis de vous rendre votre enfant; je tiens parole: le voilà.

Au même instant, une petite porte roula sur ses gonds, et Johan, frais et dispos, parut aux regards de l'assemblée.

Dès que la veuve vit son fils, sans considérer le lieu où elle était, elle poussa un cri de joie, se jeta à son cou avec tendresse et le tint pressé contre son sein sans pouvoir prononcer une parole. Ce ne fut qu'après avoir donné un libre cours à ces premiers épanchements de l'amour maternel que, se souvenant du respect qu'elle devait à son souverain, elle dit à Johan de tomber à genoux devant le Comte, à qui il était redevable de la liberté et peut-être de la vie.

Que l'on ne s'étonne point de l'apparition subite de Johan. Le jour même où la veuve et l'orpheline étaient allées confier à Baudouin l'histoire de leurs malheurs, le prince avait envoyé des messagers en Frise, avec ordre de ramener le jeune prisonnier. Deux jours après, Baudouin exigeait une grande célérité en toutes choses, ils avaient reparu avec Johan, qui était demeuré depuis lors au château parmi les serviteurs.

Tout en admirant la bonne tournure de Johan et l'expression virile de sa belle figure, Baudouin lui parlait avec la bonté d'un père, et lorsqu'il se fut bien assuré de l'amour du jeune homme pour Machteld, il l'engagea à sortir un moment, disant qu'il le rappellerait bientôt.

En même temps, les six chevaliers introduisaient le sire de Nieuport, et, un instant après, la jeune Machteld, qui avait été appelée avec Marie.

A peine la jeune fille eut-elle jeté les yeux sur l'homme qui avait voulu la perdre, que le rouge de la pudeur et de la colère lui monta au front.

Le sire de Nieuport baissa humblement le regard. Le trouble de son visage était accablant pour lui : la honte, la confusion, la crainte se réunissaient pour l'accuser et le convaincre de son crime.

— Connaissez-vous cette jeune fille, sire de Nieuport? demanda le Comte, après les avoir tour à tour examinés en silence.

— Oui, monseigneur, répondit le *gardien* à voix basse et en tremblant.

— Comment la connaissez-vous?

F. DE K.

— Elle est venue l'autre jour au château.

— A quelle occasion ?

— Elle venait me prier de travailler à la délivrance de Johan-le-Fort.

— Et vous avez refusé, à moins qu'elle ne voulût accepter des conditions qui étaient un déshonneur pour elle et un opprobre pour vous ?... n'est-ce pas ?

— Je le reconnais à ma honte, monseigneur, mais je me soumets à toutes les réparations qu'elle voudra m'imposer.

— Et Johan est-il retrouvé ?

Le pauvre châtelain ne répondit plus. Pâle et défiguré, il laissa douloureusement tomber sa tête sur sa poitrine.

Baudouin-à-la-Hâche, qui était doué d'une admirable perspicacité, jugea inutile de pousser les choses plus loin. Aussi bien, il croyait que là où il suffit d'une correction, il ne faut point recourir au châtiment, ni perdre, par une sévérité intempestive, celui qui peut encore s'amender.

Après un moment de silence, il reprit .

— Vous avez mal agi, sire de Nieuport, et votre conduite mériterait le dernier supplice. Cependant, comme le mal que vous avez fait a pu être réparé en partie, puisque Johan est revenu sain et sauf au milieu de nous...

Un cri de surprise et de bonheur, que Machteld ne put pas entièrement réprimer, interrompit le discours du Comte.

— Oui, mon enfant, reprit Baudouin en souriant, votre fiancé est vivant : vous le verrez tout à l'heure...

Puis, reprenant sa gravité :

— Seriez-vous disposée, eu égard à cette circonstance, à jeter un voile sur le passé et à pardonner au sire de Nieuport ?

— Oh ! oui, monseigneur, bien volontiers, répondit l'aimable jeune fille, tout entière à la pensée que son Johan était sauvé et qu'elle allait le revoir.

— Vous l'entendez, châtelain ? poursuivit le Comte, se

tóurnant alors vers le *gardien*, dont l'air abattu faisait pitié à voir. Eh bien ! en voyant ce frais et gracieux visage, et en entendant les paroles de pardon que sa bouche vient de prononcer ; en nous rappelant, d'ailleurs, vos services passées, nous nous sentons disposé à la miséricorde et voulons être indulgent. Seulement, sire de Nieuport, écoutez bien ceci. Vous n'ignorez pas l'amour profond qu'ont l'un pour l'autre Johan et Machteld... Notre volonté est que ces jeunes gens soient mariés le plus tôt possible et que vous fournissiez la dot à la fiancée. Vous lui donnerez une maison avec cinquante mesures de terre, quitte et libre de toutes charges, redevances ou dîmes. Cette terre et cette maison lui appartiendront en pleine propriété et passeront, à sa mort, à ses héritiers légitimes. Enfin, la maison sera abondamment pourvue de bétail et de tout ce qui est nécessaire à l'entretien des habitants et à l'exploitation de la terre; le tout dans le délai de deux mois... Nous promettez-vous d'exécuter loyalement nos volontés, sire de Nieuport?

— Oui, monseigneur, s'empressa de répondre le *gardien*, heureux d'en être quitte à si bon marché et les yeux humides de reconnaissance... Je vous jure de mettre tout en œuvre pour assurer le bonheur des jeunes époux.

Alors, le Comte fit appeler Johan, que cette longue attente avait mis sur des épines. Quand le jeune homme entra dans la salle, Machteld courut à lui et ils s'embrassèrent longuement. S'il avait pu rester un doute à Johan sur l'issue de tout ce qui venait de se passer, la figure joyeuse de Machteld, où on lisait en ce moment un mélange d'amour profond et de charmante mutinerie qui la rendait encore plus attrayante, l'eût complétement rassuré.

Par un mouvement instinctif de gratitude, les fiancés tombèrent à genoux devant le trône de Baudouin VII. Le prince les releva avec bonté, et quittant le ton du souverain :

— Mes enfants, dit-il avec émotion, je suis content de
vous... Machteld est digne de votre cœur, Johan, tâchez
de la rendre aussi heureuse qu'elle mérite de l'être... Elle
vous apporte une petite dot dont elle vous rendra compte
quand vous serez ensemble... Je désire que votre mariage
soit célébré avant que je quitte Wynendale et désire même
présider cette fête de famille... Ayez tous les deux beaucoup d'égards pour votre mère Marie; respectez-la comme
la meilleure des femmes; sachez que c'est à elle que vous
devez tout votre bonheur, et... rappelez-vous parfois la
visite du *Chevalier de Saint-Donat.*

ÉMILE DE BORCHGRAVE.

TABLE.

—

—◆—

Tournai, typ. Casterman.

MUSÉE MORAL

ET LITTÉRAIRE

DE LA FAMILLE.

COLLECTION ÉCONOMIQUE D'OUVRAGES
NOUVEAUX ET INTÉRESSANTS PUBLIÉS DANS LE FORMAT
GRAND IN-8, PAPIER FORT.

Chaque volume orné d'un sujet gravé, est élég. broché.
PRIX : 1,20.

Cette intéressante collection s'enrichit constamment
de nouveaux volumes.

NOUVELLE BIBLIOTHÈQUE

MORALE ET AMUSANTE.

Chaque volume d'environ 120 p. in-12, est orné d'un sujet gravé
et élégamment broché. — Prix : 60 c.

1re Série, format in-12.

Angéline et Françoise; par Mlle V. Nottret.
Arbre enchanté (l'). Trad. de l'anglais.
Blanche et Noémie; par Hubert Lebon
Contes du jeudi; par Mlle V. Nottret.
Deux belles-mères; par Mme de Gaulle.
Dinah; par la marquise de Cortanze.
Histoire d'une famille; par Mlle V. Nottret.
Jeune Louis; par H. Benoist.
Julie; par Mlle V. Nottret.
Marie; par Mlle V. Nottret.
Mathilde; par Pauline L'Olivier (Mme Braquaval.)
Mon prix de Sagesse; par Mlle V. Nottret.
Pardon des offenses; par S. de Paucellier.
Petit Roi; par S. de Paucellier.
Petits Vagabonds; par E. Stewart.
Promenades d'un maître d'école; par de Babo.
Quelques récits; par Madame de Gaulle.
Récits maritimes; par Madame de Gaulle.
Récompense du Travail; par Mlle V. Nottret
Robert l'Ostendais; par P. L'Olivier (Mme Braquaval).
Simples historiettes; par Mlle V. Nottret.

2e Série, format in-18.

Chaque vol. in-18 de 72 p., papier épais, est orné d'un sujet gravé
couvert. illustr. — Prix : 30 c.

Anecdotes du Père Grégoire; par H. Benoist.
Dieu veille sur nous, récits traduits de l'anglais.
Épreuves d'une jeune fille; par Marie de Jorel.
Harry O'Brien. Trad. de l'anglais.
Jean et Jeannette; par Henri de Bellaing.
Jules, ou l'enfant trouvé; par H. Benoist.
Larmes d'une mère; par Henri de Bellaing.
Octave ou deux Martyrs; par Henri Van Loot.
Providence, récits traduits de l'anglais.
Soirées du Père Grégoire; par H. Benoist.
Un Mensonge; par Henri de Bellaing.